너의 좋은 날을 살아봐

너의 좋은 날을
살아봐

제주 사는
미술치료사의
마음, 예술, 자연
이야기

정은혜

아라의정원

차례

너의 좋은 삶을 살아봐, 오늘

최근에 '바다색 그리기'라는 워크숍을 진행했다. 제주 해양환경단체 '해양시민과학센터 파란'에서 진행한 2025 해양시민학교 〈바다기록자 되기〉라는 교육의 일환이었는데, 물감을 섞어 바다색을 만들어보는 활동이었다.

바다의 색은 온도, 습도, 시간대, 날씨, 깊이에 따라 바뀌기 때문에 '이것이 바다색'이라고 딱 집어 말할 수가 없다. 또한 보통 사람은 그림을 그릴 때 연필이나 펜으로 먼저 윤곽선을 잡고 그 안에 색을 칠한다. 하지만 바다는 뚜렷한 경계가 없고 모든 바다가 하나로 이어져 있기 때문에 이런 방식으로는 그리기가 어렵다. 그래서 다른 방식으로 보는 법을 익혀야 한다.

먼저 참여자들과 함께 초점을 맞추지 않고 '흐리멍덩한' 눈으로 주변을 돌아보는 연습을 했다. 이렇게 하면 사물들의 경계가 흐려지고 선이 아닌 색이 더 잘 보인다. 똑바로 구분 짓는 대신 흐린 눈으로 본다면 바다를 더 잘 볼 수 있을 것이다. 내가 가장 아름다운 숲을 봤을 때처럼 말이다.

몇 년 전에 오른쪽 눈이 안 보였던 적이 있다.

그 당시 친했던 친구 몇 명과 관계가 멀어지고 큰맘 먹고 시작한 집 공사가 중단되어 널브러진 건축 잔해들이 가득한 공간에서 1년을 살게 되었는데, 삶이 무너지고 있는 것 같아서 괴롭고 답답했다. 앞이 캄캄하다는 느낌이 드니 꿈에서 누가 자꾸 내 어깨를 흔들어 깨웠다.

이때 진짜로 눈이 보이지 않게 되었다. 늦은 봄, 숲속에서 생태 수업을 하고 있을 때의 일이다. 약 10초에 걸쳐 오른쪽 눈 안에 검은 액체가 흐르는 것이 보이더니 어두워졌고, 결국 아무것도 안 보였다. 망막에 구멍이 생기고 그 안으로 출혈이 생겨서 안구로 피가 흐른 것이다.

수업하다가 말고 급하게 달려간 병원에서 "저 그림 그리는 화가예요"라며 통곡하면서도, 진심으로 감사한 것이 하나 있었다. 눈이 캄캄해지기 바로 직전에 본 것이 푸름으로 진동하는 숲이라는 사실. 만약 다시 안 보인다면, 이 눈으로 마지막으로 본 것은 내가 가장 사랑하는 제주 곶자왈 숲이 될 터였다. 한쪽 눈이 안 보이니 하던 모든 일을 하루아침에 내려놓게 되었고, 무너짐의 끝에 도달한 듯했다. 다행히도 몇 주가 지나면서, 반투명한 유리 너머로 세상을 보듯 형태는 안 보였지만 색이 보이기 시작했다.

회복기에 나의 하루 중 가장 중요한 일과는 곶자왈 숲 걷기였다. 아주 천천히 걸어서 숲에 도착하면 안 보이는 오른쪽 눈을 가린 안대를 풀어 멀쩡한 왼쪽 눈을 가리고 숲을 보았다. 오랫동안 경계가 없는 세상을 보고 싶다고 생각했는데, 내 눈에 문제가 생기고 나서야 비로소 원하던 그 세상을 보았다. 나무와 풀, 땅과 하늘의 구분 없이 온통 초록빛만 가득한 그 모습이 무척 아름다웠다.

이렇게 답답해하다가 아름다운 것을 본 적이 이전에도 있었다. 20대 초반 미대를 다닐 때였는데, 어떻게 살아야 할지 몰라 앞이 캄캄하고 작품을 제출해야 하는데 한 획도 긋지 못해 괴로워하고 있을 때 꾼 꿈이 있다. 바닷속 물고기가 지느러미를 펴서 수면 위를 쏴~악~ 하고 미끄러지듯이 날아가는 모습이었는데, 너무나 생생하고 자유로운 꿈이었다. 이 꿈에서 깨자마자 몇십 장의 목탄 드로잉을 쉬지 않고 하루 만에 그렸다. 내 삶의 가장 중요한 영감인 '나는 물고기'를 그렇게 만났다.

그동안 미술치료사로 일하면서 사람들이 자신의 깊은 마음을 만나도록 도왔고, 생태예술가로서는 사람들이 자연과 연결되었을 때 느낄 수 있는 감각인 '생태적 자아'를 경험하도록 안내해왔다. 최근에는 오스트리아 빈과 이탈리아 로마에서 K-문화를 사랑하는 현지분들과 한국어로 '파이팅!'을 외치며 제주 함덕 바다에서 주운 해양 플라스틱으로 작품을 같이 만들어 전시하기도 했다. 이처럼 다양한 활동을 해왔지만, 내 활동의 핵심은 '연결 짓기'이다. 그리고 연결 짓는 일을 할 때 가장 자주 떠올리는 것은 꿈에서 본, 바다와 하늘의 구분된 경계를 뚫고 날아가는 물고기의 모습이다.

살면서 막막하고 답답한 적이 많았다. 그때마다 어떤 곳에 들어가 헤매는 듯했는데, 그 어떤 곳을 지칭하는 용어가 있다. 바로 리미널 스페이스liminal space이다. 리미널 스페이스는 원래 인류학 용어로 부족 사회에서 아이가 성인이 되기 위해 들어가는 야생의 공간을 지칭한다.[1] 아이는 그곳에서 자신이 알고 있던 관습과 정체성을 다 내려놓고 홀로 살아남

13

아 돌아와야 한다. 그곳은 매우 위험하지만, 하나의 정체성을 벗고 다른 정체성을 입기 이전의 중간 상태를 경험하는 곳이기도 하다. 이곳에 들어가는 사람은 자신이 아무것도 아니라는 불안감을 느낌과 동시에 무엇이든 될 수 있다는 가능성을 만난다.

심리학 용어로 리미널 스페이스는 성장을 위해 꼭 거쳐야 하는 혼란의 과도기를 지칭한다. 리미널은 '문턱' 혹은 '경계'의 의미를 지니는 라틴어 리멘limen에서 유래된 단어이다. 우리는 길이 안 보이고, 내가 누군지 모르겠고, 익숙한 관계들이나 익숙한 것들이 무너지면서 종종 이곳에 들어가게 된다. 그러면 당황스럽고 괴로워서 빨리 빠져나오려고 애쓰지만, 이곳이야말로 어디로든 어느 문이든 열 수 있는 문턱의 공간이다.

이 책은 또다시 리미널 스페이스에 들어와서 다음 여정을 기다리는 시점에 본격적으로 쓰기 시작했다. 눈이 안 보이다가 차츰 보이기 시작하고 멈춰 있던 삶이 움직이기 시작했지만, 아직도 어디로 가야 하는지 모르고 어떤 일이 벌어질지 모른다. 하지만 하나의 문을 닫고 또 다른 문을 열기 직전의 문턱 공간에 서 있음을 직감한다.

당신도 이 문턱 공간에서 헤매고 있다면 주변에서 들리

는 '이렇게 살아야 해', '이만큼은 가져야 해', '이 정도는 이뤄야 해'와 같은 이야기에 귀 기울이는 걸 멈추고, 거미가 거미줄의 진동을 느끼듯 마음속 떨림이 살살 이끄는 곳을 따라 나아가보자.

움직이고, 실패하고, 문턱을 넘고, 새로운 문을 찾아 헤매는 두렵고 혼란스러운 이곳에서, 이때만 그리고 당신만 만날 수 있는 것들을 찾아보자. 그 소중한 것들을 엮어서 목에 걸고, 반짝이는 빛들을 모아 높이 들고, '나중에', '언젠가', '결국' 이런 거 말고, 오늘 나에게 좋은 날을 쿵쾅거리며 씩씩하게 살아보자. 곧 물고기가 바다의 경계를 뚫고 하늘로 시원하게 날아오를 것이다.

앞이 안 보이고 캄캄할 때마다 있는 줄도 몰랐던 문을 열어준 고마운 이들에게 이 책을 바친다.

1부

삶의 문턱에 서서

세상 끝이 궁금한 새가
나뭇가지 끝으로 살금살금 가고 있다.
날개가 있어서 떨어질 일이 없는데도
두려워한다.
발을 떼야 날 텐데.

나무 끝 새
유화, 2025

있는 줄도 몰랐던 문을 열고

　　매우 튼튼하게 생겨서 사람들이 잘 안 믿는데, 나는 평생 몸이 허약했다. 어렸을 때는 코피가 멈추지 않거나 배가 아프거나 해서 학교를 못 가는 날이 많았고, 눈이 나빠서 뱅글뱅글 도는 안경을 초등학교 2학년 때부터 썼다. 게다가 겁이 많아서 아주 어렸을 때는 누가 쳐다만 봐도 울었던 쫄보였다고 한다. 초등학교 내내 또래 아이들보다 머리 하나 이상 키가 크다 보니 눈이 나빠서 칠판이 잘 안 보이는데도 교실 뒤에 앉아야 했고, 운동신경이 전혀 없는데도 농구부에 뽑혀서 우리 반의 예선 탈락에 기여하기도 했다. 자신감은 콩알만 한데 키가 커서 사는 게 쉽지 않았던 시절이다.

학교 밖의 생활도 어렵기는 마찬가지였다. 운동신경과 눈치와 기억력이 나쁘다 보니 고무줄놀이, 공기놀이, 카드놀이, 문방구 오락기 게임 등등을 다 못했다. 신의 은총으로 왕따가 없고 '깍두기' 제도가 있던 시절에 태어나서 동네 아이들이 나를 내치지 않고 깍두기로 끼워주었다. 깍두기는 어떤 팀에도 속하지 않고, 득점에 영향을 미치지 않는 선수이다. 하지만 고맙기는 해도 깍두기로 사는 게 재밌지는 않았다.

그런 나의 허리가 쫙 펴지고 부끄러움이 싹 사라지고 앞으로 나설 때가 있었는데, 그것은 바로 누군가를 도울 때였다. 그럴 때는 힘이 불끈 나고는 했다. 길을 걸어가면서는 도와줄 사람이 없나 하고 두리번거리는 습관이 있었으며, 바람이 부는 날이면 거리에 쓰러진 간판이 없는지 찾아다녔다. 육교의 계단을 오를 때는 짐 들어드릴 할머니 할아버지가 없는지를 살폈고, 점심때면 도시락을 나눠 먹을 친구를 찾았다. 돕는 아이가 될 때 나는 부끄러워서 숨고 몸을 배배 꼬며 구부정하게 다니던 아이가 아니었다.

부끄러움이 사라질 때가 또 있었는데, 그것은 그림을 그릴 때였다. 그림과 이야기하고는 했는데, 이것은 아직도 갖고 있는 습관이다. 공주님을 그리면서 공주님한테 어떤 옷을 입고 싶은지 물어보면 공주님이 화답했다. 사람들이 가끔 나에게 언제부터 그림을 그렸는지 묻고는 하는데, 내 대답은 "멈춰본 적이 없어요"이다. 그림을 그릴 때 생겨나는 마음의 반짝임은 이전이나 지금이나 나에게 큰 기쁨 중 하나이다.

다행히 중학교에 들어가서부터는 키가 더 이상 크지 않았고 그 후로 삶이 다채롭게 펼쳐졌지만, 인생을 통틀어 이 두 가지는 계속 이어졌다. 남을 도울 때 힘이 났고, 그림을 그릴 때 마음이 반짝거렸다.

청소년기에 캐나다로 이민 갔는데, 말이 안 통하고 답답하던 시절에도 그림은 소중했다. 그림이 이전에는 놀이 친구였다면, 이제는 내 거친 마음을 그대로 쏟아 보여줄 수 있는 친구가 되어주었다. 우울하고 내면에 화도 많았는데, 그림은 그런 나의 괴롭고 견디기 힘든 감정들을 받아주었다. 결국 가기는 했지만, 미대를 가는 데에는 망설임이 있었다. 그림은 오롯이 나에게 기쁨을 주는 것이었지만 직업으로는 누군가를 돕는 일을 하고 싶었기 때문이다.

그러다가 병원의 치매 병동에 자원봉사를 가게 되었다. 특별한 이유가 있었던 것은 아니고, 캐나다 고등학생들은 이런저런 자원봉사를 많이 하기에 여러 자원봉사 목록 중에서 적당한 것을 골랐을 뿐이었다. 첫 인터뷰에서 치매 병동의 디렉터가 내 이력서를 보고 반가워하면서 말씀하셨다. "오~ 유 플레이 피아노!" 그 당시 나는 토론토 왕립음악원을 다니고 있었는데, 어렸을 때는 억지로 해서 그렇게 싫어하던 피아노를 훌륭한 선생님을 만나 열심히 치고 있던 참이었다. 디렉터는 피아노를 치는 것으로 자원봉사를 해달라고 하셨다. 상상도 못 한 일이었다. 그렇게 해서 나는 치매 병동 로비에서 매주 두 시간 피아노 치는 일을 자원봉사로 하게 되었다.

여러 곡을 연습할 시간이 부족해서 매번 같은 곡을 쳤고, 직접적으로 '돕는' 행위를 하는 것이 아니어서 봉사한다는 느낌이 없었다. 그런데 작은 로비에 모인 20여 명의 치매를 앓고 계시는 할머니들, 할아버지들이 내 피아노 연주를 기쁘게 들어주셨다. 대충 쳤는데도 그분들의 얼굴이 밝아지고 공간의 기운이 바뀌는 것이 신기했다. 그때는 예술치료라는 말을 들어본 적이 없어서 그런 직업이 있는지조차 몰랐지만, 어쩌면 나를 힘 나게 하는 일과 나를 기쁘게 하는 일이 만날 수 있지 않을까 하는 막연한 '감'이 생겼다.

미대를 졸업한 후 대학원에 진학해 미술사를 공부했지만 3년간 붙들고 있었던 논문은 진척이 없었고, 대안으로 선택한 멀티미디어 디자인 학교는 나와 적성이 너무 안 맞아서 비싼 학비만 날리고 있었다. 앞으로 어떻게 살아야 할지가 막막해서 불안하고 우울했던 시절이었다. 고민은 무게를 가지고 무게는 중력의 영향을 받으니, 그 시절의 나는 지구의 당김을 더 받는 것만 같았다.

매일매일 캄캄한 터널 속에 있던 어느 날이었다. 바닥만 내려다보며 걷느라 버스 노선을 제대로 확인하지 않고 올라탔더니 아뿔싸, 잘못 탔다. 학교가 있는 킹스턴에서 집이 있는 토론토까지 직행이면 세 시간 걸리는 거리를 여기저기 다 들르면서 가느라 두 배나 걸리는 완행버스를 탄 것이다. 버스는 멈췄다가 출발하기를 반복했고, 내 옆자리 승객은 계속 바뀌었다. 작은 소도시에 잠시 버스가 멈췄다가 새로운 손님을 내 옆자리에 태우고 다시 출발하는 동안 나는 계속 고개를 숙이고 한숨을 쉬었다가 눈물을 찔끔찔끔 흘렸다가 했다.

"아가씨, 어디 아파요?" 하는 할아버지의 음성이 들렸다. "아니요, 괜찮아요"라고 대답하며 고개를 돌려 쳐다보았는데, 꼬불꼬불한 백발 머리와 초콜릿색 피부를 가진 흑인 노신사의 인자한 얼굴이 다정하게 미소 짓고 있었다. "아니에요. 안 아파요. 그냥 고민이 있어서 생각 좀 하고 있었어요." 노신사는 무엇을 고민하고 있는지 물으셨다. 학부에서 미술을 전공했고, 지금 석사과정에서 미술사를 공부하고 있는데 논문이 안 써져서 포기할까도 싶다고, 앞으로 도대체 무엇을 해야 하는지 감조차 잡을 수 없어 괴롭다고 말했다. 독백 같은 나의 장황한 말이 끝나자, 노신사는 몸을 구부려 발 앞에 있던 가방을 뒤적거리더니 낡은 책 한 권을 꺼냈다.

"아가씨, 이게 뭔지 알아요? 이건 나의 교수님이 쓰신 식물학 교과서예요." 노신사는 낡은 책의 페이지를 넘기며 뭔가를 찾더니, 식물 표본 사진을 손으로 가리켰다. "여기 이 식물의 사진을 봐요. 뿌리와 줄기와 꽃과 씨앗의 이야기를 설명해놓은 부분도 읽고요. 밑줄 그은 거기요. 뿌리는 식물이 어떤 땅의 역사에 닿아 있는지를 설명해요. 꽃과 꽃잎이 떨어지고 날아가는 씨앗은 희망과 미래를 이야기해요. 뿌리는 역사이고 씨앗은 미래를 내다보는 상상이고 꿈이지요. 풀 한 포기를 이야기하더라도 예술과 역사를 빼놓고는 할 수 없어요. 미술과 역사를 전공했는데 할 일이 없다니요. 역사는 우리로 하여금 지금 여기에 서게 하고, 예술은 그 선 자리에서 멀리 보게 하지요. 그런데 이 두 가지를 다 공부한 사람이 할 것이 없다니요!"

내가 멍하니 쳐다보고 있는 사이에 노신사는 책을 조심스럽게 가방 안에 집어넣고는 당신의 이야기를 들려주셨다.

영국의 한 명문대에서 흑인으로는 최초로 식물생물학 박사 학위를 받은 후 캐나다에서 교수 생활을 하다가 정년 퇴임했는데, 그 과정에서 인종차별을 수도 없이 경험했다고 했다.

버스가 멈췄다 출발하고 멈췄다 출발하고, 손녀딸을 만나러 가는 노신사가 내리고 버스는 다시 출발했다. 풀 한 포기도 예술이고 역사라니. 식물과 내 캄캄한 앞날이 무슨 상관인지 잘 이해는 안 갔지만, 평생 겪었을 차별에도 그런 인자한 얼굴로 읽어준 식물 이야기와 당신의 싸움 이야기가 잊히지 않았다. 정확히 이해는 안 되었지만, 식물처럼 또는 역사처럼 발을 땅에 뿌리내리는 것과 꽃처럼 또는 예술의 영감처럼 씨앗을 널리 퍼트리는 삶을 상상하게 되었다.

그러고도 한동안 더 캄캄한 터널 안을 터벅터벅 걸으며 견뎠다. 결국 더 이상 뭐를 해야 할지 모르겠는 나는 가방 두 개를 양손에 들고 한국에 왔다. 집도 돈도 아무런 계획도 없던 나는 유럽 여행에서 만난 언니의 도움을 받아 한국의 삶을 새롭게 시작했다. 언니의 집과 사무실에 얹혀 지내면서 종로 3가에 있는 영어학원에서 강사를 했다. 새벽에 대기업 임원들을 대상으로 수업도 했는데, 술도 잠도 안 깬 아저씨들이 하는 "마이 와이프 헤이츠 미"와 같은 고해성사를 듣고는 했다. 그러다가 번역 아르바이트를 알아보게 되었다.

구직 사이트에 이메일 번역 아르바이트가 떴다. 미술관 관장님에게 오는 이메일을 번역하는 일이어서 어려울 게 없어 보여 이력서를 보냈다. 근처 PC방에 가서 이 미술관이 어떤 곳인지 검색해보았다. 홈페이지를 보니 다음 일정으로 호주 멜버른과 아바타로 연결하는 전시를 한다는 공지가 있었다. '아바타'를 검색하니, 인도의 신이 인간의 형상으로 나타나는 것이라 했다. 당시 한국 사람들이 싸이월드에서 도토리를 모아 자기 아바타에 옷을 해 입힌다는 걸 전혀 몰랐기에 '아바타'라는 단어에 막혀서 무엇을 한다는 건지 아무리 봐도 감이 오지 않았다. 그렇다 보니 중요한 인터뷰라고는 했지만 무엇을 준비해야 할지 몰라서 그냥 갔다.

세련되고 멋진 여성분과 인터뷰를 했다. 그분은 내게 다음 주 월요일부터 출근하라고 하셨다. 내가 하게 될 일이 무엇인지 모른 채 "네"라고 대답했다. 그렇게 월요일에 출근하라고 해서 출근했고, 명함을 받고 나서야 뉴미디어 예술을 전문으로 하는 미술관의 큐레이터로 취직했다는 것을 알게 되었다. 그곳은 내가 다녀본 직장 중에서 가장 멋지고, 가장 오래 다닌 곳이었다.

직장 생활은 재밌었다. 회의가 많고 야근을 밥 먹듯이 했지만 같이 일하는 사람들이 너무 좋았고, 함께하는 고생이라 할 만했다. 그때는 분명 힘들었다고 여겼던 것 같기는 한데, 기억에 남는 것은 재밌었던 순간들뿐이다. 야근하다가 지금은 사라진 피맛골에서 전에 막걸리를 먹고 마셨던 일, 아무리 머리를 쥐어짜도 좋은 아이디어가 안 나와서 팀이 다 같이 남산에서 케이블카 타고 아이스크림을 먹었던 일 등은 너무나 좋은 추억이다. 그때는 내가 캐나다에서 온 지 얼마 되지 않은 터라 한국의 예절을 몰라서 했던 실수가 아주 많았는데도 실수인지 몰랐고, 아무리 눈치를 주어도 '눈치' 자체가 없었기에 힘들지 않았다.

예를 들어, 관장님이 오시면 모두가 일어나서 90도로 인사하는데 나는 캐나다식으로 관장님에게 다가가 허그를 했다. 관장님뿐만 아니라 다른 사람들에게도 자주 허그 인사를 했다. 그런 나를 보고 사람들은 당황했지만, 습관이 참 무서운 게 한동안 그 행동을 이어갔다. 좋은 아이디어 없냐고 관장님이 물으시면, 초등학교 아이처럼 "저요, 저요" 하며 손을 번쩍 들고 말도 안 되는 아이디어를 쏟아내고는 했다. 동료들이 그런 나를 조용히 불러서 그러다가 잘린다고 조심하라고 했는데, 뭐를 조심해야 하는지를 몰랐다.

그때는 뉴미디어 미술이 막 시작되는 초기기에, 예술가들이 첨단 기술을 활용해서 구현하고자 하는 것들은 매우 아날로그적이었다. 기술을 통해 사람과 사람을 잇는 것이 예술가들의 주된 관심이었고, 새로운 가능성으로 희망이 가득했다. 지금은 스마트폰 하나만 있으면 다 되는 것이지만, 스마트폰도 줌zoom도 아직 없던 시절이라 특별히 제작된 카메라가 부착된 보드를 통해 지구 반대편에 있는 사람들이 마주 앉아 있는 것처럼 함께 그림을 그린다거나, 무대 위의 작가가 관객들의 핸드폰에 전화를 걸어 핸드폰 벨 소리로 음악을 만든다거나 하는 식의 작품들이 많았다. 만남, 연결, 참여가 뉴미디어 아트의 주 목표였던 시절이었다.

사실인지 아닌지 모르겠으나, 그즈음에 들었던 농담이 한동안 머리에서 맴맴 돌았다. 냉전 시대에 미국 나사NASA에서는 중력이 없는 우주에서도 글을 쓸 수 있는 볼펜을 만들려고 엄청난 돈을 쏟아부었음에도 번번이 실패했는데, 이것을 본 소련의 우주 비행사가 이렇게 말했단다. "우리는 연필 쓰는데?" 이 이야기가 계속 생각났던 이유는, 내가 뉴미디어 아트에서 좋아하는 것이 연결과 소통과 참여의 행위인데, 이것을 하기 위해서 그 많은 기술이 꼭 필요해 보이지는 않았기 때문이었다. 굳이 아바타들을 연결하고, 인터넷망을 설치하고, 로봇팔로 그림을 그리고 할 필요가 있을까? 그냥 옆에 있는 사람과 손잡고 연필로 그리면 되지 않을까?

이러한 고민이 있을 때 만났던 공동체 예술가, 철학자, 구도자, 환경운동가들이 이쪽으로 또는 저쪽으로 가라고 안내해주었다. 2003년 12월 수원에서 열렸던 세계생명문화포럼에서 자원봉사를 하다가 만난 '클라오크왓만 친구들Friends of Clayoquot Sound'의 대표인 발레리 랭어Valerie Langer는 단 한 번의 만남이었지만 내 삶에 큰 영향을 미쳤다. 그녀는 40대 초반으로 보이는 백인 여성으로 보풀이 많이 일어난 낡은 스웨터 차림에 화장기 없이 수수하고 맑은 얼굴로 조용조용하게 말을 했다. 나는 이 단체는 몰랐지만, 이 단체가 이끈 환경운동은 알고 있었다.

캐나다에서 대학을 다니던 시절, 많은 학생이 중간고사를 포기하고 버스를 대절해서 캐나다의 가장 서쪽에 있는 밴쿠버섬으로 갔다. 차로 5일 정도가 걸리는 긴 여정의 끝에 도착한 곳은 밴쿠버섬의 클라오크왓만이었다. 이곳의 한 번도 벌목된 적이 없는 숲이 벌목 예정지가 되자 캐나다의 환경운동 역사상 가장 긴 싸움의 현장이 되었다. 학생들뿐만 아니라 전국에서 온 캐나다 시민들이 자신의 몸을 숲의 나무에 체인으로 묶고, 나무에 올라가서 내려오지 않는 저항 행위를 벌였다. 환경운동가, 그 지역의 원주민들과 시민들이 1980년부터 1994년까지 15년간 싸워 결국 벌목을 중지시켰는데,

전 세계적으로도 보기 드문 환경운동의 성공사례였다. 그때는 중간고사를 포기하면 큰일 나는 줄 알았기에 나는 그들과 함께하지 않았지만, 그 숲을 수많은 사람이 지켜낸 것은 알고 있었다. 그런데 10년 후 한국에서 이 운동을 이끈 단체의 대표를 만난 것이다.

나는 랭어가 한국 시민들, 환경운동가들과 만나는 자리에서 통역을 담당했다. 질문의 핵심은 어떻게 그토록 오랫동안 지치지 않고 싸울 수 있었는가였다. 한국의 활동가들과 시민들이 물었다. "우리는 더 이상 할 수 없을 만큼 다 해보았어요. 단식투쟁도 하고, 삭발도 하고, 삼보일배도 하고. 그러다가 우리는 너무 지쳤어요. 당신들은 어떻게 오랫동안 지치지 않고 싸울 수 있었나요?" 랭어가 이렇게 대답했다. "화는 금방 사라지지만 사랑은 점점 더 커지는 힘이지요. 우리는 사랑으로 원을 만들어 춤을 추고 노래를 했어요. 그랬더니 원밖에 있는 사람들이 변하기 시작했고, 그들이 우리의 손을 잡아주어 사랑의 원이 점점 더 커졌어요. 사랑의 힘은 고갈되는게 아니어서 우리는 오랫동안 싸울 수 있었어요." 실제로 그당시 시위 영상을 보면 사람들은 노래를 부르고 춤을 추었다. 바로 이 대답이 나로 하여금 사람들과 함께 손을 잡고, 노래하고, 그림을 그리고, 춤을 추는 환경운동을 꿈꾸게 했다.

내가 수련했던 히말라야 요가의 최고 스승인 스와미 웨다 바라띠Swami Veda Bharati와의 만남도 의미가 남다르다. 침묵 수행 전에 마지막으로 한국을 찾은 큰 스승, 구루Guru의 통역을 맡았는데 그야말로 엄청나게 영광스러운 일이었다. 강의실 문을 열고 들어오던 그분의 모습이 잊히지 않는다. 호흡과 움직임이 고요한 물처럼 흐르셨는데, 그렇게 움직이는 사람은 태어나서 처음 보았다.

히말라야 요가명상협회의 정강주 회장님이 통역자로 나를 소개하자, 스와미는 잠시 나를 물끄러미 바라보셨다. 그러고는 아무 말 없이 꿀밤이라도 때릴 듯이 손을 번쩍 드시더니 손바닥으로 내 이마, 즉 제3의 눈 자리를 내리치셨다. 그 순간 불빛이 반짝하더니 그 반짝이는 불이 몸 전체로 퍼졌다. 이게 뭐지? 샥티팟shaktipat, 구루의 빛을 받는 것이 이런 것일까? '구루'가 그냥 스승이 아니라 '어둠을 물리치는 자'를 뜻하는 것이 늘 흥미롭다고 생각했는데, 그날 조금은 알 것 같았다. 내 안에 있는 빛이 순간 번뜩하며 모였다가 퍼지는 것 같았고, 벼락 맞은 것 같은 뇌로 인해 통역이 술술 되었던 은혜로운 경험을 했다. 나중에 심리치료를 하면서 자주 느꼈는데, 우리 내면에 자리 잡은 어둠이 물러가면 빛이 열리고 펼쳐진다는 것을 그날 경험했다.

우연의 우연으로 뉴미디어 미술관에서 일하게 되었고, 그곳과 그곳 밖에서 만난 여러 인연과 경험들 덕에 나는 다음 길을 상상할 수 있게 되었다. 미술관을 다니던 3년은 내 인생에서 너무나 중요한 시절이었다. 그 길이 내 길이어서가 아니라 내 길이 아닌 것이 무엇인지를 확실히 알게 되었기 때문이다. 또한 그곳을 다니면서 만난 수많은 인연이 여기저기로 가라고 손짓을 해주어서 꼬불꼬불하긴 해도 내 길을 찾을 수 있었다.

그래서 전망이 좋고 폼도 나고 재밌기도 했던 큐레이터 일을 그만두고 내 본성과 더 가깝고, 만남과 소통이 '연필'처럼 직접적으로 작동하는 치유 미술의 길을 가기로 결심했다. 그 선택을 하고 미술관을 그만두겠다고 했을 때, 예상과 다르게 아무도 안 말렸다. 동료들은 "은혜 씨, 정말 잘 생각했어"라고 등을 토닥여주었다. 관장님 역시 (내 생각에) 잘 다니고 있었다고 생각하던 직장을 그만두겠다는데 전혀 말리지 않으셨다. 대신 세 페이지나 되는 추천서를 써주셨다. 그들은 알았던 것이다. 큐레이터가 내 길이 아닌 것을. 그래서 축복으로 다음 길을 응원해주었다. 나는 관장님의 긴 추천서 덕분에 장학금까지 받으며 유학길에 올랐다.

그렇게 미국 시카고에서 미술치료를 공부하고, 정신병

33

원과 청소년 치료센터에서 일하고, 다시 한국으로 역이민을 하고, 제주로 이주했다.

이민을 거듭하고, 바다를 몇 번이나 건너고, 삶이 확확 바뀌는 가운데에서도 반복되고 중첩이 되는 장면이 있다. 바로 사람들과 함께 그림을 그리는 장면이다. 몇 년 전에 집단 미술치료 세션을 진행하던 어느 날, 사람들을 큰 종이 주변에 앉게 하고 이렇게 말했다. "자, 우리는 이제 상상 그림을 그릴 거예요." 그 순간 까먹고 있었던 어렸을 때 기억이 데자뷔처럼 번쩍! 하고 떠올랐다. 내가 동네 꼬맹이 친구들 서너 명을 모아놓고, 중간에 종이와 크레용을 꺼내놓고 이렇게 말하는 장면이다. "이제 우리 상상 그림 놀이를 하자. 어떤 상상을 할까?" 그 기억이 떠오르자 과거와 현재가 겹쳤다. 내 삶은 결국 돌고 돌아 이러한 장면들이 순환하는 것이 아닐까. 사람들을 모아놓고 상상 그림을 그리는 장면은 내 과거였고, 현재이고, 미래겠구나.

미국에서도 학교에 다니며 바쁜 공부와 한없이 지치는 실습 과정 중에 주말이면 미국 친구들을 모아서 그림을 그렸다. 인형 만들기를 하고, 아무 재료나 가져오라고 해서 김밥 말기 대회를 열고, 묵찌빠를 전수하면서 놀았다. 나는 어쩌다 보니 결혼을 안 했고, 부모님은 자식도 없이 홀로 늙어갈 당신들의 딸을 몹시 걱정하셨다. 하지만 나이가 들어 양로원에서 혼자 살더라도, 나는 늙은 친구들을 모아놓고 그림을 그리거나 애초에 깍두기가 필요 없는 놀이를 만들어 다른 할머니 할아버지들과 같이 흥겹게 살 것 같다.

그때까지는 이 시대에 필요한 치료사로 또 예술가로 살면서 마음과 자연을 연결하려 노력할 것이다. 스승님들이 해주신 말들과 그분들의 행동을 기억하면서 말이다. 특히 우리가 손을 잡고 자연을 지키고자 하는 마음이 사랑일 때 우리를 바라보는 사람들이 변한다는 말을 잊지 않으려 한다. 또한 우리 안에 어둠이 가득하지만 어둠이 물러가면 그 안에는 기쁨과 환희가 있다는 믿음도 나를 움직인다.

문을 열고 마음 안으로 들어오고, 문을 열고 자연 밖으로 나간다.

보이지 않는 손을 따라

    1987년 83세의 나이로 세상을 뜨기 전까지 평생 신화를 연구했던 신화학자 조셉 캠벨Joseph Cambell은 〈신화의 힘〉이라는 TV 인터뷰 시리즈에서 그의 가장 유명한 명언인 "황홀을 따라가라Follow your bliss"에 대하여 이야기했다. 'bliss'는 한국어로 기쁨, 황홀, 지복至福 등으로 번역이 되는데, 캠벨은 bliss가 산스크리트어인 아난다Ananda를 의미한다고 했다.

이제 나는 '황홀'이라는 개념에 도달하게 되었습니다. 세계에서 가장 위대한 영적인 언어인 산스크리트어에는 초월의 바다로 뛰어들어갈 수 있는 도약 지점을 설명하는 세 개의 단어가 있는데, 그것은 사트Sat, 치트Chit, 아난다입니다. 사트는 존재를 의미하고, 치트는 의식을 의미하며, 아난다는 환희 또는 황홀을 의미합니다. 이 중에서 내 의식이 올바른 의식인지 아닌지 모르겠고, 내가 존재라고 여기는 것이 올바른 존재인지 아닌지 모르겠지만, 황홀은 알지요. 그래서 황홀을 따라가면 황홀이 의식과 존재를 이끌어줄 것이라 생각했습니다. 그게 효과가 있었다고 생각합니다.[1]

캠벨은 황홀을 따라가다 보면 있는지도 몰랐던 길을 만나고, 또한 있는지도 몰랐던 문이 열려 보이지 않는 도움의 손들이 어디선가 나타난다고 말했다. 정말 그랬다. 은유적인 의미에서의 보이지 않는 손도 많았지만, 진짜 그 손에 닿았던 경험도 있었다. 한 번은 토론토에서 그리고 다른 한 번은 토론토로 가는 길에 겪었다.

토론토로 이민 간 직후의 일이다. 한국 영화관에서 마지막으로 본 영화가 〈영웅본색〉(1987)이었는데, 토론토 영화제에 나의 사랑 장국영이 온단다! 이 엄청난 소식에 친구 주희와 나는 흥분에 휩싸였다. 캐나다 학교생활은 매일매일 너무나 큰 문화충격이었고, 아무도 나의 더듬더듬 하는 영어를 알아듣지 못해 많이 위축되어 있었다. 그때 친해진 친구가 주희다. 주희는 나와 달리 어렸을 때부터 캐나다에서 살았기에 영어가 모국어였고, 성격이 쾌활해서 학교에서 인기가 아주 많았다. 주희는 늘 다양한 인종의 친구들 무리 속에 있었고, 나는 그들이 깔깔거리며 지나다니는 모습을 부럽게 쳐다보고는 했다. 그러다 주희와 나는 장국영 팬이라는 중요한 공통분모가 있어 빠르게 친해졌다.

토론토 영화제 기간 중 어느 날 주희와 나는 방과 후에 버스를 세번이나 갈아타며 차이나타운에 가서 장국영을 찾아다녔다. 그와 같은 초특급 스타가 차이나타운을 활보할 것 같지는 않았지만, 나는 별생각이 없었고 주희는 용감했다. 호텔들을 찾아가서는 프런트 직원에게 여기 장국영이 있냐고 묻기도 했는데, 직원들은 숙박객 정보는 알려줄 수 없다고만 했고 계속 말해달라며 버티는 우리를 내쫓거나 하지는 않았다. 결국 그를 찾는 대신 그가 무대인사를 하는 영화표를 사려고 영화관 매표소에 줄을 섰는데, 예매 없이 당일 표를 사려는 사람들의 줄이 너무 길었다. 우리가 표를 구할 확률은 너무도 희박해 보였다. 하지만 우리는 너무 간절했다.

두 손을 모으고 하늘을 바라보며 "Please, please!"를 외쳤다. 그 순간 "Here. Take this"라는 말과 함께 영화표 두 장이 하늘에서 떨어졌다. 친구가 안 와서 표가 남았다며 우리가 기도하는 모습을 보고 한 남자가 표를 준 것이었다. 이런 것이 기적이구나! 우리는 서로를 얼싸안고 소리를 치며 방방 뛰었다. 그 표를 가지고 영화도 보고 무대인사하는 장국영도 보았겠지만 전혀 기억나지 않는다. 이 에피소드의 가장 빛나는 기억은 장국영을 본 것이 아니라 기적처럼 우리가 기도의 응답을 받았던 일이었다.

그렇게 보이지 않는 손이 내 손에 표를 쥐여준 경험이 한 번 더 있었다.

몇 년 전, 아버지가 위급하니 당장 캐나다 집으로 오라는 전화를 새벽에 받았다. 비행기 표를 알아보는데, 손이 덜덜 떨려서 표 검색에 애를 먹었다. 간신히 인천→토론토 비행기 표와 제주→김포 비행기 표를 구하고 제주 공항으로 갔는데, 예약이 안 되었다는 것이 아닌가! 너무 정신이 없어서 제주→김포가 아니라 김포→제주 표를 산 것이었다. 더군다나 하필 그때가 성수기 주말이어서 모든 항공사 좌석이 매진이었고, 더 이상 대기자도 받지 않았다. 바로 서울로 가야 인천에서 토론토 가는 비행기를 탈 수 있는데 말이다. 그때처럼 내가 섬에 산다는 것에 괴로워했던 적이 없다.

항공사 카운터에서 남은 좌석이 전 항공사에 하나도 없음을 다시 한번 확인받은 순간, 무릎이 꺾여 바닥에 주저앉았다. "저 지금 꼭 가야 해요. 토론토 가는 비행기를 타야 해요. 아버지가 돌아가시고 계세요. 지금 못 가면 아버지한테 인사를 못 해요." 그러면서 목 놓아 통곡하는데, 직원이 어딘가에 전화하고 옆에 있는 사람과 뭐라고 뭐라고 말하는 소리가 들렸다. 그러더니 카드를 달라고 해서 카드를 건넸고, "여기요, 바로 가세요" 하는 소리와 함께 카운터 끝을 붙잡고 있던 내 손에 직원이 탑승권을 쥐여주었다. 어떻게 된 상황인지 그때도 지금도 모른다. 탑승권을 준 직원의 얼굴을 볼 겨를도 없이 달려가서 간신히 비행기를 탔다. 하지만 아버지의 임종은 지키지 못했다. 서울 사는 큰오빠와 내가 태평양 바다 위를 건너고 있을 때, 엄마의 말씀에 따르면, 아버지는 아이들을 이미 다 만났고 저기 천사가 왔다고 하시고는 마지막 여행을 훨훨 떠나셨다.

토론토 공항에 도착했을 때 나를 맞이해준 사람도, 아버지의 임종 소식을 제일 먼저 알려준 사람도 장국영 표를 같이 구했던 내 친구 주희였다. 주희에게서 그 소식을 듣자마자 세상에서 소리가 사라지고 땅이 꺼지고 모든 것이 멈춘 느낌이었다. 공항 바닥에 주저앉아 가슴을 치며 통곡할 때 주희가 손을 잡아주었다.

　너무나 간절했던 순간에 손을 잡아준 기적의 손길들을 기억한다. 한 번은 너무 기뻤던 순간, 다른 한 번은 너무 슬펐던 순간에 보이지 않는 손이 내게 왔다. 30년 넘게 스테디셀러인『아직도 가야 할 길』의 저자 모건 스캇 펙Morgan Scott Peck은 '보이지 않는 손의 도움'을 '은혜grace'라고 불렀다. 정말 아슬아슬하게 차를 피하거나 뭔가가 얼굴 쪽으로 날아왔는데 몇 밀리미터 차이로 눈을 비껴간다거나 하는 일은 살면서 종종 겪게 된다. 그렇게 간발의 차이로 위험을 피한 순간들뿐만 아니라 인식하지 못하는 와중에 셀 수 없이 안 치이고 안 다치며 사는 이 모든 것이 '은혜'이다.

　오래전에 들은 이야기가 있다. 인생의 길을 걸을 때 어떤 사람은 길 위에 세워진 푯말과 같고, 어떤 사람은 길과 같으며, 그리고 매우 드물긴 하지만 어떤 사람은 그 길을 같이 걸어준다고 했다. 우리는 주로 길과 같거나 같이 걸어주는 사람만 귀하게 여기는데, 푯말이 되어주는 사람 또한 중요하다. 이들은 어쩌면 원수일 수도 있고, 자신을 버린 애인일 수도 있고, 하고자 하는 것을 막아서는 사람일 수도 있지만, 그들 덕에 가던 길을 멈추고 방향을 바꾸게도 되고 용기를 내어 새로운 길을 찾기도 한다.

이 모든 사람이 나를 이곳에 오게 도왔다. 푯말 같은 사람들 덕에 힘들더라도 나의 힘을 발견할 수 있었고, 길이 되어준 사람들 덕에 인생의 어두운 늪을 빠져나올 수 있었으며, 길의 구간 구간을 같이 걸어준 사람들 덕에 외롭지 않았다. 또한 큰길이 아닌 샛길로 가라고 귀에 속삭여준 사람들도 있었다. 이 모두가 내게 좋은 사람은 아니었으나, 그들 덕에 내가 오늘 여기에 있다. 가장 고마운 사람들은, 큰길로 가야 성공할 것 같아서 나도 그 대열에 들어가려고 할 때 "은혜야, 우리 그냥 여기에 있자"라며 이리로 오라고 손짓해준 환경운동가 친구들이다. 그들은 숲과 바다로 같이 가자고 나를 불러주었다. 사람들은 오고 가고 있다가 없기도 하고 사랑을 주기도 하고 실망을 남기기도 하지만, 전체로 보자면 이 모든 사람이 나로 하여금 이 길을 걷게 했다.

코로나19 직전에 인도의 리시케시에 갔다. 리시케시는 전 세계에서 요가인들이 모이고 다양한 워크숍들이 열리는 곳이다. 나도 이런저런 워크숍에 참석해보았는데, 그중에서 잊히지 않는 워크숍이 있다.

스페인어 악센트가 있는 영어를 구사하는 강사는 모두

를 일으켜 두 줄로 서게 하고, 서로를 바라보며 한 발짝씩 물러서라고 했다. 곧 방 안을 빙 휘감는 구불구불한 인간 터널이 만들어졌고, 한 명씩 그 터널을 지나갔다. 한 사람씩 눈을 완전히 감고 온몸을 이완한 채로 아주 천천히 걸어 들어갔고, 터널 양쪽의 사람들이 통과하는 사람들을 한 명 한 명씩 미세한 터치로 이끌었다. 내 차례가 되어 터널의 시작점에 서서 눈을 감았다. 그러자 손들이 나를 살짝살짝 밀어주고 당겨주며 길을 이끄는데, 내 몸이 저절로 방향을 바꾸고 저절로 앞으로 나아가는 것만 같았다.

태아가 세상으로 나올 때가 되면 한 바퀴 빙그르르 돌아서 머리의 위치를 아래로 바꾼다는 것을 성교육 시간에 듣고는 눈물이 났던 적이 있다. 태아가 세상으로 나올 때를 안다는 것이 기적 같았기 때문이다. 그런데 그날 수많은 손이 나비 날갯짓처럼 살랑살랑 나를 이끄는데, 그 손길들이 마치 내게 "자, 이제 태어날 시간이야"라고 말해주는 것만 같았다. 이렇게 내가 세상에 나왔겠구나. 어머니와 어머니의 어머니와 어머니의 어머니의 어머니와 모든 연결된 생명의 손들이 나를 세상에 나오게 하고, 또한 지금도 보이지 않는 수많은 손이 나를 이리로 저리로 이끌고 있겠구나.

사는 힘이 장사

나는 집중력이 장사이다. 어떤 생각, 장면, 느낌에 골똘히 몰두하면 내가 어디에서 무엇을 하고 있는지를 순간 까먹고는 한다. 그렇다 보니 눈을 뜨고 있는데도 길을 걷다가 눈앞에 있는 전봇대나 세워둔 탑차 등에 부딪힌 적이 꽤 많다. 그중 최고봉은 대학원에 다닐 때 폴리스 라인을 뚫고 간 일일 것이다.

내가 다닌 퀸스 대학교는 캐나다의 유명 관광지 '천 개

의 섬'이 있는 온타리오 호수 변에 캠퍼스가 있는데, 석회암
으로 지어진 고풍스러운 옛 건물들이 넓은 잔디밭 군데군데
선 아름다운 학교이다. 하루는 며칠 동안 거의 잠을 못 자면
서 쓴 에세이를 마감 바로 직전에 제출하기 위해 눈은 반쯤
감은 채로 발을 질질 끌면서 넓은 잔디밭을 건너 교수 연구
실이 있는 건물로 갔다. 오래된 건물의 반질반질한 나무 문
을 밀어 열려는 순간, 등 뒤에서 큰 외침이 들렸다. "만지지
마세요! 뒤로 물러나세요! 경찰입니다." 깜짝 놀라서 뒤를 돌
아보니 폴리스 라인이 처져 있고, 수십 명의 캐나다 경찰들
이 건물을 둘러싸고 있었다. 나중에 거짓말인 것이 밝혀졌지
만, 떨어진 법대 지원자가 법대 사무실이 있는 이 건물에 폭
탄을 심어놨다고 협박 전화를 했던 것이다.

　이걸 내가 못 봤다고? 게다가 수십 명의 경찰과 폴리스
라인의 틈을 나도, 그들도, 아무도 모르게 통과했다고? 정신
을 차리고 나서 그때 다짐을 하나 했다. '은혜야, 벼락치기는
이제 좀 그만하자.' 결과적으로 그날 건물에 들어가지 못해
에세이는 제출하지 못했고, 교수님은 봐주지 않았다. 결심은
오래가지 못해 벼락치기는 다반사였고, 뭔가 골똘히 생각하
다가 부딪히거나 넘어지는 일 또한 계속 생겼다. 그러다가
시카고에서 정말 크게 넘어졌다.

시카고에서 미술치료사로 살 때 있었던 일이다. 내가 살던 우크라이나 빌리지는 고풍스럽고 아름다운 동네에 있었지만, 한 블록만 가면 범죄율이 높고 총소리가 들리는 웨스트 사이드였다. 그곳은 내가 일하던 청소년치료센터가 있는 곳이기도 했다. 보통은 자전거를 타고 출근했지만, 그날은 너무 추워서 버스를 타기로 마음먹고 구제 숍에서 새로 산 롱패딩을 꺼내 입었다. 쨍한 빨간색에 발목까지 일자로 타이트한 스타일이라 폭이 좁아서 종종걸음으로 걸어야 했지만, 지금이 아니면 언제 입겠나 싶었다.

그렇게 양손에 가방을 들고 삐걱거리는 2층 계단을 내려와서 한 열 걸음 걸었을까. 튀어나온 돌에 발이 걸렸다. 폭이 좁은 롱패딩 때문에 무릎을 구부릴 수 없었고, 결국 일자로 넘어지면서 턱을 바닥에 쿵 하고 부딪혔다. 잠시 의식을 잃었던 것 같다. 정신을 차리고 보니 너무나 아파서 일어날 수가 없었다. 고개를 간신히 옆으로 돌리니 얼굴 주위로 큰 피 웅덩이가 보였다. 마치 총상을 입은 것 같은 충격적인 비주얼이었다. 나중에 보니 드라마틱한 피의 양에 비하면 그나마 크게 다친 것은 아니었다. 어금니 여섯 개가 부러져 있었고, 턱이 찢어져서 네 바늘을 꿰맸다.

그 순간에는 너무 아프고 피가 많이 나서 어떤 상황인지

파악이 되지 않았다. 그리고 진짜 충격적인 일이 일어났다. 너무 아파서 계속 땅바닥에 누워 있었는데, 출근하는 사람들의 발이 보였다. 발 한 쌍이 멀리서 가까이 오다가 말고 반대쪽으로 후다닥 사라졌다. 다른 발이 지나가다가 나를 보고는 멈칫하더니 떨리는 목소리로 구급차를 불러줄까를 묻고는 내가 괜찮다고 하니 재빨리 사라졌다. 조금 있다가 나타난 발은 피 웅덩이 앞에서 잠시 멈칫하더니 피 묻은 내 가방을 넘어서 지나갔다. 그다음은 다행히도 나의 신음 섞인 전화를 받고 달려온 친구의 발이었다.

　　피 웅덩이 속에 누워서 사라지는 발걸음을 보며 두 가지 큰 결심을 했다. 첫째, 미국을 떠나 한국으로 돌아가겠다. 피 흘리고 쓰러진 사람을 두고 도망가는 사람들 때문에 미국에 정이 뚝 떨어졌다. 둘째, 나는 쓰러진 사람을 보고 도망가지 않겠다. 그 당시 나는 미국에서 자리를 잡고 아예 살까 아니면 한국으로 돌아갈까를 심각하게 고민하고 있었다. 일하던 청소년치료센터에서는 매일 폭력 사건들이 일어났다. 아이들이 빈번하게 기어이 피까지 보며 싸웠기에 이 일을 계속하다가는 죽는 사람을 볼까 봐 두려움이 컸다. 어떤 선택을 해야 할지 고민이 많았는데, 그곳에 누워서 응답을 받았으니 여섯 개의 어금니는 값으로 치를 만했다. 병원에 갔더니 의사

선생님이 칭찬을 해주셨다. "와우! 어떻게 그렇게 잘 넘어졌어요? 완벽한 각도로 넘어지셨어요. 조금만 턱을 왼쪽이나 오른쪽으로 틀었어도 턱뼈가 어그러졌을 거예요."

사고가 있고 나서 몇 달 후 일을 그만둔 다음 펑펑 우는 남자친구와 헤어져서 한국으로 돌아왔고, 쓰러진 사람을 두고 그냥 가지 않겠다는 결심을 지켰다. 서울의 전철 플랫폼에서 선로 방향으로 쓰러지고 있는 사람을 보고 달려가 온 힘을 써서 그 사람을 끌어냈으며, 제주에서는 간질 발작으로 쓰러진 사람 곁을 지킨 적도 있다. 아이티 지진이 났을 때는 한 달 동안 시민들이 직접 그린 그림을 팔아 기부금을 만드는 기부 전시를 서울에서 열었고, 이태원 참사가 일어난 직후에는 단 며칠 만에 동료 미술치료사들을 모아서 응급 미술치료를 진행하기도 했다. 우크라이나 난민들을 돕기 위해 기부 전시회를 열어 돈을 모아 기증했던 적도 있으며, 제주항공 여객기 참사가 일어났을 때는 무안 공항으로 달려가 자원봉사를 했다. 이 모든 것이 그때 치아 여섯 개와 바꾼 결심 때문이다.

부모님은 내가 화초처럼 보호받으며 자라기를 바라셨다. 부족한 살림에도 여섯 살부터 피아노 학원에 보내셨고,

그림을 그리겠다고 했을 때는 반대하지 않고 지지해주셨다. 딸이 피아노를 치고 그림 그리며 좋은 집에 시집가서 우아하고 행복하게 살기를 바라셨던 것 같다. 하지만 내 삶이 화초 같았던 적도, 세상이 화원 같았던 적도 없었다. 오히려 나는 야생에서 잘 살고 싶었다. 야생에서 잘 살면 얻게 되는 힘은 회복력인 것 같다. 넘어지고 비틀거리고 실패하고 실수하고 서러운 일이야 수도 없이 많지만, 다시 일어날 때 나는 나에 대한 사랑을 증명하고 내가 누군지를 발견한다.

자기 자신이나 사랑하는 사람이 힘들기를 바라는 사람은 아무도 없겠지만, 힘든 일을 겪지 않고 이 생을 지날 가능성은 제로이다. 그렇다면 더 강해질 수밖에. 외상 후 스트레스 장애PTSD 만큼 흔한 것이 '외상 후 스트레스 성장PTSG'이다. 피부에 상처가 나면 흉이 지는 이유가 상처가 아물면서 그 피부 조직이 세 배나 더 두꺼워지기 때문이라고 한다. 비슷하게 힘든 일을 통과하고 바닥을 치고 올라오면 우리는 더 강해진다. 나는 살면서 그 힘을 여러 번 경험한 것 같다.

미대에 가서는 청소년 때부터 있었던 우울증이 계속되었고, 작품에 몰입하느라 밤새거나 밤낮을 거꾸로 살 때가 많다 보니 멘털이 너덜너덜해지는 느낌이어서 가끔은 내가 미쳐가고 있는 것은 아닐까 생각했다. 하지만 그렇다고 해서 모든 것이 나빴던 것은 아니다. 사랑하는 것들이 아주 많았기 때문이다. 전시와 공연을 정말 많이 보았고, 저명한 인사들의 강연도 자주 들었다.

음대생이 아닌 내가 음대에 가서는 몰래 피아노를 치고 소원이었던 오케스트라에 들어가서 바이올린도 켰다(고 하기에는 너무 못해서 연주하는 척을 많이 했다). 또한 책을 여전히 좋아해서 미대와 음대 도서관에서 아르바이트를 하면서 책을 실컷 만지며 시간을 보냈다. 지금까지도 친하게 지내는 친구들을 그때 만났다. 많이 우울하고 어둡고 힘든 시기였으나, 내 안에 생동하는 무엇이 나오고 싶어 하던 시절이기도 했다.

이때부터 우울증 치료를 받았다. 내가 다닌 미대의 학생들이나 교수들은 거의 다 조울증이나 우울증 환자가 아닐까 싶을 정도로 감정 기복이 심했다. 이런 분위기가 우울증 치료에 대한 거부감을 줄여주었기에 나도 약물 치료를 시작했다. 항우울증약을 먹으면서 우울하지 않은 상태가 무엇인지를 느낄 수가 있었다. '안 우울한' 상태를 경험하니 구름이 걷히는 듯했으며, 희망이 생겼고, 정말 나아지고 싶었다.

약물 치료는 얼마 안 가서 중단했지만, 20대와 30대를 통틀어 여러 심리상담사를 만났다. 그중 한 분은 친절하신 중년 여성으로 화려한 문양의 아프리카 전통 옷차림을 하고 계셨다. 아프리카에서 온 조각 작품들로 꾸며진 그분의 치료실은 참 멋있었다. 그런데 좀 정신 없이 허둥지둥했고, 따뜻한 분이기는 했지만 크게 도움이 되는 것 같지는 않았다. 나중에 미술치료를 공부하면서는 학교 상담센터에서 상담받았다. 나의 상담사는 상담학 박사과정의 학생이었는데, 반듯한 옷차림에 허리를 똑바로 세우고 앉아 있는 모습이 딱 전교 1등 모범생 같았다. 그분이 너무 열심히 하고 싶어 해서, 나 또한 열심히 힘든 이야기를 쥐어짜듯 말했던 것 같다. 한국에 와서는 유명하신 융 분석심리학자를 만나 꿈 분석을 받기도 했다.

그들의 도움으로 점점 어둠의 늪에서 빠져나오는 길을 찾았는데, 지금 생각해보면 그럴 수 있었던 것이 그들이 뛰어난 상담사이거나 그들이 해준 조언이 기가 막히게 훌륭해서가 아니었다. 대부분 피곤해 보였고, 그들의 삶 또한 완벽해 보이지 않았으며, 열심히는 했으나 특별히 도움 되는 말을 해주지는 않았다. 하지만 마음속 어두운 공간에 머물러 있을 때 그곳에 탐험할 거리들이 많다고 알려주었다. 그들은 몸을 웅크리고 그저 간신히 견디고 있는 내가 띄엄띄엄 말을 뱉을 수 있게, 말 대신 나오는 손짓을 더 움직일 수 있게, 잘 나오지도 않던 고름과 같은 눈물을 짜서라도 흘릴 수 있게 도왔다.

그들이 자꾸 물어봐주었기에 느낌만 가득하고 언어가 없던 그 무엇을 표현하고자 애썼다. 이는 들어주는 이와 물어봐주는 이가 없었다면 혼자 하기 어려운 과정이었다. 범생이 같던 상담사와 상담을 종결하고 문을 닫고 나오는데, 주체할 수 없게 눈물이 뿜어져 나와서 아이처럼 소리 내어 엉엉 울었다. 뛰어난 상담사는 아니었을지라도 그저 들어주려고 애써줬다는 것이 그렇게 고마울 수가 없었다. 그렇게 나는 더듬더듬 동굴에서 나오는 길을 찾았고, 무엇보다 어두운 그곳에 들어가야만 접할 수 있는 존재를 만났다. 그리고 그 존재가 나를 온전하게 했다.

내 깊은 어두운 동굴 속에는 나를 구하고 싶고 돕고 싶고 매우 아끼고 사랑하는 이가 있다. 우울의 바닥에 다다르면 치고 올라갈 수 있게 어깨를 내어주고, 보이지 않는 길을 더듬더듬 찾을 수 있게 내 손을 뻗게 하고, 동굴의 딱딱한 벽을 그어 열 수 있는 문을 만들도록 못 한 자루를 내어주는 존재가 있었다. 융이 말하는 정신의 중심에 있는 자기Self일 수도, 내 안에 있는 신성神性일 수도, 내면가족체계IFS 이론에서 말하는 건강하고 지혜롭고 자비로운 내적 중심인 참나Self일 수도, 살아 있음 그 자체일 수도 있다. 이 존재가 우울에서 벗어나도록 길을 안내해 결국 나는 어두운 동굴에서 나왔다.

최근에 융 정신분석가인 제임스 홀리스James Hollis의 인터뷰를 감명 깊게 보았다. 80세 노년의 학자가 말했다.

모두가 고통받는 영혼입니다. 삶은 힘들고 우리는 결국 죽지요. … 이것은 비관적인 말이 아니라 그냥 상황을 설명하는 것뿐입니다. 중요한 것은 그래서 당신이 어떻게 할 거냐는 것이지요. … 당신이 우울했다면 우울증이 당신에게 주는 임무가 무엇인가요? 당신이 불안하다면 그 불안은 어디서 오는 것입니까? 삶은 우리를 늪으로 소환하고 우리에게는 임무가 주어집니다. 살다가 늪에 빠졌다면 당신에게 주어진 과제가 무엇입니까? 예를 들어 당신의 파트너가 당신을 배신하고 결혼 생활에서 떠났으며 당신의 자존감도 앗아가버렸다면 먼저 자아존중감을 회복해야 할 것입니다. 자아존중감이 없다면 앞으로 하는 그 어떤 선택도 별로 좋지 않을 것이기 때문입니다. 이것은 어려운 일이지만, 그럼에도 당신에게 주어진 과제입니다. 당신이 빠진 이 늪이 당신에게 무엇을 요구하나요? 그리고 이것은 당신이 무엇을 하지 못하게 방해하나요?[2]

그 어두운 늪에서 만난 이가 나를 일으켜 세웠던 수많은 순간을 기억한다. 부끄러워서 세상에 머리를 들 수가 없을 것 같을 때, 너무 화가 치밀어서 심장이 터져버릴 것 같을 때, 나를 무척이나 사랑하는 존재를 내 영혼의 어두운 늪에서 만났다. 오랫동안 괴롭고 외롭고 힘들었던 시간이 있었지만, 영혼의 늪에 빠져보지 않았더라면 만날 수 없었을 존재였기에, 내 삶으로 값을 치를 만했다.

최근에 오랫동안 나를 보아온 친구가 이렇게 말했다. "은혜는 살아가는 힘이 장사야." 나의 힘은 어두운 곳에 안 빠지는 게 아니라 바닥을 치고 올라오는 것이다. 무너지고 넘어지고 억울하고 답답하다가도 일어나는 것이다. 나는 이 존재를 여러 이름으로 불러왔다. '헐크'라고 불렀다가 '코요테'라고 불렀다가 '큰언니'라고 불렀다. 요즘은 그저 '나를 몹시 사랑하는 이'라고 부른다. 이 존재가 장사다.

2부

로망 이후의 제주살이

버섯 먹는 노루

아크릴화, 2025

제주의 숲에서 만나는 노루들은 후다닥후다닥 도망가기 바빠
자세히 보기가 힘들다.
그런데 버섯을 먹느라 가까이 가도 움직이지 않는
어린 노루를 만났다. 얼마나 맛있길래!

돛을 내리면 닻을 펼치고 싶고

　"제주에 살아서 얼마나 좋으시겠어요~ 저의 로망이에
요." 제주로 여행을 온 사람들에게 많이 듣는 말이다. 질문인
것 같기도 하고 아닌 것 같기도 한 이 말에 어떻게 대꾸할지
를 몰라서 대충 얼버무릴 때가 많다. 제주에 사는 게 나의 로
망이었나? 그랬던 것 같지는 않다. 하지만 어디론가 떠나고
싶다는 마음은 늘 있었다. 그 마음이 로망이었다면 로망일
텐데, 제주에 도착하니 그 마음이 사라졌다. 모든 로망의 이

야기는 바라는 것을 이루거나 가고자 하는 곳에 도착하는 결말로 끝나는 것이 아니라 이루지 못하고 도착하지 못해서 지속되는데, 나는 여기에 도착해버렸다.

로망의 대상은 가능성으로만 남아 있어야 '로망'이다. 로망은 미지의 세계로 우리를 이끌지만, 아이러니하게 그곳에 도착해서 원하는 것을 얻으면 로망이 아니게 된다. 그렇기에 또 눈을 들어 미지의 세계를 꿈꾼다. 나는 오랫동안 꿈꾸는 눈으로 살았다. 머물러 있는 곳에 뿌리를 내리지 않고 언제든 이사할 수 있도록 최소한의 살림으로 사는 것이 자유라 생각했다. 그러다가 제주에 정착하면서, 여기에 도착한 것 같았고 안착하는 느낌이 컸다. 그런데 이제 마음이 간질간질하다. 나는 분명 이곳에서 행복한데 왜 또 심장과 발바닥이 간지러워지는 걸까?

떠나고 싶은 마음과 안주하고 싶은 마음 사이의 갈등에 관하여 누구보다도 정확히 말한 사람은, 다름 아닌 외도 전문 상담가 에스터 페렐Esther Perel이다.[1] 페렐에 의하면 사람들이 배우자를 두고 외도하는 가장 큰 이유는, 사랑이 식어서라기보다 결혼을 통해서 안정감이 생기면 '갈망desire'을 다시 경험하고 싶어 하기 때문이라고 한다. 페렐은 안정감을 위해서 결혼하는 것은 '닻을 내리는 것'이라 하고 바람피우는 것을 '돛을 펼치는 것'이라 했는데, 이 비유가 기가 막히다! 안정감을 느끼고 싶어 닻을 내려 정박하는 삶을 선택했는데, 시간이 지나면 지루해져 돛을 펼쳐서 바람이 이끄는 새로운 곳으로 가는 모험을 즐기고 싶어진다는 것이다. 닻을 내리고 동시에 돛을 펼칠 수 없는 것처럼, 정착의 '안정'과 모험의 '자유'를 한꺼번에 경험할 수 없는데도 이 두 가지를 모두 원하는 것이 우리 삶의 역설이라고 페렐은 말한다. 이것은 비단 결혼뿐만 아니라 어떤 일을 하고 어디에 살고 어떻게 살지를 고민하는 사람들 역시 자주 빠지는 역설이지 않을까 싶다.

내가 상담할 때 하는 말 중에 내담자의 신뢰를 얻는 데 매우 효과가 좋은 질문이 하나 있다. 바로 "머물고도 싶으시고 떠나고도 싶으시죠?"이다. 그러면 깜짝 놀라며 동그래진 눈으로 이렇게 말하고는 한다. "선생님, 그걸 어떻게 아셨어요? 자리 까셔야겠어요!" 이런 말을 들으면 어깨가 으쓱하지만, 그들이 모르는 게 하나 있다. 상담사를 찾아오는 대다수 사람이 결혼이든, 직장이든, 사는 곳이든 머물고도 싶고 떠나고도 싶어 한다는 사실.

'닻'을 내린 사람들은 주로 이런 말을 한다. 안정감을 가지고 싶어서 직장인이 되고 공무원이 되고 결혼했는데, 자유로운 영혼으로도 살고 싶다. 탈출과 자유를 꿈꾸지만, 미래가 너무나 불안해서 자신을 갉아먹는 직장을, 연애를, 결혼을 그만두지 못한다.

'돛'을 펼친 사람들도 자기 삶에 만족하지 못하는 건 마찬가지이다. 자유롭게 살고 싶어서 프리랜서가 되었는데, 월급이 없는 상황이 너무 불안하다. 좀 더 안정된 상황이 필요하긴 하지만, 자유를 포기할 수 없어서 사람이든 직업이든 뿌리를 내릴 만하면 헤어지고 그만둔다. 이렇게 계속 살다가는 주변에 아무도 없고 혼자 늙어 죽을까 봐 겁이 난다.

돛과 닻, 안정과 자유는 본질적으로 정반대의 에너지를 가지고 있다. 안정적인 것은 답답함과 한 세트이고, 자유로운 것은 불안과 한 세트이다. 그렇기에 어떤 삶을 살지를 고민할 때 스스로에게 던지면 좋은 질문은 '안정적인 삶을 살래? 자유롭게 살래?'가 아니라 '답답할래? 불안할래?'이다. 이 둘 중에서 그나마 감당할 수 있는 괴로움이 뭐냐고 묻는 것이다.

닻을 내렸음에도 돛을 펴서 바람을 타고 싶은 갈망을 어찌할 수 있을까? 페렐은 우리의 삶이 사실 절대적으로 안정적이지 않음을 깨달아야 한다고 말한다. 몇십 년을 산 부부라도 상대가 언제든 떠나거나 죽을 수 있으며, 내가 전혀 모르는 모습을 상대에게서 발견할 수도 있다는 것이다. 즉 우리는 완전히 닻을 내린 적이 없다는 것을 기억하라고 조언한다.

지난 몇 년이 그랬다. 삶이 점점 땅에 뿌리를 내리는 것에 안정감을 느끼지만 답답하기도 했다. 그런데 조금만 생각해보면 내 삶 속에 있는 가족, 친구, 집, 마을, 숲, 바다 중 완전히 아는 것은 아무것도 없다. 예를 들어, 우리 집 마당의 나무가 몇 그루인지 모른다. 어떤 나무들은 심은 것이고, 어떤 나무들은 씨가 떨어져 저절로 자란 것이다. 다른 그루의 일부인지 독립된 개체인지 모르겠는 나무들도 있다. 조금만 방심하면 마당은 무성한 풀로 뒤덮이는데, 신기하게도 해마다 마당을 점령하는 풀이 다르다.

매해 봄에서 초가을까지 같이 살았던 거미 '타란툴라'가 있다. (진짜 타란툴라는 아니다.) 워낙 조용한 곳이어서 거미의 긴 다리가 들떠 있는 벽지를 지날 때마다 사각사각 소리가 났다. 층간 소음도 아니고 거미 발걸음 소리가 시끄러워서 밤잠을 깨고는 했다. 오랫동안 같이 살았는데도 존재감 가득한 롱다리 녀석에 관하여 아는 게 없었다. 욕실에 가끔 나타나고는 했던 민달팽이 '젤리'는 또 어떤가. 젤리는 왜 하필 수도꼭지 위에서 살까? 수도를 틀 때마다 젤리의 몸이 낄까 봐 조심조심 돌리고, 화장실에 먹을 것은 있는지 궁금했다. 뭘 주고 싶어도 무엇을 먹는지 몰랐고, 사람의 온도가 달팽이에게 너무 높아서 만지면 죽는다는 말을 들은 적이 있어 옮기지도 못하고, 내가 살금살금 피하면서 여러 해 여름을 같이 살았다.

나는 우리 동네에 있는 모든 길을 가보지 않았고, 곶자왈의 모든 길을 가보지 않았다. 모든 올레길을 가보지 않았고, 한라산을 여러 번 가보았으나 철쭉 피는 한라산은 본 적이 없다. 이렇게 쓰고 보니, 도대체 아는 게 뭔가! 집을 떠나 집을 여행해보고, 집으로 돌아와도 보자. 여행하듯 익숙한 곳을 낯설게 만나보자. 우리는 삶의 단계를 통과하면서 익숙한 안정감과 설레는 모험 사이에서 갈등하고는 한다. 그러다가 닻을 내리기로 결심할 수도, 돛을 펴기로 결심할 수도 있다. 그런데 닻을 내린 곳은 딱딱한 콘크리트 바닥이 아니라 파도치는 바다임을 기억하자. 파도는 움직이니 아무리 닻을 내렸어도 우리는 흔들흔들 살 수밖에 없다.

아무것도 아닌 동시에 우주적인 경험

　제주 여행자들이 이상할 때가 종종 있다. 비 오는 날 젖은 모래에 굴러가지 않는 캐리어를 끌고 바닷가로 간다거나, 폭염주의보가 내린 한낮에 눈만 빼고 온몸을 가리고 올레길을 걷는다거나, 잔잔하기 그지없는 바다에 서프 보드를 띄워 놓고 오지도 않는 파도를 하염없이 기다린다거나. 가장 이상한 것은 가짜 피크닉을 할 때이다. 앙증맞은 작은 테이블 위에는 레이스 천이 깔려 있고, 그 위에는 플라스틱 포도, 플라스틱 바게트, 와인잔 등이 올라가 있다. 얼핏 보면 『킨포크』 잡지에 실리는 피크닉 장면과 같은 비주얼이기는 하지만, 조금 더 살펴보면 진짜 피크닉이 아님을 알게 된다. 일단 소품이 가짜이고, 소풍의 소울soul이라고 할 수 있는 느긋함이 없다. 여유로워 '보이는' 사진을 찍느라 분주하게 이리저리 움직인다.

봄과 가을, 해가 질 녘 함덕 바닷가에는 촬영하느라 분주한 사람들로 가득하다. 적을 때는 다섯 팀 많을 때는 스무팀 정도가 웨딩 촬영을 하는데, 이들 때문에 귀도 눈도 시끄럽다. "신부님! 신랑님! 하하하 웃으세요!" 그들은 나에게서 소중한 것을 빼앗았다. 하늘과 바다가 환상적인 색이 되는 시간에 하는 노을 수영을, 나의 황홀을 빼앗았다.

노을 구경을 포기하고 옆에 있는 더 작은 해변으로 가본다. 여기는 언제 돌 사진관이 되었는지, 대여섯 명의 어른들이 돌하르방 옷이나 해녀 옷을 입은 아기를 웃기려고 온갖 애를 쓰고 있다. 얼굴에 경련이 올 정도로 웃고 있는 사람들 뒤로 하늘 전체가 강렬한 붉은색과 보라색으로 펼쳐진다. 카메라에 이 광경을 뒷배경으로 담느라, 정작 신부 신랑과 첫돌의 아이와 부모들은 황홀한 노을을 놓치고 만다.

제주에 살면서 여행자들을 많이 스치지만, 소위 말하는

'노는 물'이 다르다 보니 잘 만나게 되지는 않는다. 그러다 친구가 묵는 게스트하우스에 놀러 가서 큰 벽에 빼곡히 붙은 포스트잇의 글들을 읽게 되었다. 독백 같기도 일기 같기도 다짐 같기도 한 내용들이 쓰여 있었다. 허리를 구부리고 얼굴을 벽에 바짝 대서 깨알같이 쓴 글들을 읽다 보니, 그 글을 쓰는 사람들의 모습이 상상되었다. 몸을 한껏 웅크리고 작은 글자를 꾹꾹 눌러쓰고 있는 사람들의 몸짓이 느껴졌다.

그중에서 압도적으로 많은 내용이 '나를 찾고 싶다'였다. '내'가 나이고, '내'가 내 삶을 살고 있는데, 나를 찾고 싶다는 말이 도대체 뭘까? 그리고 왜 굳이 여행지에 와서 자기를 찾고자 하는 것일까? 나를 찾고 싶다는 말에는 내가 모르는 다른 나를, 적어도 더 나은 나를 경험하고 싶다는 마음이 있는 것일까? 또는 내가 누군지를 진짜 몰라 찾아야 한다는 말일까? 혹시 더 나은 장면 속에 더 나은 나를 두고 싶은 걸까? 어떤 역할도 관계도 없이 순수한 자기가 있다고 믿는 것일까?

그다음으로는 직장에서 번아웃이 되어 힐링하러 왔다는 내용이 많았다. 제주에 충전하러 왔으며 돌아가서 힘내어 살겠다고 했다. 그리고 집같이 편한 숙소가 힐링을 도와주었다는 말이 거의 빠지지 않는데, '집 같다'라는 말은 무슨 의미일까? 나만 빼놓고 다들 이렇게 티끌 없는 방에서 바스락

거리는 이불을 덮고 잔다고? 아마 아닐걸? 집같이 편안한 게 아니라 집이 아니어서 편안한 것은 아닐까? 내가 청소하지 않았는데 누군가 청소해주는 집이어서?

반복되는 두 주제 '나를 찾고 싶다'와 '힐링하고 돌아가서 열심히 살겠다'는 내용을 보면서, 사람들이 제주 여행에서 원하는 것이 도대체 무엇인지 더 궁금해졌다. 그래서 이번에는 여행자들을 만날 목적으로 게스트하우스 몇 군데에 묵었다. 이틀 밤을 지냈던 곳은 거실에 긴 테이블이 놓여 있고 생맥주를 팔아서, 저녁때가 되면 손님들이 다 함께 맥주를 마시며 도란도란 이야기를 나눌 수 있었다. 여행자들과 맥주를 곁들여 대화하다가, 소등 시간이 되면 방명록을 침대로 가지고 와서 정독했다. 포스트잇에 쓰인 말도, 직접 들은 말도, 방명록의 말들도 비슷했다. 살다가 힘들 때 제주에 오면 뭔가 답답함이 풀리면서 '자, 이제 다시 돌아가서 열심히 살아가자' 하는 마음이 든다는 것이다. 제주에 와서 더 좋은 집, 더 좋은 일상, 더 좋은 하루를 경험하며 충전하여 '현생'이라고 부르는 진짜 삶으로 파이팅 넘치게 돌아가겠으며 지치면 다시 내려오겠다고 했다.

여행의 목표는 여행에 있지 않고 자신을 힘들게 하는 삶을 유지하기 위한 것일까? 문득 그들에게 여행은 '여행하고 있는 이곳'이 아니라 '돌아갈 곳'이 있어 더 의미를 갖는 게 아닐까 하는 생각이 들었다. 여행은 다른 생각, 다른 감각, 다른 경험을 할 수 있는 몇 안 되는 기회인데, 여행 역시 열심히 살기 위한 준비란 말인가.

최근에 어린이들을 위한 마음응급상자 만들기 워크숍을 진행했다. 미래에 힘들 때를 대비해서 지금의 내가 미래의 나에게 주는 응원과 위로를 담은 상자를 꾸미는 작업이다. 원래는 어른들을 위해 고안된 프로그램인데, 초등학교 고학년 어린이 워크숍으로 의뢰를 받아 고민이 되었다. 어른들보다 훨씬 더 현재를 사는 아이들에게 이 작업이 의미가 있을까? 결론부터 말하자면, 아이들도 오늘을 사는 것 같지 않았다.

먼저 아이들에게 여러 칭찬 문구를 들려주고 원하는 칭찬 문구를 고르게 했다. 그런데 아이들이 자기 자신을 위해 고른 칭찬은 "너는 멋진 아이야"와 같은 존재에 대한 칭찬도 아니고, "너는 사랑스럽고 친절한 아이구나"와 같은 성품에 대한 칭찬도 아니고, "넌 웃는 모습이 참 예뻐"와 같은 기분 좋은 칭찬도 아니었다. 온통 "잘했어"와 같은 능력에 대한 칭찬뿐이었다.

미술 작업으로는 행복하고 기쁠 때의 자기 모습을 그려 넣어 나중에 힘든 순간의 자신에게 주는 카드 쓰기를 했다. 워크숍 마지막에 카드에 뭐라고 썼는지 조금만 말해달라고 하자 거의 같은 문장이 나왔다. "너는 할 수 있어." "노력하면 뭐든지 이룰 수 있어." "조금만 더 해보자." 아이들의 등을 토닥여주고 워크숍을 마무리했는데 이루 말할 수 없이 씁쓸했다. 초등학교 4학년, 5학년 아이들이 스스로에게 해주는 응원의 말이 '노~오~력'이라니.

부모는 어린 자녀들에게 앞으로의 삶을 위해서 좋은 습관을 키워주고 싶어 한다. 자녀는 청소년이 되면 좋은 대학에 가기 위해서 공부한다. 대학생이 되면 좋은 직장에 들어가기 위해서 공부한다. 그리고 직장인이 되면, 중년이 되면, 장년이 되면 사람들은 더 나은 내일을 위해서 오늘을 참고 견딘다. 그러다 노인이 되면 치매에 걸리지 않기 위해서 뭔가를 열심히 또 한다.

『4000주: 영원히 살 수 없는 우리 모두를 위한 시간 관리법』의 저자 올리버 버크먼Oliver Burkeman은 우리가 아이들의 교육 문제를 갑론을박하지만 이 모든 논의는 아이들의 미래에 초점을 맞춘 것이고 어린이의 현재 삶의 질은 간과한다고 썼다. "아홉 살짜리 아이가 매일 몇 시간씩 폭력적인 비디오 게임을 하도록 내버려둬도 되는지는 단지 그 아이가 폭력적인 어른으로 성장할지의 문제가 아니다. 그것이 그 아이가 지금 이 순간 자신의 삶을 사용하는 좋은 방법인지의 문제이다. 어린 시절에 잔혹한 게임을 하며 보내는 것이 아이의 미래에 아무런 영향이 없다고 해도 그 순간 바람직하지 않은 환경에 있는 것은 분명하다."[2]

아이, 청소년, 어른에게 미래만이 아닌 현재의 삶에서 좋은 선택을 하는 것이 필요하듯이, 여행도 효과나 효능만 따질 것이 아니라 여행하는 동안 그곳에서만 경험할 수 있는 것들을 계획해보면 좋을 것 같다.

인류학자 김현경은 인격personality은 고정된 것이 아니라 다른 인격들과 상호작용하는 가운데 끊임없이 현상하는 것이라고 말했다.[3]

즉 사람의 수행performing person은 사람을 연기한다는 의미와 사람을 존재하게 한다는 의미를 둘 다 갖는다. 사람이 수행적이라는 것은 사람다움personality이 우리 안에 있지 않다는 뜻이다. 사람다움은 우리가 원래 가지고 태어났거나 (그래서 잃지 않으려고 애써야 하거나) 사회화를 통해 획득해야 하는 본질이 아니다. 그보다 사람다움은 우리에게 있다고 여겨지며, 우리

스스로 가지고 있는 체하는 어떤 것, 서로가 서로의 연극을 믿어줌으로써 비로소 존재하게 되는 어떤 것이다.[4]

순도 100퍼센트의 '나'라는 존재는 있을 수 없고, 나는 세상을 만나고 그 세상을 구성하는 다른 사람들과 접하면서 어떠한 모습으로 수행되는 것이라면 이곳 제주는 자기를 찾기에 좋은 곳이 아니다. 대신 자연과 연결된 더 큰 자기를 경험해보기 좋은 여행지이다.

특히 번아웃이 왔을 때 우리는 상상력과 창조력이 고갈되고 에너지가 없는 상태가 된다. 이때는 나를 변화시키거나, 새로운 모습을 찾거나, 내 존재의 의미를 바꾸거나 할 에너지가 없다. 그럴 때 효과적인 것은 나보다 더 큰 것에 연결되어 힘을 받는 것이다. 우리는 연결 속에서 다른 힘을 빌려오기도 하고 알지 못했던 용기를 얻기도 한다. 일종의 '부흥회'에 가야 한다. 이 연결의 힘을 경험할 수 있는 자연이 제주에 있다.

발을 파도에 담그고 모래사장에 앉아 있을 때, 바다에 누워 하늘을 바라볼 때, 비 오는 숲에서 비를 맞으며 미친 사람처럼 춤을 출 때, 바람 부는 오름 위에 서서 두 팔을 날개처럼 펄럭이며 바람을 느낄 때, 숲에 누워 땅의 습기를 피부로

들이마실 때 나를 괴롭히던 문제들은 작아지고 내 안에 갇혀 있던 감각의 촉수가 드넓은 자연으로 뻗는다. 내 감각이 자연으로 향하고, 나와 자연 사이에 막혀 있던 경계가 열려 숲의 향긋한 공기와 바다의 짠 기와 오름의 바람이 몸 안으로 들어온다. 자연이 내 몸속에 들어온다. 그럴 때 경험할 수 있는 감각이 있다. 우리가 자연 밖에 있는 존재가 아니라 거대한 자연의 연결망에 속해 있으며 우리 자신도 자연의 일부임을 느끼는 것인데, 이것이 '생태적 감각'이다. 자연과의 연결 속에서 경험할 수 있는 확장된 자아의 감각이다.

이미 아무것도 안 하고 있으면서 더 아무것도 안 하겠다는 청소년 남자아이가 치료실에 끌려서 왔다. 학교를 거부하고 가족들과 소통하는 것도 거부하고 대부분의 시간을 방 안에서 게임하며 보내는 아이였다. 대화를 거부하고 그림도 거부하고 '뭐 시켜봐라, 내가 하나 보나' 하는 태도를 뿜어내며 단단한 껍질에서 나오지 않았다. 거부의 방패는 나의 모든 시도를 튕겨냈다. 변화를 고대하는 부모와 변화하지 않겠다고 버티는 아이 사이에서 이걸 시도했다 저걸 시도했다 했지만, 사실은 뭐를 어떻게 해야 할지 몰라 힘들고 당황스러웠다. 그러다가 아이디어가 바닥이 나서 뒷마당에 나가자고 했다.

치료실 안으로 들어올 때는 발을 질질 끌었던 아이가 밖으로 나가자 하니 쉽게 일어섰다. 일단 뒷마당으로 나오기는 했는데, 뭐를 해야 할지 아이디어가 없었다. 그래서 마당에 쪼그려 앉아서 막대기 하나를 찾아서 흙을 팠다. 그랬더니 아이도 따라 하는 게 아닌가! 허리를 굽히더니 땅을 파고 부러진 나뭇가지와 돌멩이 하나를 땅에 심었다. 자라지 않는 것을 땅에 심는 저 마음은 뭘까. 여느 때와 비슷하게 별말이 없었지만, 아이는 처음으로 뭔가를 열심히 집중해서 했다. 그리고 그날 저녁, 어머니의 전화를 받았다. 집에 도착해서는 아이가 엄마한테 볶음밥을 해달라고 했단다. 이것저것 해주거나 사줘도 잘 먹지 않아 삐쩍 마른 아이가 엄마한테 볶음밥을 해달라고 했다며 울먹이셨다. '밥'이 그렇게 슬픈, 깊은, 움직이는 단어였던가.

이런 일도 있었다. 한 중년 여성이 몇 달 동안 치료실에 매주 왔다. 그녀는 매번 사는 게 너무 힘들고 숨이 잘 안 쉬어진다며, 자신을 힘들게 하는 시부모, 시누이, 남편, 직장 동료, 세상 모든 것에 대한 하소연을 토하듯 말했다. 이분의 이야기를 매주 듣다 보니 나까지도 숨이 안 쉬어져서 힘들었다. 내가 숨이 쉬고 싶어서 숲에 같이 가자고 했다. 그런데 숲에 가니 놀라운 일이 벌어졌다. 잠시도 말하기를 멈추지 않던 분이, 숲에 가니 말을 멈췄다. 대신 아름다운 새가 지저귀고, 햇살이 반사된 나뭇잎들이 반짝이고, 파도 소리 같은 숲의 바람 소리가 우리의 공간과 시간을 채웠다. 그리고 정말 오랜만에 그녀는 자연 속에서 후~ 하고 긴 숨을 내쉬었고, 훨씬 더 편한 얼굴이 되었다.

그러고는 자기가 꽃을 얼마나 사랑하는지, 어렸을 때 산과 들에서 만났던 꽃들에 관한 이야기를 하면서 웃으시는데, 처음으로, '아! 이분이 예쁘시구나' 하고 느꼈다. 삶의 힘듦에 치여도 그 속에 예쁨이 있고, 따뜻함이 있고, 아름다움이 있었음을 까먹은 것이다. 존경하는 나의 미술치료 교수님인 캐서린 문Catherine Moon은 내담자들을 '문제'로 보지 말고, 각자 삶의 '시poetry'를 가진 존재이기에 시를 음미하듯이 그 사람을 만나야 한다고 가르치셨는데,[5] 그 가르침을 내가 까먹고 있었음을 깨달은 순간이었다.

우리가 치유에 다다르기 위해서는 내면의 깊은 우물 안으로 들어가야 할 수도 있지만, 그 우물의 물을 큰물에 희석하는 방법도 있다. 오래전 토론토에서 캐나다에 정착한 티베트 승려의 법문을 들었다. 그는 사람들에게 옆에 있던 물컵을 들어 올리며 이렇게 물었다. "여기에 소금물이 있습니다. 이 물의 짠 기를 어떻게 없앨 수 있을까요?" 사람들은 이런저런 답을 냈지만, 시원한 대답이 없었다. 그러자 스님이 말씀하셨다. "이 소금물을 호수에 부으면 돼요. 그렇다고 소금이 사라지는 것은 아니지만, 거대한 물에 희석이 된다면 짠 기는 아무 상관이 없게 되지요." (참고로 토론토와 붙어 있는 온타리오 호수는 한반도의 1/5 크기다.)

정말 속상한 일이 있을 때 바닷물에 들어가서 운 적이 있다. 비까지 내려서 짠 기를 희석하기에 이보다 더 좋은 날이 없었다. 내 몸에서 나오는 짠 눈물이 거대한 바닷물을 만나고 빗물을 만나니, 마음속 짠 기가 아무것도 아닌 게 되었다. 정말 슬퍼서 눈물을 흘리고 나면 개운할 것 같은데, 눈물이 안 난다고 말하는 사람들이 많다. 그럴 때는 비 오는 날을 기다렸다가 바다로 가자. 가능하면 두어 걸음 바닷물 속으로 들어가서 주저앉아보자. 비가 얼굴을 따라 흐르고 그 물이 바닷물과 섞이면, 하늘과 바다가 같이 울어주는 듯한 기분이 든다. 그렇게 울고 나면 눈물이 바다를 만나 사라진다.

곧이어 눈물이 멈춘 눈에 드넓은 바다와 머리 위에 360도 펼쳐진 하늘이 들어올 것이다. 그다음에는 '왜 나만…?', '왜 나는…?', '왜 나를…?'처럼 자신을 스스로 괴롭히는 질문들이 멈추고, 더 크고 위대하고 경이로운 것들에게 마음이 열릴 것이다. 이 거대한 우주에서 나라는 존재는 한없이 작은데, 하물며 나의 문제는 얼마나 작을까. 나라는 존재도 또

나를 괴롭히는 문제도 우주의 관점에서 보면 큰일이 아님을 깨닫는 데에서 오는 자유가 있다.

그러니 제주에 오는 여행자들은 배터리를 충전하거나 원래 존재하지 않는 '진짜 나' 또는 '더 나은 나'를 찾으려 하지 말고 '더 큰 나'를 바라보게 하는 '생태적 자아'를 경험하면 좋겠다. 자연과 연결된 자아를 경험하면 자신을 괴롭히는 것들이 뒤로 한 발짝 물러난다. 그것들이 사라지거나 해결되어서가 아니라 괴로운 것들보다 훨씬 더 드넓고 거대한 것과 연결되기 때문이다.

자연은 내가 기분 좋은지 나쁜지 상관하지 않으며, 내가 대단한지 아닌지에 관심을 두지 않는다. 내 안의 생명은 살아 있을 것, 숨 쉴 것, 지금 이 순간 존재할 것, 자연의 거대한 연결에 속해 있을 것을 원한다. 나라는 존재는 이 우주에서 티끌보다도 작은 존재이지만, 지구와 조율된 생태적 자아로서의 나는 매우 광활하기도 하다. 한번 생각해보라! 우리가 들이마시는 산소는 숲의 나무들과 바닷속 해조류와 산호가 만든 것이다. 우리의 생체리듬은 하늘의 별들에 맞추어져 있다. 우리는 우주에서 아무것도 아닌 존재인 동시에 우주이기도 한 존재이다.

단 한 번의 경이로운 만남

이주민들 사이에 떠도는 이야기가 있다. 누구는 2년 주기로, 누구는 3년 주기로 갑자기 떠나고 싶은 마음에 사로잡힌다는 것이다. 일종의 섬 답답증이다. 나는 이 섬 답답증이 제주 입도 3년쯤 되었을 때 왔다. 제주에서 재미나게 살고 있다고 생각했는데, 스멀스멀 갑갑한 느낌이 올라왔다. 바다로 둘러싸여 있어서 마음대로 나가지 못한다는 것이 갑자기 나를 죄어왔다. 똑같은 풍경이 지겹고 비슷하다고 느껴졌다.

제주에 내려오기 전 서울 홍대 근처에 살았는데, 미련 없이 두고 온 그곳의 반짝임과 알록달록함이, 도시의 현란한 자극이 그리웠다. 말로만 들었던 그것이 내게도 왔구나 싶었다. 그러다가 바다를 만났다.

서귀포 강정 앞바다에 짓는 해군기지로 인해 연산호 군락지가 파괴된다는 문제를 두고 해외 해양생태 전문가, 환경운동가들과 해군 사이에 회의가 열렸다. 녹색연합의 오랜 회원인 나는 통역으로 자원해서 이 회의에 참석했다. 호기롭게 통역을 자원했으나, 입도 못 떼었다. 해양생태 전문가들과 환경운동가들이 현장 조사를 하러 나간 배 위에서는 뱃멀미가 너무 심해 통역이고 뭐고 흔들리는 배 바닥에 딱 붙어 숨만 쉬며 간신히 버텼다. 육지에서 진행된 회의에서는 제 역할을 해낼 줄 알았는데, 이것 역시 금세 포기했다. 바다 환경, 해군기지 건설로 인한 오염, 해군함을 들여오기 위해 파괴해야 하는 산호 군락지 암반 문제 등의 이야기가 오고 갈 것을 알고 있었는데, 구체적으로 토론이 시작되자 무슨 이야기를 하는지 감도 잡지 못했다. 물속에서 컴퓨터를 본다는 이야기가 자꾸 나오는데, 아니 왜 컴퓨터를 물속에 넣는 걸까? '컴퓨터'에 막혀서 더 이상 통역을 할 수 없었고, 결국 해군 측 통역병이 양쪽 모두를 위해 통역하게 되었다.

나중에 알고 보니, 여기서 컴퓨터란 다이빙에 필요한 여러 정보를 알려주는 손목에 차는 시계 같은 기기였다. 다이빙 용어는커녕 물속 세상을 모르고, 살아 있는 산호를 맨눈으로 본 적이 없으니 따라갈 수가 없는 대화였다. 뻣뻣한 해군들 앞에서 해양과학자들과 환경운동가들이 목청 높이며 살려야 한다는 산호가 도대체 뭘까 매우 궁금해져서 스쿠버 다이빙을 배우게 되었다.

처음으로 공기통을 메고 물속으로 들어가서 만난 바다는 우주와 같았다. 물고기를 많이 봐왔다고 생각했지만, 내가 물 밖에서 보았던 죽었거나 죽기 직전의 물고기와는 비교가 안 되었다. 색이나 모양이 놀랍도록 다채롭고 찬란했다. 모든 바닷속 생명이 완벽하게 아름다웠다. 우리 인간도 각각 모두 이처럼 완벽하게 아름다운 건 아닐까 하는 생각이 들었다. 혹시나 실수로 떨어뜨릴까 봐 호흡기를 턱이 아플 정도로 꽉 물고 있었는데, 파란 플라멩코 치마를 입은 것 같은 갯민숭달팽이를 처음 봤을 때는 호흡기가 들썩거릴 정도로 물속에서 소리 내어 웃었다. 이런 생명체가 있다는 것을 상상도 해본 적이 없기에 놀랍고 신기해서 웃음이 났던 것이다.

그렇게 단 한 번의 다이빙으로 섬 답답증이 사라졌다. 너무 익숙해서 지루하다고 생각한 것이 얼마나 어이없고 웃긴 일이었던지. 지금도 바닷가에 가면, 속이 보이지는 않지만, 그 속에 내가 모르는 경이로운 세상이 있다는 것을 안다.

이 경험을 시작으로 사는 게 재미없다고 하거나 새로울 게 없다고 말하는 사람을 만나면 바다에 가라고, 더 정확하게는 바닷속에 들어가 보라고 권한다. 그러고 나서도 새로울 게 없는지 보자고 한다. 삶의 신비를, 자연의 경이로움을 경험하고 나면 세상이 다르게 보인다. 나를 찾아서거나 대단히 현명한 것을 깨달아서가 아니라, 내가 모르는 것이 이토록 많음을 느끼면 신비를 보는 아이의 눈이 다시 열리기 때문이다.

캐나다에서 고등학교에 다닐 때 만난 선생님들은 제각각 개성이 매우 강하셨다. 한국에서는 이런 사람들을 본 적이 없었다. 새로 오신 수학 선생님은 등장부터 남달랐다. 젊은 남자분이셨는데, 카우보이 부츠를 신고 딱 달라붙는 바지에 꽃무늬 하와이언 셔츠를 입으셨다. 게다가 긴 곱슬머리에 큰 고리 귀걸이를 했다. 화려한 모습과 달리 매우 수줍어하시면서 말을 우물우물 삼켰다. 수학을 진짜 못 가르치셨는데, 수수께끼 같은 질문을 내시고는 했다. "네가 여기에 지금 존재한다는 것을 어떻게 아니? 너의 모습을 봐주는 사람이 아무도 없어도 네가 존재할까?" 알고 보니 수학이 아니라 수리철학을 전공한 철학도였다.

영어 선생님은 그나마 덜 이상한 편이었는데, 그분의 특이점은 옷을 잘 안 갈아입으신다는 거였다. 왜 맨날 똑같은 청바지를 입느냐는 질문에 바다 오염이 걱정되어 옷을 별로 안 사고 잘 안 빤다고 하셨다. 그때는 옷을 세탁하는 것과 바다 오염이 무슨 상관인지 몰랐다. 그런데 어느 날 이 꾀죄죄한 선생님이 이런 말씀을 하셨다. "인간은 세 가지 위대한 것 앞에서 기꺼이 죽을 수도 있어. 위대한 사랑, 위대한 예술, 그리고 위대한 자연."

위대한 사랑 앞에서 죽는 사람들의 이야기는 문학작품에 뻔질나게 나오니 나도 언젠가 그런 사랑을 하지 않을까 꿈꿨고, 위대한 예술 앞에서 죽고 싶은 것은 조금은 알 것도 같았다. 클래식 음악을 사랑했던 나는 말러의 교향곡이나 바그너의 오페라 또는 바흐의 무반주 바이올린곡을 들으면 심장이 조여오고, 어떤 그리움 같은 것으로 가슴이 미어져서 죽을 것 같은 느낌이 들기도 했다. 이렇게 사랑과 예술 앞에서 죽을 수도 있음은 어렴풋이나마 알 것 같았지만, 위대한 자연 앞에서라고? 이건 전혀 경험해본 적이 없고 상상도 안 되었다.

그러다가 야외활동을 좋아하시던 교회 목사님 덕에 캐나다의 광활한 자연으로 청소년 수련회를 갔다. 토론토에서 차로 3시간 북쪽으로 가서 8시간 카누를 타고 난 후 도착한 앨곤퀸 주립공원의 거대한 호수 안에 있는 섬에서 캠핑을 했다. 주변에 인공 불빛은 전혀 없었고, 달도 없이 깜깜한 밤하늘에는 셀 수 없이 많은 별만 반짝였다. 카누를 타고 잔잔한 호수 중간에서 멈춰 있었는데, 하늘의 무수한 별이 호수의 표면에 반사되어 우리는 그야말로 우주 속에 있는 것 같았다. 어떠한 말로도 표현이 안 되는 경이롭고 아름다운 그 순간, 나도 모르게 입 밖으로 이런 말이 나왔다. "아, 죽고 싶다." 정말 안 살고 싶다는 말이 아니라 아직 많은 것을 경험해 보지 못한 10대의 내가 그 모습의 경이로움을, 무한함을 표현하기 위해 내뱉은 가장 극적인 문장이었다.

경이로움의 경험은 존재 깊숙이 박힌다. 그것이 단 한 번이라도 말이다. 내가 그랬다. 그 경험 이후 무한한 자연을 또 만나고 싶었다. 토론토, 킹스턴, 시카고, 서울 등의 도시에 살면서도 기회만 닿으면 숲에 들어가고, 호수에서 수영하고, 산에 올라갔다. 제주에 와서는 숲과 바다에 더 가까이 자주 다가갔다. 살면서 외롭다고 느낀 때가 많지만, 자연에 있을 때는 외롭지 않았다. 숲속에 혼자 있을 때, 바닷물에 등을 대고 둥둥 떠 있을 때 한없이 펼쳐져 있는 자연의 일부라는 것에 충만함을 느낀다. 어떻게 보면, 내가 지금 생태예술을 하고 마음과 자연을 잇는 활동들을 하게 된 계기는 죽고 싶을 만큼 경이로운 자연을 만난 그 경험 때문이었을 것이다. 그래서 참여자들이 나와 같은 경험을 했으면 하는 마음으로 생태 프로그램을 기획하고 진행한다. 새벽에 모래사장에서 거대한 만다라를 그리기도 하고, 바람이 많이 부는 날 오름에 올라가서 바람을 그리는 공감각적인 작업을 하고, 비가 오면 빗물에 그림을 그리고, 깜깜한 숲에 들어가 풀벌레 소리를 듣기도 한다.

세상에는 단 한 번의 경험으로 모든 것이 바뀌는 것들이 있다. 위대한 사랑이 그러할 것이고, 위대한 예술이 그러할 것이며, 위대한 자연을 만나는 것이 그렇다.

기쁨과 불편함의 시소 타기

삶이 언제나 재밌고, 행복하고, 기쁘기만을 바라지만 그렇게 살아지지 않으니 희망을 버리는 것이 좋겠다. 그리고 정말 재밌기만 하고, 기쁘기만 하고, 행복하기만 하면 심장이 터져 죽거나 스트레스 없이 너무 오래 살다가는 지겨워져 죽을 수도 있다. 무엇보다 기쁨은 쉬이 사라지는 데다 적응되는 감정이어서 똑같은 기쁨의 상태를 유지하려면 계속해서 조금 더, 조금 더 강도를 높여 기뻐야 하기에 그러다가는 중독에 빠질 수도 있다.

그렇다면 죽거나 중독에 빠지지 않고 어떻게 기쁨을 만끽할 수 있을까? 기쁨과 고통은 시소처럼 연결되어 있다. 그래서 어느 정도의 불편함을 중간중간에 경험하는 것은 필요하다. 이는 행복, 즐거움, 기쁨과 같은 자극에 익숙해져 둔감해지는 쾌락 적응hedonic adaptation을 막아주기 때문이다. 또한 아무리 빨리 달려도 제자리에서 달리는 것과 같은 쾌락의 쳇바퀴hedonic treadmill라고 불리는 현상을 예방하는 특효약이 되기도 한다. 그런데 삶은 너무나 복잡하고 이미 머리가 터질 듯한 고통이 많아 기쁨과 불편함의 시소 타기를 적절하게 하기가 어렵다. 하지만 며칠간의 여행이라면? 충분히 계획해볼 수 있다!

노벨경제학상을 받은 심리학자이자 행동경제학자 대니얼 카너먼Daniel Kahneman은 우리의 자아는 '경험하는 자아experiencing self'와 '기억하는 자아remembering self'로 나뉘어 있다고 설명한다. 경험하는 자아는 순간순간 몸의 감각으로 세상과 자신을 경험하고, 기억하는 자아는 과거를 재구성하여 기억을 만들어낸다. 이 두 자아는 다른 방식으로 삶을 경험하기 때문에 '어떻게 행복할까?'와 같은 질문에 대답하기 어렵다고 카너먼은 말한다.

경험하는 자아는 지금-현재의 기분이나 감각에 따른 행복을 바라고, 기억하는 자아는 기억하는 몇 가지 사건으로 전체를 스토리텔링하므로 이 두 자아가 모두 충족하는 행복을 설계하기 어렵다는 것이다. 그 이유는 지금 감각적으로 행복한 것과 나중에 지금을 돌아보며 "그때 행복했구나"하고 이야기하는 것은 전혀 다르기 때문이라고 한다.

'경험하는 자아'와 '기억하는 자아'가 다르다는 것은 2024년을 기준으로 85년간 진행된, 세계에서 가장 오래된 하버드 종단연구에서 명확하게 드러난다. 어떤 삶이 좋은지를 탐구하기 위해 724명의 생애 전체를 추적하고 있는 현재 진행형의 방대한 연구인데,[6] 이에 따르면 참여자들이 어떤 사건을 경험하고 있을 때와 지나고 나서 회상할 때의 평가가 다르다는 점을 보여준다. 그중에서도 차이가 매우 큰 것이 '육아'이다.

아이를 낳고 키울 당시 인터뷰를 보면 그들은 매우 불행하고 괴로웠다. 그러다가 아이를 다 키우고 나서 물어보면 '육아'는 살면서 경험한 가장 기뻤던 일이라고 회상한다. 같은 사람인데 그 일을 현재 시점에서 경험하고 있을 때와 지나고 나서 회상할 때 하는 이야기가 전혀 다른 것이다. 그 이유 중의 하나가 기억하는 자아는 '의미'를 중요하게 생각하고 의미에 따라 지난 과거의 이야기를 새롭게 쓰기 때문이라고 한다. 또한 아기가 태어나는 순간을 인생에서 최고의 경험이라고 기억하면서 힘들고 지치는 육아의 기억을 망각하는데, 이것은 우리가 경험의 어떤 부분을 기억에 남기는가와 관련이 있다.

경험적 자아는 몸의 감각으로 들어오는 정보에 의해 삶을 그때그때 느끼며, 그중에서 감정적으로 강하게 각인된 순간들, 즉 어떤 경험의 처음과 끝, 최고 지점 그리고 최저 지점을 기억에 남긴다.

매우 흥미롭게도 기억에는 시간의 길이가 보존되지 않는다. 그 때문에 영화나 드라마에서도 시간이 흐르는 것을 달력을 빠르게 넘긴다거나, 나무의 꽃이 피고 지는 등의 시각적인 장치로 표현한다. 비유를 들자면, 우리의 기억은 동영상이 아니라 사진이다. 그것도 아주 화질이 낮은 사진이며, 경험이 시작될 때와 끝날 때, 그리고 가장 높을 때와 가장 낮을 때만 찰칵 사진을 찍기 때문에 어떤 경험은 길이와 상관없이 아주 강렬하게 기억되기도 한다. 대표적인 예가 첫사랑이다. 처음이고, 새롭고, 강렬하고, 다시는 없는 그 경험은 기억의 공간에 깊이 자리 잡는다.

기억의 이러한 원리를 여행에 접목하면 네 가지 사실을

깨닫게 된다.

첫째, 여행의 길이를 두 배로 늘려도 두 배 더 즐겁지는 않다. 유니버시티 칼리지 런던UCL의 감정 뇌 실험실과 여행 기업인 TUI UK가 공동으로 진행한 연구에 의하면 여행에서 가장 기쁜 순간은 43시간째이고 그 이후로는 기쁨이 하향 곡선을 그린다고 한다.[7] 이 연구를 이끈 뇌과학자 탈리 샤롯Tali Sharot은 한 팟캐스트 인터뷰에서 기쁨의 최고점이 43시간째인 이유는 장시간 비행기를 타고, 숙소로 이동하고, 짐 풀고 나서 '처음'을 경험하는 시점이 대부분 그때쯤이기 때문이라고 추측했다.[8]

둘째, 우리가 주목해야 할 여행의 디테일은 전체가 아니라 처음과 끝이다. 여행에서 가장 좋았던 점을 물으면 가장 빈번하게 등장하는 단어가 '처음'이라고 한다. 처음으로 본 바다, 처음으로 먹은 음식, 처음으로 본 동네 등등 기억에 가장 선명하게 남는 것은 '처음' 하는 경험이다.

셋째, 경험의 강도를 잘 조절해야 한다. 가장 좋은 경험이 계속 이어지는 여행은 불가능할 뿐만 아니라 좋지도 않다. 더 현실적인 것은 기쁨의 연속이 아니라 쉬어가며 기쁜 것이다. 단숨에 한라산 정상을 찍듯이 하지 말고, 제주 오름을 오르락내리락하듯 하자.

마지막 네 번째, 같이 여행 간 사람들끼리 아무리 마음에 안 맞는 일이 있더라도 영영 기억에서 사라지지 않을 최악의 싸움은 피하는 것이 좋겠다. 특히 마지막에 싸우며 헤어지지는 말자. 가장 극적인 경험은 가장 낮은 곳에서 가장 높은 곳으로 바뀌는 순간이다. 우리는 그런 순간을 잘 잊지 못한다. 그러니 여행에서 안 좋은 일이 있거나 같이 여행 간 사람과 크게 싸웠다면 거기서 끝내지 말고, '옳지! 기회가 왔다!' 하고 생각해보자. 싸우고 휙 돌아서서 갈 길을 간다거나 곧 여행이 끝날 거니 참고 참다가 여행 후에 절연한다거나 하지 말고, 서로를 붙들고 앉아서 풀 것은 풀고 여행을 끝내자. 인간의 서사 중에 가장 드라마틱한 요소는 역전승, 구원, 회복의 내용이다. 이러한 경험을 기억에 남기는 절호의 기회를 놓치지 말자!

20대 말, 빈털터리로 유럽 배낭여행을 한 적이 있었다. 프랑스 니스에서 여권과 지갑과 돈을 다 도둑맞았다. 그렇게 여행이 끝났다면 다시는 여행이 안 가고 싶었을지도 모르겠다. 하지만 곧 즐거운 반전이 생겼다. 먼저 어머니에게 무한 감사할 일이 있었다. 혼자 처음으로 해외여행을 가는 나를 심히 걱정하셔서 바지 안쪽에 천을 대고 100달러짜리 지폐를 넣어 꿰매주셨는데, 그때는 내가 무슨 독립투쟁 자금 전달하러 가는 거냐며 구시렁구시렁했다. 그런데 모든 것을 잃어버리고 나서 실 땀을 풀고 땀에 젖은 100달러 지폐를 손에 들고는 얼마나 감사하던지! 더군다나 우연히 베네치아에서 만난 한국 언니, 동생과 같이 프랑스까지 동행했는데, 이들의 도움으로 남은 여행을 이어갈 수 있었다. 몇 년 후에 이 인연의 끈을 잡고 한국으로까지 오게 되었다.

30대 초에는 단체 배낭여행으로 인도를 처음 갔다. 충격적으로 불편하고 뇌가 멈출 정도로 당황스럽고 힘들어서 죽을 것 같은 여행이었다. 그랬기 때문에 여행을 같이 다녀온 우리 일행은 그때 기억을 평생 간직하게 되었다. 최근에 유명 여행 유튜버 빠니보틀의 인도 기차 여행기를 봤다. 790만 뷰를 찍어 최고 조회수를 달성한 인도 꼴등 칸 기차 영상인데,[9] 그걸 볼 때 나는 거만을 떨며 말해주고 싶었다. "그건 정말 아무것도 아니야! 진짜 인도 여행의 참맛, 쓴맛, 더러운맛, 그리고 놀랍도록 아름다운 맛을 못 봤구나! 라떼는 말이야…."

인도 여행은 하루하루가 스펙터클했다. 기차 안은 사람과 닭, 염소가 엉켜 타 의자 위와 아래, 짐칸 위와 복도 등 그 어디에도 조금의 틈이 없었는데, 이 난리판을 짜이 장수가 벌건 연탄불과 연결된 뜨거운 주전자를 들고 "짜이, 짜이"라고 외치며 샤샤샥 지나갔다. 또한 덜컹거리는 버스를 타고 수도 없이 머리를 천장에 찧으며 좁고 아슬아슬한 히말라야 산길을 30시간 동안 달려야 했고, 안전벨트 없이 그냥 의자에 앉은 채로 올라가는 회전 관람차를 탔다가 관람차가 꼭대기에서 멈춰 벌벌 떨기도 했다. 기차역 바닥이나 땅바닥에서 자는 날도 많았고, 낙타와 같은 우물물을 마시고 식중독에 걸려 죽을 뻔하기도 했다. 그럴 때마다 "어떻게 이런 일이 있을 수가 있어!"라며 당혹해하며 외쳤지만, 그럼에도 인도에서의 시간은 살면서 가장 확실하게 살아 있다고 느꼈던 한 달이었다.

여행하다 보면 불편하고 당황스러운 일이 언제든지 생길 수 있는데, 바로 그 순간이 전환을 맞이할 수 있는 절호의 기회이다. 편하고 좋기만 하다면 더 좋기 힘들 뿐만 아니라 기억에도 잘 안 남는다. 우리는 불편하다가 편해야, 답답하다가 풀려야, 배고프다가 먹어야 큰 기쁨을 느낄 수 있다. 겨울에 따뜻해지려면 더 추운 곳에 있다 오면 되고, 여름에 시원해지려면 더 더운 데 있다 오면 된다. 그러니 잊지 못할 제주 여행을 위해서라면 피하고 싶고 바라지 않는 불편함도 살짝 받아들여보자. 불편한 그곳에서 기쁨으로 나가는 문을 찾을 수 있을 것이다.

구체적인 예로, 여름 피서객들에게 해수욕장으로 이동하는 동안만이라도 덥게 가라고 권하고 싶다. 자동차로 이동한다면 에어컨을 끈 채 창문을 닫고 가고, 버스로 이동한다면 긴 옷을 끼어 입는 것이다. 바다 온도가 매해 최고를 갱신하면서 한여름의 바다는 생각보다 그리 시원하지 않다. 하지만 몸이 더워진 상태라면 극강의 시원함을 즐길 수 있다. 겨울이 추워서 괴롭다면? 매년 1월 1일 제주 바다에서 열리는 국제펭귄수영대회 참여를 권한다. 한겨울에 수영복 차림으로 우와와와~ 소리를 지르며 바다로 뛰어드는 경험은, 예상이 되겠지만, 무척 춥고 짜릿하다. 심장이 엄청 빠르게 뛰고 피가 도는 것이 느껴지면서 '아 내가 살아 있구나! 나는 뛰는 심장을 가지고 있구나!' 생각하게 된다.

잊지 못할 여행에는 약간의 드라마가 필요하다. 편하기만 한 여행은 다 잊히지만, 모험과 도전이 있었던 여행은 난관을 함께 통과한 사람들과의 유대감이 여행의 묘미로 남는다. 매우 인상 깊게 읽은 『세상은 이야기로 만들어졌다』라는 책에서 저자들은 우리를 강렬하게 흔드는 이야기들은 우리의 감정을 조절하는 다양한 신경전달물질을 분비한다고 말했다.[10] 소설이나 영화처럼 만들어진 이야기를 예로 들었지만 여행 후 남는 것 역시 이야기이지 않은가. 그렇다면 같은 원리를 적용해볼 수 있을 것 같다.

끝내주는 이야기가 분비하는 첫 번째 신경전달물질은 코르티솔이다. 스트레스 호르몬의 일종으로, 어려움이 있을 때 우리가 싸우거나 도주할 수 있도록 대비시켜준다. 두 번째는 도파민이다. 도파민은 행복을 향한 노력에 대한 반응이다. 저자들은 도파민이 "해피 엔딩에 대한 갈망"과 관련이 있다고 말한다. 세 번째 물질은 옥시토신이다. 공감과 유대감을 경험할 때 나오는 호르몬으로 통증과 스트레스를 줄인다. 옥시토신이 가장 많이 분비될 때는 산모가 아기를 낳을 때와 모유 수유할 때이지만, 사랑하는 사람들이 서로의 눈을 바라보고 접촉할 때도 나온다. 네 번째는 엔도르핀이다. 엔도르핀은 마약성 진통제인 모르핀보다 100~200배 강한 진통 효과를 가지고 있고, 마라토너가 경험하는 러너스 하이runner's high와 같은 행복감을 주며, 우리가 깔깔거리며 웃을 때도 나온다.

그렇다면 어떻게 해야 가족 여행을 통해서 코르티솔(스트레스), 도파민(즐거움에 대한 기대와 해피 엔딩), 옥시토신(유대감과 공감), 엔도르핀(육체적인 고통과 큰 웃음)이라는 호르몬의 칵테일을 만들어낼 것인가? 다음과 같은 시나리오는 어떤가?

대가족이 놓칠 듯 말 듯하다 간신히 비행기를 타고 제주에 도착한다. 렌터카를 빌려서 낯선 도로를 달리는데, 안개가 자욱해서 어디가 어딘지 모르겠다. 간신히 목적지인 오름에 도착했는데, 올라가는 길을 못 찾아서 헤맨다. 안 그래도 당혹스러운데, 옆에서 아이들이나 부모님이 어디 가냐고 다그치듯 물어서 스트레스가 머리끝까지 올라온다. 코르티솔이 아주 퐁덩퐁덩 분비되고 있다. 그런데 그 순간 야생 산딸기밭이 보인다. 기쁨의 도파민이 팡팡 터진다. 산딸기를 따서 가족의 입에 넣어주는데, 여기저기서 새콤달콤한 맛에 미소가 떠오른다. 아이들은 신나서 까르륵까르륵 웃고, 할머니와 할아버지가 어렸을 때 뒷산에서 따먹은 열매 이야기를 하며 추억에 젖는다. 지금 옥시토신이 콸콸 나와서 사랑이 쌓이고 있다. 그러다 보니 해가 뉘엿뉘엿해서 다시 길을 찾아 헉헉대며 오름 정상을 향해 올라간다. 사방이 트인 오름 위에서 바다 너머로 내려가는 환상적인 노을을 만난다. 다리의 피로가 사라지고, 모든 것이 완벽하다. 엔도르핀이 주는 활력이다.

이렇게 스트레스, 기쁨, 사랑, 활력을 다 경험할 수 있다면 정말 잊지 못할 제주 여행이 될 것이다. 맛집 탐방이나 편안한 숙소로는 절대 경험할 수 없다. 물론 편안한 숙소나 맛

있는 음식은 기쁨을 주고 휴식을 위해서도 필요하지만, 기억에 많이 남는 여행의 종류는 아니다. 잊지 못할 여행은 우리의 모든 감각을 충만하게 자극하는 경험이고, 단언컨대 자연만이 이를 가능하게 한다.

이전에 청소년들과 부모를 위한 캠프를 연 적이 있다. 이름하여 〈반항하는 청소년들과 방황하는 부모님들을 위한 생태탐험 예술 캠프〉. 너무 말을 안 들어서 학교 선생님들이 추천한 청소년들과 '반항'을 이긴다는 '방황'의 주인공인 중년 부모님들과 선생님들이 함께 참여했다. 프로그램의 일환으로 스쿠버 다이빙을 했는데, 다이빙은 모두가 처음이었다. 목숨이 걸린 상황에서는 반항도 방황도 멈출 거라 생각했는데, 내 예상이 맞았다. 말을 안 듣거나 딴청을 피우는 사람은 단 한 명도 없었다. 또한 다이빙은 기본적으로 두 명이 파트너가 되어 짝 다이빙을 하는 것이 원칙이다. 서로를 챙겨주고 위급하면 공기를 나눠 마시는 것이 다이빙 짝이기 때문에 반항과 방황 세트의 자녀와 부모가 서로를 의지하는 경험을 할 수 있겠다 싶었다.

누구나 첫 다이빙에서 엄청난 긴장과 설렘을 경험하는데, 아이들과 어른 모두 고도의 집중력을 보이며 강사님의 말을 한마디도 놓치지 않으려는 듯 경청했다. 물속에 입수할 때 긴장을 풀고 호흡을 길게 내쉬어야 바닷속으로 하강이 되는데, 어른들 여러 명은 긴장을 풀지 못해서 하강에 실패했다. 하지만 아이들은 모두 성공했고, 바닷속 세상을 보고 온 아이들의 얼굴에서는 빛이 났다. 매우 흥분한 표정으로 자신이 본 산호와 물고기와 바닷속 세상을 설명하는데, 뚱하게 있거나 소통을 거부하는 청소년은 한 명도 없었다. 북한도 무서워한다는 중2 아이들도 기쁨에 반짝거렸고, 심지어 부모님들에게 빵긋빵긋 웃어주었다.

3부

행복, 그게 뭔데?

지느러미를 펼쳐서 바다 위를 나는 물고기도 있고,
날개를 오므리고 바다로 다이빙하는 새도 있다.
우리의 어딘가가 부족할 때도 있고
반대로 과할 때도 있지만,
다 괜찮다.

물고기와 새
유화, 2025

불행하지 않은데 행복하지도 않아

엄마, 아내, 며느리 등의 역할을 하며 사느라 하고 싶은 것을 하지 못하고 중년이 된 것이 너무 속상하다는 분을 상담한 적이 있다. "어떻게 하면 행복할 것 같으세요?"라고 물으니, 오래전에 본 사진을 마음에 품고 있다며 꿈꾸는 표정으로 이야기했다.

푸른 잔디밭이 있는 마당에 살림집과 작업실이 ㄱ자로 있었어요. 작업실 문은 통창이었고, 통창 너머 보이는 실내에는 난로가 있어요. 난로 옆에는 한 사람이 이젤 위에 놓인 캔버스에서 그림을 그리고 있었어요.

이렇게 살면 너무나 행복할 것 같다고 하며 눈이 촉촉해지셨는데, 그 이야기를 듣고는 너무 죄송하게도 하마터면 웃을 뻔했다. 바로 내가 그런 집에서 오랫동안 살았기 때문이다. 그런데 내 경험은 그분이 상상하는 것과는 너무 달랐다.

마당 잔디밭은 잡초들의 전쟁터였다. 잡초에 두 손 두 발 다 들었다. 기름 난로를 때는 작업실은 온도 조절이 안 되어 난로 주변은 더워 죽고 한 발 떨어지면 추워 죽었다. 넓은 창은 보기에는 좋지만 닫아놓으면 산소가 부족하고, 열어놓으면 여름에는 모기떼가 들어오고 겨울에는 동장군이 들어왔다. 무엇보다 이젤 앞에서의 나의 모습이 편하지 않았다. 그림 그리기는 가장 사랑하는 활동이지만, 나는 평온한 모습으로 그림을 그린 적이 거의 없다. 오히려 괴로워서 머리를 쥐어뜯고 있을 때가 많았다.

우리의 삶은 한 장면으로 멈춰 있을 수가 없는데, 많은 사람이 미디어나 SNS에 나오는 행복한 사진을 보면서 '아, 나도 저렇게 행복하고 싶다'고 생각한다. 그 사진 속의 사람이 하는 것, 먹는 것, 입는 것 등을 따라 하고 싶어 한다. 그런데 남들의 '행복해 보이는' 모습을 보고 자신도 그렇게 행복해지고 싶다고 생각할 때 고려해야 하는 문제가 적어도 세 가지가 있다.

첫째, 행복은 행복해 보이는 이미지가 아니라 내가 보고 만나고 경험하는 것들 속에 있다. 행복을 만끽하는 사람은 그 순간의 흐름에 몰입하느라, 즉 그 삶을 사느라 자기가 행복한지 또는 행복해 보이는지를 멈춰서서 판단하지 않는다. 그 순간은 금방 흘러 사라지기 때문에 '내가 행복한가, 안 행복한가, 이만큼이면 행복한 건가'를 따지고 있을 새가 없다. 대신 사랑하는 사람의 얼굴이나 눈처럼 떨어지는 벚꽃이나 시시각각 변화하는 아름다운 노을을 보며 흐르고 사라지는 그것들에 물들고 있을 것이다.

『행복의 지도』를 쓴 에릭 와이너Eric Weiner는 도대체 행복이라는 것이 있기는 한 건가 하는 의구심을 가지고 행복도가 높은 나라와 낮은 나라들을 여행했다. 가장 행복한 나라로 손꼽히는 부탄에 도착한 그는 드디어 행복의 비결을 찾을 수 있겠다는 기대감에 벅찼다. 환하게 웃는 부탄 사람들을 만나자마자 이렇게 물었다. "당신은 지금 행복하세요?" 그랬더니 부탄 사람들이 이렇게 답했단다. "행복? 그게 뭔데요?"

우리가 살면서 '그래, 이게 행복이지' 하는 순간은 바람처럼 뺨을 스치고 사라진다. 이러한 순간이 더 자주 오게 할 수는 있지만, 의지나 노력으로 머물게 할 수 있는 것은 아니다. 그래서 많은 지혜의 스승들이 이구동성으로 이렇게 말했다. 자신에게 의미 있는 삶을 살다가 보면 행복한 순간이 문득 선물처럼 우리의 삶을 방문한다고. 그런데 우리 주변에는 이것을 하고, 저것을 사고, 그런 모습을 하면 행복이 지속될 것이라는 속삭임들이 넘쳐난다. 이런 속삭임은 행복이 멈춰 있는 성질의 것이 아니라는 본질을 거스른다.

둘째, 정말 바라던 것을 이루었다고 해서 계속 행복할 것이라는 보장이 전혀 없다. 원하던 것을 이룬 기쁨은 곧 사라지기 때문이다. 정말 노력해 원하던 것을 빨리 이루어 큰 기쁨을 누렸던 사람이 그 이후의 삶을 어떻게 살아야 할지 몰라 괴로워지는 경우가 많다. 2016년 출간 직후 아마존과 뉴욕타임스 베스트셀러 1위에 오른 『신경 끄기의 기술』을 쓴 마크 맨슨Mark Manson은 한 인터뷰에서 성공 이후의 이야기를 들려주었다. 그는 예순 살이 될 때 베스트셀러 책을 내는 것이 삶의 목표였다고 한다. 그 목표를 위해서 20대부터 열심히 글을 써왔는데, 서른 살의 나이에 30년이나 일찍 목표를 다 이뤘고, 그러고 나니 앞으로 어떻게 살아야 할지 삶의 목표가 사라져서 우울해졌다고 했다. 또한 그렇게 성공을 이루고 다음 날 일어났는데, 자기 자신이 어제와 조금도 다르지 않다는 사실이 충격이었다고 했다.

내 첫 책은 베스트셀러와는 하늘과 땅만큼 거리가 멀지만, 나도 비슷한 일을 경험했다. 미국에서 정신병원과 청소년 치료센터에서 일할 때 겪었던 일들을 블로그에 영어와 한국어를 섞어 아무렇게나 써놓은 것을 보고, 출판편집자였던 친한 언니가 책을 내보라고 권했다. 한국어 실력이 중졸이고 긴 글을 한국어로 써본 적이 없는 나에게 글쓰기를 가르치며 원고를 고쳐주고 독려했다. 하지만 당시에는 출간으로 이어지지 않았다. 그로부터 약 8년간 여러 출판사의 퇴짜를 받고 한 100번쯤 고쳤을 때 드디어 책이 나왔다. 그러니 얼마나 기대감이 높았겠는가. 세상에 나온 책을 손에 잡고 주체할 수 없는 기쁨의 눈물을 흘리는 것을 상상했는데 실제로 출판된 책을 손에 쥐니, 놀랍게도, 아무 느낌이 없었다. 그저 피곤했다.

책의 원래 제목은 '행복하기를 두려워 말아요'였는데, 제목이 마음에 안 들었다. 그래서 2쇄를 찍을 때는 출판사에 내가 우겨서 제목을 '치유적이고 창조적인 순간'이라고 바꾸었다. 그런데 지금 생각해보면 첫 제목을 더 마음에 새겼어야 했다. 책이 나오는 직전까지는 감격스러웠으나, 책이 세상에 나오는 것과 동시에 감격과 행복감은 사라졌다. 그러나 행복이 사라지는 것을 두려워할 필요는 없었다. 목표에 도달함과 동시에 행복도 기대도 감격도 끝나는 여정이었지만 여정 자체가 기쁨이 되었고, 매일 긴 시간 동안 엉덩이를 의자에 붙이고 글을 쓰는 습관이 생겨서 계속 글을 쓰고 책을 내는 사람이 되었다.

셋째, 계속 편안하기만 하다면 그 끝은 행복이 아니라 권태일 것이다. 사람들은 여행 광고에서 보는 휴양지의 편안한 삶을 보고 그것이 행복의 모습일 거라 상상하고는 한다. 그래서 젊었을 때 돈을 많이 벌고 일찍 은퇴해서 풍경이 멋진 곳에서 유유자적하며 사는 삶을 꿈꾸고는 한다. 그런데 그런 삶이 행복할까?

인도네시아 발리를 여행하던 중 은퇴자들의 천국이라고 불리는 사누르의 해변 카페에서 은발이 멋스러운 독일 노신사와 이야기를 나누게 되었다. 그분은 엔지니어로 일하다가 은퇴하고 매해 겨울을 발리에서 보낸다고 했다. 그래서 정말 궁금하던 것을 물어봤다. "여기서 행복하세요?" 유럽에서 온 할머니 할아버지들이 해안가에 세워진 캐노피 아래 비스듬히 기대어 앉아 칵테일을 마시는 모습을 자주 본 후였다. 여행 광고에 나오는 딱 그 모습이긴 했는데, 나에게는 매우 지루해 보였다. 이 질문을 받자마자 할아버지는 손으로 총 모양을 만들어 검지로 자신의 관자놀이 부위를 툭툭 치며 이렇게 말했다. "여기 뇌가, 지루해서 미치고 터질 것만 같아요." 원하는 것을 다 이룬 인간의 삶은 행복이 아니라 지독한 권태로 채워질 것이다.

행복은 '추구'와 '다가감'에 있지 도착하거나 얻는 것에 있지 않다. 행복은 '방향성'으로 의미가 있다. 그렇기에 쓴소리하는 걸로 유명한 캐나다의 심리학자 조던 피터슨Jordan Peterson은 가까이 다가갔다고 생각하는 순간 더 멀어져 있는 큰 목표를 삶의 지향점으로 설정하라고 조언한다. 끝이 없는 목표, 다가갈 수는 있지만 끝내 손에 쥘 수 없는 것들, 즉 사랑, 축복, 무지개 같은 것 말이다. 우리는 결코 무지개에 닿지 못하겠지만 그곳을 향해 가는 것, 그것이 핵심이다.

우리가 바라는 행복이라는 것들이 어쩌면 행복해 보이는 이미지뿐인 경우가 많고, 행복은 멈춰 있을 수 있는 것이 아니며, 또 정말 원하는 것을 얻더라도 그 후의 삶이 계속 행복할 거라는 보장이 전혀 없다. 그런데도 우리가 사는 세상은 이렇게 저렇게 하면 행복할 것이라고 끊임없이 말을 건다. 이 목소리는 다른 사람은 이걸 했고 저걸 이루어서 약속의 땅에 도달했는데 당신만 그곳에 가지 못했다면서 질투, 불만족, 비교의 마음을 우리에게 주입한다. 완벽한 것이 있다는 헛된 약속과, 이것을 사거나 하거나 이루면 그곳에 도착할 수 있다는 거짓 희망과, 자신의 노력이 부족해서 또는 좋은 수저를 물고 태어나지 못해서라는 자기 경멸 속에서 우리는 살아가고 있다. 이러한 목소리를 좇는다면, 우리는 내면의 등대 또는 하늘의 무지개가 아니라 남이 계속 흔들어대는 손전등의 불빛을 따라가게 될 것이고, 그 끝에는 행복이 아니라 소비와 불만족과 권태가 있을 것이다.

그럼에도 완벽한 행복에 대한 가슴의 열망이 식지 않는 것을 어떻게 해야 할까? 완벽과 환희에 끝내 도착하지 못할 것임을 알면서도 동경과 갈망을 내려놓지 못하겠는데, 이를 어떻게 하나? 알면서도 바라고 절망하면서도 희망하는 이 마음, 슬픈 것 같기도 하면서도 기쁜 것 같기도 한 이 마음을 어떻게 잘 데리고 살 수 있을까? 내향인들의 바이블로 불리는 『콰이어트』의 저자 수전 케인Susan Cain은 『비터스위트: 불안한 세상을 관통하는 가장 위대한 힘』에서 이와 같은 감정을 '비터스위트bittersweet', 즉 달콤씁쓸함이라고 불렀다. 케인은 달콤씁쓸함은 갈망과 그리움과 슬픔과 기쁨을 동시에 느끼는 감정으로, 영원하지 않은 삶에서 사라지는 모든 것들에 대한 강렬한 기쁨과 슬픔이 섞여 있다고 설명한다. 예를 들어, 우수수 떨어지는 벚꽃을 보면 그 아름다움에 환희를 느끼는 동시에 이 모든 것이 곧 끝날 것이고 앞으로 이 봄을 몇 번이나 더 만날지 모른다는 것에서 슬픔을 느낀다. 우리는 심장이 저리는 아름다움을 사라지는 것 속에서 만나고는 한다. 이것은 끝내 이룰 수 없는 사랑처럼 우리를 슬프게 하고, 설레게도 하고, 목마르게도 하고, 뜨겁게도 한다.

고대 그리스인들은 이런 갈망을 포토스pothos(영어로는 페이소스pathos)라고 불렀고, 플라톤은 이 포토스를 '가질 수 없는 황홀한 어떤 것을 동경하는 열망', 또는 '훌륭하고 아름다운 모든 것에 대한 목마름'이라고 정의했다.[1] 이 목마름을 강하게 경험하는 사람은 동경하는 그것에 닿으려 애쓰다가 포기하고 파괴적인 행동을 하거나, 어차피 가질 수 없기에 모든 것이 무의미하다고 느끼거나, 그런 삶을 살지 못하는 현실이 괴로워서 술로 마음의 허기짐을 달래보려고도 한다. 하지만 마음에 품고 있는 아름답고 황홀한 지향점은 우리의 삶을 더 생생하게 느끼도록 만든다.

케인은 달콤쓸쓸함은 예술가에게 창조의 영과 같은 것이라고 설명한다. 잔디밭이 훤히 보이는 통창이 있는 작업실에서 그림을 그리는 사람의 사진을 보고 강렬한 포토스를 느꼈다면 이 모습이 자신의 현실이 아님을 괴로워할 것이 아니라, 이 강렬한 이끌림이 무엇을 요구하고 있는지 알아봐야 할 것이다. 이 열망의 핵심은, 이런 집과 작업실을 가지기 전에는 행복하지 못할 것이라는 메시지가 아니라 지금의 삶에서 이 열망이 살아 있게 하라는 요구일지도 모른다. 부엌 도구들을 옆으로 미뤄놓고 식탁 한편에서라도 그 열망과 바람이 가리키는 방향을 따라 창조의 작업을 시작하라는 말이다. 케인의 표현을 빌리자면, 우리에게 비터스위트한 열망을 주는 것들을 '창의성의 제물'로 삼아보자. 우리가 바라고 갈망하는 그것들을 가져야 행복한 것이 아니라, 그것들을 향한 지향점을 가질 때 우리의 삶은 더 생기 있게 살아 움직인다.

그러니 이룰 수 없는 환상을 위해서 현실을 희생하지 말자. '어떻게 하면 행복할까?'라는 질문은 수천 년 동안 인류가 고민해온 주제이고, 쉽게 답하기 어렵다. 하지만 '어떻게 하면 불행할까?'라는 질문에는 답하기가 매우 쉽다. 비교하면 된다. 내가 가지지 못한 것과 남들이 가진 것을 비교하고, 내가 또는 나만 어떻게 불행한지 구체적인 증거를 찾아보면 된다. 불행의 증거를 찾는다면 반드시 찾아질 것이다. 그러니 관점을 바꾸어보자. 모든 것에 깃들어 있는 삶의 불완전함을 끌어안아 보자. 그러고 나서도 사라지지 않는 완벽한 행복에 대한 욕구가 있다면 완벽함을 채우려 애쓰지 말고 결핍을 창조의 재료로 삼아보자. 예술은 늘 불완전한 삶 속에서 피어난다.

우리가 음악, 예술, 의학 같은 숭고한 영역에 끌리는 이유는 그 것들이 아름답고 치유적이기 때문만이 아니라 그런 영역이 사랑이나 신성을 비롯해 당신이 이름 붙이고픈 그 외 모든 것의 구현이기 때문이다.[2]

행복은 10이 아니라 7

우리가 한국에 대하여 아주 많이 듣는 이야기가 있다. 한국은 매우 불행한 나라라는 것이다. 유엔UN이 매년 발표하는 〈세계행복보고서〉에 의하면 경제협력개발기구OECD 국가 중 한국의 행복도는 최하위권이라고 한다. 이런 이야기를 반복적으로 듣다 보니 우리가 정말 헬조선에 살고 있나 싶다. 그런데 진짜 우리는 그렇게 최악으로 불행할까?

한 번도 〈세계행복보고서〉를 직접 본 적이 없다는 사실을 깨닫고 〈2024 세계행복보고서〉를 찾아보았다. 클릭 몇 번만으로 다운로드가 가능했다.[3] 이 보고서는 유엔 자문기관인 지속가능발전해법네트워크SDSN에서 매년 3월에 발표하는 것으로 갤럽세계여론조사 데이터를 기초로 한다.

한국의 행복도가 최하위권이라는 이야기를 많이 들어서 OECD 국가만 조사한 줄 알았는데, 143개 국가의 행복도가 표로 정리되어 있었다.

이 전체 표를 보다가 놀라운 것을 발견했다. 1위인 핀란드는 7.741점, 2위인 덴마크는 7.583점, 3위인 아이슬란드는 7.525점, 10위인 호주는 7.057점이다. 그렇다면 한국은? 52위로 6.058점이다. 마지막 143위인 아프가니스탄은 1.721점이다. 한국보다 더 행복하다는 국가들의 행복도 점수가 그렇게 많이 높지 않다는 것을 알 수 있다! 반대로 한국보다 행복도가 낮은 나라들은 점수가 정말 많이 낮다. 우리가 부러워하는 가장 행복한 나라들은 소수점만 다를 뿐, 다 7점대로 점수가 고만고만하다.

가장 행복한 나라라면 10점 만점에 10점에 가까울 것 같았는데, 행복한 나라들도 7점대라니? 우리도 이만큼 행복한 날이 종종 있지 않을까? 물론 너무 행복한 나머지 비명을 지르며 방방 뛸 때도 있고, 너무 괴로워서 죽고 싶은 날도 있을 것이다. 하지만 대부분의 사람은 매우 좋다가도 보통으로 내려오고, 아주 안 좋았다가도 보통으로 올라간다. 지속적으로 꽤 잘 살고 있는 사람들에게 "당신은 1에서 10 사이에서 점수를 매긴다면 몇 점으로 행복하세요?"라고 물으면 "7"이라고 답하는 경우가 대다수이다. 당신도 아마 특별한 상황이 아니라면 6 아니면 7 정도일 것이다. 그렇다면 우리가 지속적으로 누릴 수 있는 행복은 10이 아니라 7이 아닐까?

다른 나라 사람들은 자기 나라의 행복도에 대하여 어떻게 생각할까? 마침 캐나다 친구가 가족과 함께 한국에 놀러왔다. 내 친구인 한국계 캐나디언 부인과 불어권인 퀘벡 출신의 남편, 이들의 열다섯 살짜리 아들에게 캐나다의 행복도에 대하여 어떻게 생각하느냐고 물었다. 그런데 〈세계행복보고서〉를 들어본 적도 캐나다가 몇 등인지도 모른다고 했다.

그날 집에 와서 인터넷으로 캐나다 신문 기사를 찾아보다가 "세계행복보고서 캐나다 1등"이라는 헤드라인의 기사가 있어 뭔 소리인가 하고 들여다봤다. 자세히 읽어보니 캐나다가 G7 국가(캐나다, 프랑스, 독일, 이탈리아, 일본, 영국, 미국) 중에서 1등이라는 것을 강조한 기사였다. 그렇지, 등수는 무엇과 비교하는지에 따라 다르지. 한국이 늘 최하위권이라고 기사가 나가는 것과 참 대조가 된다. 한국은 OECD 38개 회원국 중 그렇다는 것이고, 하필이면 행복도 최상위권인 핀란드, 덴마크, 아이슬란드 역시 OECD 국가이다. 그렇지만 이들 나라는 G7 국가는 아니다. G7이자 OECD 국가인 일본에서는 일본의 행복도에 대하여 어떻게 평가할까 궁금해서 영문판 일본 기사를 살펴보았는데, 이것 또한 재밌다. 이 기사에서는 일본이 G7 국가 중에서는 꼴찌이지만 한국과 중국보다는 앞섰다고 보도했다.[4] 51위 일본(6.060), 52위 한국(6.058), 60위 중국(5.973)으로 한·중·일이 고만고만하다.

　　그렇다면 1위 나라인 핀란드 사람들은 어떻게 생각할까? 여러 유튜브, 블로그, 기사, 방송 등을 보았는데 핀란드 사람들은 자신의 나라가 1등인 것을 의아해하는 것 같았다. 한 인터뷰어가 핀란드의 바에 가서 사람들을 인터뷰하는 영상이 있었는데, 사람들은 주로 혼자 술을 마시고 있었고, 아무도 웃거나 기분 좋아 보이지 않았다. 인터뷰어가 그들에게 다가가 행복한 나라에 사는 느낌이 어떠냐고 질문하자 뭔 소리냐고 무표정하게 반문했다.[5] 다시 〈세계행복보고서〉를 열어보았다. 어떻게 조사를 했길래 핀란드가 행복도 1위 나라일까?

　　〈세계행복보고서〉는 15세 이상의 전 세계 사람들을 대상으로 크게 여덟 가지 요소를 측정한다. 1인당 국민소득, 건

강한 기대수명, 사회적 지원망(힘들 때 도움을 청할 수 있는 가족이나 친구가 있는지), 삶을 선택할 자유 여부, 자선을 목적으로 기부한 적이 있는지, 정부나 기업이 부패했다고 생각하는지, 어제 긍정적 감정(웃음, 기쁨, 흥미)을 느꼈는지, 그리고 어제 부정적인 감정(걱정, 슬픔, 화)을 느꼈는지를 묻는 것이다. 그런데 이 여덟 가지 항목은 각국의 행복도를 '설명'하기 위한 것이며, 행복 점수는 캔트릴 사다리Cantril Ladder 질문이라고 부르는 단 하나의 질문의 결과로 매겨진다. 다음이 그 질문이다.

Please imagine a ladder with steps numbered from zero at the bottom to ten at the top. Suppose we say that the top of the ladder represents **the best possible life for you**, and the bottom of the ladder represents **the worst possible life for you**. On which step of the ladder would you say you personally feel you stand at this time.

가장 낮은 단부터 위의 단까지 차례대로 0부터 10까지의 숫자가 쓰인 사다리를 한 번 상상해보십시오. 사다리의 맨 윗단은 **본인에게 있어 가능한 최상의 삶**을, 사다리의 맨 아랫단은 **본인에게 있어 가능한 최악의 삶**을 의미한다고 가정해보십시오. 현재 본인께서는 사다리의 몇 번째 단에 있다고 느끼십니까?

질문의 원문은 번역하기가 쉽지 않다. 당신의 행복도는 0과 10 사이에서 몇 점이냐고 단순하게 묻는 게 아니기 때문이다. 특히 강조 부분은 한 번에 이해하기가 쉽지 않다. 한국인들을 대상으로 조사했을 때 이 어색한 문구 그대로 직역해서 물었을까? 행복도 조사연구를 진행한 갤럽세계여론조사의 담당자와 여러 번 이메일을 주고받으며, 좀 더 정확한 상황을 파악할 수 있었다. 설문조사 방법으로 전화조사 방법을 썼는데, 대상자는 매년 1,000명이라고 했다. 한국 사람들에게 물은 정확한 한국어 번역을 문의했다. 전문번역회사를 통해 번역하고 언어학자에게 감수받은 한글 번역문은 다음과 같다고 답변이 왔다.

가장 낮은 단부터 위의 단까지 차례대로 0부터 10까지의 숫자가 쓰인 사다리를 한 번 상상해보십시오. 사다리의 맨 윗단은 **본인에게 있어 최상의 삶**을, 사다리의 맨 아랫단은 **본인에게 있어 최악의 삶**을 의미한다고 가정해보십시오. 현재 본인께서는 사다리의 몇 번째 단에 있다고 느끼십니까?

원문의 '가능한possible'이라는 단어 하나가 번역에서 빠졌다. '가능한'이란 표현을 포함한 질문은 외부의 객관적인 척도와 비교하여 점수를 매기라는 것이 아니라 당신 내면의 기대치와 가능성에 근거해 점수를 내라는 의미가 된다.

또한 영어 질문과 한국어 질문은 건드리는 감정이 다르다. 영어 질문은 상상하게 하고, 한국어 질문은 평가하게 한다. 이중언어 구사자인 교포 친구의 설명을 들어보니 이 점이 확연해졌다. 영어 질문은 어쩌면 자신이 겪을 수도 있는 최악의 삶을 상상하게 함으로써 감사한 마음을 가지게 한다고 했다. "나는 남편도 없고 자식도 없고 모아둔 돈도 별로 없어. 나에게 가능한 최악의 상황은 좋아하는 일도 없고 친구도 없고 삶에 의미가 없는 것일 텐데, 나는 사랑하는 일과 친구들이 있어. 최악을 상상해보는 것만으로도 마음에 감사함이 생겨. 그래서 영어 질문에 답을 하면 점수가 더 높을 수밖에 없을 것 같아"라고 했다. 즉 이 질문에서 높은 점수가 나오려면 이룬 것이 높아도 되지만 기대치가 낮아도 된다. 또한 많은 것을 가져서 높을 수도 있지만, 자신이 가진 적은 것에 감사함을 느껴도 높은 점수가 나올 수 있다.

한국 사람들은 왜 우리가 최하위권인지를 의심하지 않지만, 핀란드 사람들은 자신들이 왜 1등인지를 의심한다. 핀란드가 왜 행복도 1위인지를 이해하려고 애쓴 핀란드 사람의 분석을 보면 핀란드가 보편성, 평균적인 삶, 평범함을 강조하고 사회안전망, 법과 국가의 시스템에 대한 신뢰가 높다는 점을 든다. 즉 평범한 것을 기대하고 평범하게 잘 살기 쉬운 나라여서 높은 점수를 받을 수 있다고 한다. 미국 디트로이트에 사는 사회학 교수이자 미국/핀란드 이중국적 소유자인 주카 사볼라이넨Jukka Savolainen은 잡지에 다음과 같이 썼다.

> 핀란드 사람들은 자신이 가진 것이 자신이 누릴 수 있는 최선에 충분히 근접하다고 생각하게 사회화되었습니다. 이러한 사고방식은 핀란드 사람들이 작고 소박한 아파트에서 살고, 적당한 소득을 올리며, 높은 물가와 세금으로 구매력이 제한되어 있음에도 세상에서 가장 행복한 국민이 되는 이유를 설명합니다. 심지어 아이슬란드도 한 번은 출전했던 월드컵에 진출한 적이 없음에도 말이죠![6]

저자는 자신은 미국에서 계속 살기로 결정했는데 그 이유가 미국 사람들이 모르는 사람에게도 미소를 짓고 동네 이웃들과 담소를 나누기 때문이라고 했다. 핀란드 사람들이 과묵하고 내성적이며 모르는 사람과 사소한 담소조차 나누지 않는다는 게 사실인가 보다.

닉네임 '긍긍'님의 눈물 나게 웃긴 핀란드 교환학생 체험기를 읽으며, 어쩌면 우리가 상상하는 것보다 더 심하게 내성적인 사람들이 모인 나라가 핀란드일지도 모르겠다는 생각이 들었다. 궁궁님은 두 명의 플메flat mate와 아파트처럼 생긴 구조의 기숙사에서 살게 되었다. 현지인 친구들을 사귈 생각에 설렜는데, 몇 날 며칠이 지나도 플메들이 집에 들어오지를 않더란다. 알고 보니 안 들어온 것이 아니라 인기척이 없었던 것. 플메들이 방 안에 있는 거 같기는 한데 너무 조용하고, 부엌 싱크대에 물기가 있는 것으로 봐서는 밥을 해 먹고 설거지까지 한 것 같기는 한데 밥 먹는 사람을 본 적이 없는 것이다. 사람이 있는지 없는지를 알 수가 없는 게 은근히 스트레스여서 현관의 신발을 살피는 버릇이 생겼는데, 플메 중 한 명은 아예 신발을 방 안으로 들고 들어간다는 것을 알게 되었다고 한다. 결국 화장실의 휴지가 사라지는지 안 사라지는지를 보며 그들의 존재를 확인했다며, 자신이 약간 정신 나간 사람처럼 보일 수 있겠지만 얼마나 답답하면 그랬겠냐고 했다.[7]

핀란드에 가본 적은 없지만 이런저런 문헌을 찾아보며 상상해보자면, 세계에서 가장 행복하다는 나라 핀란드는 우리가 '행복'하면 떠올리는 밝고 환하고 활기차고 즐거운 분위기와는 많이 다른 듯했다. 일단 맥주 광고가 다르다.

하버드 대학교에서 행복학을 가르치는 아서 브룩스 Arhur Brooks는 즐거움의 공식은 '기쁨+사람들+추억'이며 맥주 광고를 보면 이를 잘 알 수 있다고 강의와 인터뷰에서 자주 말한다.[8] 맥주 광고에서는 혼자 술을 마시는 사람이 없고 모두가 사람들에 둘러싸여 너무나 기쁜 표정을 지으며 추억을 만드는데, 이 모습이 행복의 공식을 잘 표현한다는 것이 그의 주장이다. 내가 캐나다에서 살지 않았더라면 그의 말을 듣고 끄덕거렸을지도 모른다. 미국 광고는 그럴지 모르지만 (한국의 맥주 광고도 그런 것 같고), 내가 캐나다에서 본 맥주 광고는 그렇지 않았다.

캐나다에서 맥주 광고를 처음 보고 우리가 이상한 곳에 이민 온 것 같다고 생각했다. 몰슨 캐네디언 맥주 광고였는데, 어떤 남자가 혼자 절벽에서 뛰어내리며 이렇게 소리쳤다. "I am Canadian!" 오래된 광고여서 유튜브에서 찾을 수 없어서 아쉬웠는데, 핀란드의 맥주 광고 역시 비슷해 반가웠다.[9] 핀란드 맥주 광고에서는 딱히 매력적이라고 말할 수 없는 남자 세 명이 얼음물에 들어가 냉수 목욕을 하다가 물속에서 맥주 캔을 찾아 올려서는 깔깔 웃는다.[10] 매력적인 남녀들이 '기쁨+사람들+추억'을 만드는 미국 맥주 광고나 한국 맥주 광고와는 참 다르다. 행복의 모습이란 다양할 수 있다.

핀란드 사람들처럼 사는 게 그리 어렵지는 않아 보인다. 핀란드 사람들은 미국 사람들이나 캐나다 사람들처럼 마주치는 사람들과 소소한 농담을 잘하지는 않지만, 소수의 다정한 관계들을 자주 만난다고 한다. 하이킹, 캠핑을 하면서 대자연에 들어가고 사우나도 즐긴다. 우리나라는 핀란드만큼 사회안전망이 구축되어 있지 않고 정치와 경제의 청렴도도 좋지 않지만, 사우나만큼은 핀란드와 막상막하가 아닐까 싶다. 핀란드에서처럼 사우나를 하고 바로 밖에 나가 얼음 호수에 뛰어드는 것은 불가능하지만, 우리에게는 얼음방이 있지 않은가.

핀란드 사람들의 행복은 절대적이고 완벽한 어떤 것이 아니라 그곳에서 '가능한' 행복을 추구하는 것에서 오는 듯하다. 우리도 절대적인 완벽한 어떤 것을 추구하는 대신 여기서 '가능한' 행복을 추구한다면 핀란드 사람들처럼 기대와 바라는 것을 맞추어 더 만족스러운 삶을 누릴 수 있을 것이다.

그렇다면 우리나라보다 행복도 점수가 낮은 나라는 어떨까? 예를 들어 인도는? 등수로는 126위이고 점수로는 4.054점이다. 처음 인도에 갔을 때 이 나라 참 엉망진창이라고 생각했다. 그런데 또 그렇게 많이 행복했던 곳도 없다. 인도에서는 말도 안 되고 상상할 수 없는 일들이 너무나 많이 벌어져서 인도를 한 번이라도 여행한 사람은 인도의 국가 슬로건인 '대단한 인도Incredible India'에 고개를 끄덕이며 말하고는 한다. "진짜 대단한 나라지. 대단해." 인도에서 느낄 수 있는 행복은 통제하고 계획했던 모든 것이 수포로 돌아가고 나서 포기와 함께 온다.

인도에 세 번째로 갔을 때의 일이다. 커다란 배낭을 메고 뉴델리 공항에 내려 기차역으로 갔다. 마더 테레사 수녀님의 수녀원에 자원봉사를 가려는 길이었다. 콜카타행 기차표를 사려고 외국인 기차 매표소를 두리번두리번 찾고 있는데, 누군가 다가와서는 외국인 기차 매표소가 기차역 밖의 신식 건물로 옮겨갔다며 저쪽으로 가라고 했다. 그 사람의 손이 가리키는 쪽으로 갔더니 신식 건물의 깨끗한 사무실에서 친절하기 그지없는 직원들이 환대해줬다.

콜카타행 기차표를 달라고 하자 직원이 매우 곤란하다는 표정을 짓고 기차 테러로 모든 기차 운행이 중단되었기 때문에 항공편을 이용해야 한다고 했다. 내가 망설이니 다른 외국인들도 그렇게 했다며 백인들의 얼굴이 선명하게 찍힌 여권 복사본들을 보여주었다. 몇천 원이면 타는 기차를 두고 몇십만 원이나 하는 비행기를 타려니 선뜻 내키지 않았다. 일단 하루 자고 생각해보려고, 밖으로 나와 인력거 자전거인

릭샤를 잡아타고 여행자들의 숙소가 몰려 있는 파하르간지에 가자고 했다. 그랬더니 릭샤꾼은 도시 공사로 파하르간지가 없어져서 새로 생긴 호텔 동네로 가야 한다고 했다.

나중에 알고 보니 외국인 매표소가 이전되었다는 말도, 기차 운행이 중단되었다는 말도, 파하르간지가 없어졌다는 말도 모두 새빨간 거짓말이었다. 인도는 정말 희한한 곳이다. 황당무계한 거짓말이 예술의 경지를 넘나들고, 아름다움은 여기저기 너무나 많아서 눈물이 나고, 복잡하기로는 혼을 쏙 빼놓아 계획하고 통제하려는 의지를 완전히 박살 내 오히려 마음의 평화에 도달하게 한다.

한 번은 길을 건너야 하는데, 건너지를 못하고 발을 동동거리고 서 있었다. 중앙선이 없는 도로에서 차와 오토바이와 자전거와 소들이 어지럽게 섞여 곡예를 했고, 끊임없는 경적이 고막을 찢어놓을 듯했다. 이때 어떤 인도 남성이 도와주겠다며 다가와 나를 데리고 요리조리 차와 오토바이와 소를 피해 같이 길을 건너주었다. 고마움과 놀라움을 동시에 느끼며 이렇게 물었다. "어떻게 당신들은 이 복잡한 곳에서 다치지 않고 부딪치지 않고 길을 건널 수 있어요?" 그랬더니 그가 한 손으로 하늘을 가리키며 이렇게 말했다. "그렇기 때문에 우리는 신이 있는 것을 믿어요." 인도는 기적을 수없이 경험할 수 있는 곳이다. 다른 의미로는 너무 말이 안 되는 일들이 많아서 기적이 일어날 여지가 많다는 것이기도 하다. 그래서 평화롭고 지루한 유럽인들이 기적을 만나러 가는 곳이 행복 순위 126등의 나라, 인도이다.

인도 사람들처럼 사는 것 또한 배워봄 직하다. 내 맘대로 되지 않는 상황을 마주칠 때 이것을 신의 뜻이라고 생각하고 기다리거나 내버려두는 것을 연습해보자. 또한 모든 것에 빠른 답을 요구하는 대신 Yes도 아니고 No도 아닌 '아차 achchha अच्छा'에 익숙해지자.[11] 인도 사람들에게 질문하면 끄덕끄덕도 아니고 도리도리도 아니고 옆 위에서 옆 아래로 무한대 기호를 그리듯 까딱까딱하며 "아차, 아차"라고 말한다. 이게 OK와 같은 표현이기는 한데, 정말 알았다는 건지, 당신이 한 말을 알아들었다는 건지, 모르지만 괜찮다는 건지, 그렇게 하겠다는 건지, 안 해도 괜찮다는 건지 여간 헷갈리는 게 아니어서 성미 급한 한국 사람들을 미치게 한다. '아차'에 내포된 애매모호함을 우리도 좀 배워보면 어떨까? 세상에는 '네'와 '아니오' 사이에 많은 '아차'가 있지 않은가.

의미는 스트레스와 함께

    학창 시절에 열심히 놀기만 했던 사람과 열심히 공부만 했던 사람이 모두 만나는 삶의 지점이 있다. 이들은 중년에 이르면 비슷한 허무의 교차로에 서서 같은 물음을 마주하게 된다. '삶이 이게 다인가?' 자다가 새벽에 깨서 혼자 어둠 속에 있을 때, 자식이 말을 안 들을 때, 힘들게 번 돈을 잃었을 때, 또는 그동안 이룬 일들이나 축적한 부가 더 이상 아무 느낌도 주지 않을 때, 발밑에서 스멀스멀 올라오는 질문이 있다. '내 삶의 의미는 무엇일까? 나는 무엇을 위해서 이렇게 열심히 살아왔고 이렇게 힘들게 사는 걸까?' 그런데 이 질문을 아무리 반복해도 답은 떠오르지 않고 그저 답답해진다. 그럴 때 사람들은 자신이 아는 방법을 총동원해서 허무의 목소리와 싸우거나 억누르고는 한다. 공부하라고 자식을 다그치기도 하고, 돈을 벌려고 무지막지한 방법을 쓰기도 하고, 권력의 사다리를 올라가려고 누군가를 밟기도 하고, 불멸의 예술이나 불멸의 역사를 만들고자 애쓰기도 한다.

'의미'란 따지고 보면 그저 지어낸 이야기일 뿐이다. 하지만 이 가상의 이야기에 사람들은 가장 소중한 것들을 걸고는 한다. 나라를 지키기 위해서 독립투쟁을 하는 것도, 자연을 파괴하면서 개발을 하는 사람도, 전쟁 지역에 일부러 들어가서 의료 봉사하는 사람도, 자신이 믿는 의미에 가장 소중한 것을 바친다. 그것이 목숨이든 노력이든 시간이든 자원이든 말이다.

인간은 언젠가 반드시 죽을 것임을 알기에 '왜 살까?'라는 근본적인 질문을 하게 된다. 실존주의 철학자들은 너무나 확실한 죽음 앞에서, 너무나 짧은 한 생을 사는 우리가 삶이 생존 이상의 무엇을 위한 것이기를 바라기에 의미를 찾는다고 말한다. 온갖 장식물로 치장된 수십만 년 전의 유골들을 봐도 인간의 삶이(그리고 죽음이) 어디론가 향하기를 바라며 의미를 추구해왔다는 것을 알 수 있다.

'목표'는 의미와 비슷하지만 조금 다른 개념이다. 의미는 보통 '있다' 또는 '없다'라고 표현하지만, 목표는 어디론가 '향한다'라는 동사와 함께 쓴다. 의미는 존재에 대한 감각을 부여하고, 목표는 움직이는 방향성을 준다. 예를 들어, 삶의 의미가 사랑이라고 믿는 사람은 '사랑을 퍼트리기'와 같은 목표를 세우고 그 목표를 향해서 나아간다. 그런데 의미나 목표가 없다면 무엇을 향해 가고 있다는 느낌 자체를 가지기 어렵다.

삶의 목표를 찾고 인생의 기획서를 쓰는 〈나를 기획하다〉라는 수업을 4년째 하고 있는데, 이 수업에서 자주 나오는 질문이 "꼭 목표가 있어야 하나요?", "그냥 소소하게 일상적인 즐거움을 누리며 살면 안 되나요?"와 같은 것들이다. 물론 목표가 없어도 된다. 지금과 같은 기후위기 시대에는 무엇이 되고자 하지 말고 자연 순환의 일부로 사는 것이 생태적으로 볼 때 가장 아름다운 생의 모습이지 않을까 하는 생각도 든다. 또한 윤리가 없는 목표는 굉장히 폭력적이고 파괴적일 수 있어서 이 지구를 위해서라면 차라리 목표가 없는 것이 나아 보이기도 한다. 그럼에도 목표는 유용하다. 목표

없이 사는 것이 너무 힘들기 때문이다. 목표를 향해 가는 감각이 없다면 삶의 허무가 다가올 때 휘청거리기 쉽다. 또한 목표가 없이 단지 '즐거움'만을 추구한다면 삶에서 있을 수밖에 없는 힘든 순간에 어디를 바라봐야 하는지 몰라서 힘듦을 감내하기가 어려워진다.

목표가 없으면 길을 잃고 헤매기 쉽고, 자신의 원하는 삶이 아니라 주위 사람들이 원하는 삶을 살게 되기도 하며, 세상이 던지는 온갖 미끼에 걸려들기가 쉽다. 그렇기에 목표가 꼭 필요한 것은 아니지만, 목표가 있고 의미를 추구하는 삶이 단연코 더 살기 쉽다.

남아프리카공화국 출신의 하버드 대학교 심리학자인 수전 데이비드Susan David가 자주 하는 말이 있다. 사람들이 바라는 늘 여유롭고, 고통이 없고, 스트레스가 없는 삶은 죽은 자의 소원이라는 것이다.[12] 모든 살아 있는 사람은 스트레스와 고통을 겪을 수밖에 없으며, 살아간다는 것은 인생의 크고 작은 어려움을 통과하면서 스트레스를 감내하는 것이다.

개인 치료를 주로 할 때 치료 세션이 끝나면 기절할 듯이 피곤해졌고, 피곤을 넘어 감당하기 힘든 순간들도 있었다. 자살 위험 내담자가 위기를 겪고 있을 때가 그러했다. 나는 보통 밤에 전화기 전원을 꺼놓고 자는데, 한동안 전화기를 켜놓은 채 머리맡에 두고 잤던 적이 있다. 내담자가 자살 충동이 생기면 실행으로 옮기기 전에 나에게 전화하기로 약속했기 때문이다. 그 몇 달 동안 한 손에 칼을 들고 있다며 통곡하는 전화를 여러 번 받았다. 그 내담자가 누구보다 살고 싶어서 전화했다는 것을 잘 알기에 그 순간 나는 침착하고 강했으며, 흔들리지 않는 목소리로 내담자를 진정시켰다. 그런데 전화를 내려놓고 나면 떨림과 피로가 밀려왔고, 두근대는 심장 때문에 쉽게 잠에 들지 못했다. 자녀와의 갈등으로 힘들어하는 부모를 만나는 것도 늘 어려운 일이었다. 10대 딸과 같이 죽고 싶다며 울부짖는 부모를 상담했을 때도, 자신의 10대 아들이 악마에 쒼 것 같다고 말하는 부모의 두려워하는 눈을 보았을 때도 치료 세션이 끝나고 쓰러졌다.

그럴 때마다 치료사라는 직업이 나한테 안 맞는 것은 아닌지 심각하게 고민했다. 내가 사랑이 부족한 것은 아닐까? 공감력이 부족한가? 정말 나한테 맞는 일이라면 안 피곤하고 안 지쳐야 하는 것 아닐까? 힘들다는 것이 잘못되었다고 생각했기에 더 괴로웠다. 그러다가 의미 있는 삶을 살고자 노력하는 사람은 더 많은 스트레스를 경험하고 더 힘들다는 이야기를 읽고 큰 위로를 받았다.

2013년 스탠퍼드 대학교와 플로리다 대학교의 연구자

들이 다양한 사람이 느끼는 행복과 의미를 연구했다. 연구 결과를 분석해보니, 행복한 삶과 의미 있는 삶의 연관관계가 직선적이지 않았다. 원하는 것을 얻으면 행복도가 증가하지만, 삶의 의미가 높아지지는 않았다. 행복은 현재에 대한 감정이고 의미는 과거, 현재, 미래를 통합한 것이기 때문이다. 또한 삶에 의미가 많다고 한 사람들은 적다고 한 사람들보다 걱정, 스트레스, 불안을 더 겪었다.[13]

이 연구를 접하고 나서는 나 자신을 다그치듯 '너는 왜 이렇게 힘들어해? 네가 그러고도 치료사야?'가 아니라 '피곤하구나. 타인의 이야기를 온몸과 마음으로 경청하느라 자신한테 필요한 소중한 생명 에너지까지 모두 썼구나' 하고 스스로를 다정하게 위로할 수 있게 되었다. 이후로도 힘든 세션 후에 피곤한 것이 사라지지는 않았지만, 안 그래도 힘든 나를 채찍질하던 것을 멈추고 개인 치료를 줄이는 등의 조절을 할 수 있었다.

상담하고 나서 피곤한 것은 실력이 없고 무능해서라기보다 이 일이 원래 힘들기 때문이다. 힘든 일이어서 힘들다는 너무나 당연한 사실을 왜 아무도 말해주지 않았을까? 어쩌면 다른 치료사들도 이를 개인의 문제로 받아들여 뭔가 잘못되었다는 신호로 여기는 것은 아닐까? 비단 치료사들만 이렇게 여기는 걸까? 부모는 어떤가? 병든 부모를 보살피는 것은 어떠한가? 뭔가 새로운 일에 뛰어드는 사람은 어떤가? 정말 하고 싶은 것을 찾아서 열정을 바치는 사람들은 또 어떠한가? 노력하고 애쓰다가 피곤하고 지치는 일 또한 당연한 것이 아닐까? 우리 사회는 지치는 것을 뭔가 고장 난 것처럼 말하는데, 지쳤다는 것은 우리가 참으로 애썼다는 증거가 아닐까?

우리는 영화나 드라마에서 열정 넘치는 주인공들이 노력하는 장면을 자주 본다. 그런데 '피곤'은 보이지 않는다. 아무리 잠이 부족하고 스트레스가 많아도 다 쌩쌩하고 피부가 빛이 난다. 드라마 〈미생〉에서 오 과장이 장그래에 대하여 이렇게 말하는 대사가 있다. "애는 쓰는데 자연스럽고, 열정적인데 무리가 없어요." 그때는 이 말이 참 멋지다고 생각했다. 장그래를 연기하는 임시완 배우의 맑은 얼굴을 보고 '그래, 바로 저래야지. 나도 저렇게 해맑은 얼굴로 자연스럽게 노력해야지'라고 다짐했다. 그런데 이게 현실인가? 애를 쓰는데 어떻게 자연스러울 수 있을까? 애를 쓴다는 것 자체가 안전지대를 넘어가는 것, 즉 자연스럽지 않은 것을 한다는 뜻이 아닌가? 또한 열정으로 온 힘을 다할 때 어떻게 무리가 없을까? 열정은 힘듦에도 불구하고 노력하는 것, 즉 '무리'

그 자체가 아닐까? 일하느라 힘들어 죽겠는데, 힘들어 보이면 안 된다는 것이 얼마나 폭력적인가?

의미 있는 삶을 추구하는 사람은 무리하고 스트레스를 더 받기에 훨씬 힘들다. 그럼에도 그 일을 하는 이유는? 마음이 쓰이기 때문이다. 우리는 관심과 애정을 가지는 것에 대해서만 스트레스를 받는다. 예를 들어, 주식에 관심이 전혀 없는 나는 주가 하락 뉴스를 보면 아무 감정도 느끼지 못한다. 하지만 바다 오염에 대한 뉴스를 보면 스트레스를 받는다. 마음이 쓰이는 일이어서 그렇다. 치료사라는 직업 또한 그렇다. 타인을 돕기 위해 이 일을 하는데, 제대로 도움을 주지 못하면 오래오래 괴롭고 생각이 난다. 타인의 고통을 덜어주는 치료사가 되겠다는 결심은 이 직업을 통해 스트레스를 받겠다는 결심이기도 하다.

스트레스가 있다는 것은 어쩔 수 없지만, 스트레스에 질질 끌려다닐지 스트레스를 감당하면서 살지에 따라 우리의 경험은 완전히 달라진다. 나는 이것을 대학교 친구 크리스틴에게서 배웠다. 영하 20도가 보통인 캐나다의 어느 겨울날 함께 마트에서 장을 보고 올 때의 일이었다. 나는 장바구니를 축 늘어뜨리며 "아, 추워, 추워, 무거워, 무거워"를 랩하듯 반복하는데, 친구는 힘을 주어 장바구니를 아령 삼아 위로 올렸다 내렸다 하면서 걸었다. 25년 만에 서울에서 만난 크리스틴은 아직도 가방을 들었다 났다 하며 걷는다고 했다. 나와 달리 탄탄한 팔과 씩씩하고 꼿꼿한 자세가 눈에 띄었다.

삶의 무게를 대하는 태도도 이와 비슷하지 않을까? 살면서 겪을 수밖에 없는 힘든 일을 만날 때 이를 도전으로 받아들이고 들어올릴 것인가, 아니면 힘을 빼고 질질 끌려갈 것인가? 똑같은 도전이고 똑같은 힘듦이라도, 우리는 이 힘듦을 통해 강해질 수도 약해질 수도 있다. 그리고 이 무게를 기꺼이 들어올릴지, 질질 끌려다닐지를 결정하는 것은 그 무게에 부여한 '의미'에 달렸다. 힘들면서까지 하는 그 일의 의미를 아는 사람은 힘듦을 훨씬 잘 감내한다.

스트레스에 관한 많은 연구는 반복적으로 스트레스 자체가 아니라 스트레스를 대하는 우리의 태도가 중요하다고 말한다.[14] 현상에 어떤 마음을 먹는지, 즉 태도mindset가 얼마나 중요한지를 증명한 연구 중에 가장 많이 회자되고 가장 드라마틱한 두 연구가 있다. 둘 다 하버드 심리학과의 첫 여성 정교수인 엘렌 랭어Ellen Langer가 했다.

엘렌 랭어와 알리아 크럼Alia Crum이 공동으로 호텔 청소 노동자들을 대상으로 진행했던 유명한 플라시보placebo 연구가 있다. 2007년에 발표된 이 연구는 생각이 우리의 몸에 미치는 영향을 알아보는 것을 과제로 삼았다.[15] 호텔 청소 노동자들은 온종일 움직이고 무거운 것을 들었다 났다 하는데도 스스로는 충분히 운동하지 않는다고 생각했다. 운동량을 묻는 질문에 4분의 3 이상이 전혀 운동하지 않는다고 답했고, 몸 상태(체지방률, 허리-엉덩이 비율, 혈압, 체질량 지수 등) 역시 그들 자신이 예상한 대로 운동을 하지 않는 사람들의 몸과 같았다. 연구진들은 84명의 청소 노동자를 두 개의 그룹으로 나누었다. 한 그룹의 사람들에게는 그들이 하루 동안 하는 청소 노동이 몇 칼로리의 지방을 태우는지 알려주면서 청소 자체만으로도 하루 권장 운동량을 채운다고 교육했다. 다른 그룹에는 이런 정보를 전혀 주지 않았다. 한 달 후에 이들의 몸을 다시 조사해보았더니, 이미 운동을 충분히 하고 있다는 교육을 받은 그룹의 사람들은 몸무게가 줄고 혈압도 10퍼센트나 내려갔다.

지금은 70대 후반인 랭어가 30대였던 1979년도에 진행한 연구 결과는 더 놀랍다. 당시에는 여성이 한 데다 결과도 터무니없다며 학계에서 인정받지 못했는데, 재연구를 통해 그 가치가 인정되었다. 랭어는 70대 후반의 노인 여덟 명을 1959년의 환경으로 꾸민 수도원에서 5일 동안 생활하도록 하였다. 가구, 인테리어, 흑백 TV에서 나오는 뉴스와 영화,

빈티지 라디오에서 나오는 음악, 책장의 책 등 모든 것이 그들이 20년 전에 살았던 시절의 것들이었다. 거울은 없었다. 그들은 이곳에서 살면서 1959년을 회상하는 것이 아니라 지금이 1959년이라고 상상하라는 지시를 받았다. 그러자 믿기지 않는 결과가 나타났다. 모두 단 5일 만에 더 젊어졌다. 키가 커졌고, 움직임이 부드러워지고, 피부에도 탄력이 생겼다. 놀랍게도 시력과 청력과 IQ까지 좋아졌다.[16]

사회적인 통념과는 반대되는 획기적인 연구를 진행해온 랭어는 70대 말이라는 나이가 믿기지 않는 생생하고 확신에 찬 목소리로 스트레스에 대하여 이렇게 말했다.

스트레스가 병의 가장 큰 원인이라고 믿습니다. 식습관, 유전, 치료법보다도 더 큰 영향을 미칩니다. 하지만 스트레스는 심리적인 것이지요. 상황이나 사건은 스트레스를 만들지 않습니다. 그 사건에 대한 당신의 관점이 스트레스를 만듭니다. 그러니 마음을 열어서 힘든 일이 있을 때 그 상황을 최악이라고 말하는 대신, 이 사건이 어떻게 당신에게 오히려 도움을 주는지 다섯 가지 이유를 생각해보세요. 그리고 정말 도움이 된다고 생각하세요. 당신은 어떤 일이든 감내할 수 있고 걱정을 덜 하게 될 것입니다.[17]

사람들이 직장 스트레스를 견디지 못하고 갑자기 일을 그만두거나 죽고 싶다고 할 때 근본적인 원인은 스트레스가 아니다. 스트레스는 그 자체로 사람을 무너뜨리지 않는다. 어려움에도 불구하고 해야 하는 일의 가치와 의미를 느끼지 못할 때 우리는 스트레스에 취약해진다. 그리고 스트레스에 취약해진 사람들이 지속적으로 부당한 상황에 있을 때, 노력에 대한 인정을 받지 못하거나 직장 내 사람들과의 갈등에서 자신의 존재감이 침범당하고 스스로를 무가치하다고 느낄 때 휘청거리고 무너진다. 또는 의미나 열정보다 더 중요한 인간의 기본 욕구(먹고, 자고, 놀고, 쉬고)를 해칠 정도로 열심히 일해 스트레스에 버틸 몸의 힘이 없어진 상태일 수도 있다. 그렇게 계속하다 보면 번아웃이 온다. 번아웃은 스트레스를 감당할 내면의 힘이 사라진 상태로, 번아웃을 경험하는 사람들은 더 이상 희망을 품지 않고 무리를 할 수가 없다. 또한 행복하거나 기쁜, 삶의 동력이 되는 감정을 품지 못한다.

드라마 〈나의 아저씨〉 8화에 다음과 같은 대사가 나온다.

동훈: 모든 건물은 외력과 내력의 싸움이야. 바람, 하중, 진동… 있을 수 있는 모든 외력을 계산하고 따져서, 그보다 세게

내력을 설계하는 거야. (중략) 인생도 어떻게 보면 외력과 내력의 싸움이고 무슨 일이 있어도 내력이 세면 버티는 거야.

바람, 진동, 무게, 지진, 즉 외력은 늘 존재하며, 외력을 완전히 없애며 살 수 있는 사람은 없다. 따라서 스트레스에도 불구하고 행복하게 살고 번아웃을 예방하려면 스트레스를 줄이는 데 중점을 둘 것이 아니라 마음의 힘을 키워야 한다. 그렇다면 마음의 힘은 어떻게 키울까? 힘듦에도 불구하고 그 일을 하는 의미를 찾고 마음에 새겨야 한다. 부당한 상황에 지속적으로 놓일 때 자기 탓을 하며 버티기보다, 그 상황을 바꿀 수 있는 여지가 있다면 조금이라도 바꾸도록 노력해야 한다. 자신의 존재감이 반복적이고 지속적으로 침범당한다면 심리적 경계를 설정해야 하고, 항의하든 협력하든 협상하든 자신을 보호하는 방법을 익혀야 한다. 또한 먹고, 자고, 놀고, 쉬고를 잘해 생명 있는 존재로서 기본 책임을 다해야 한다. 스트레스를 나쁘거나 피해야 하는 것으로 여기기보다는, 심장이 쿵쾅대고 어깨가 긴장되는 것과 같은 스트레스 반응이 있을 때 우리 몸이 힘든 상황을 이겨내기 위해 강해지고 있는 것으로 생각해보자. 생각을 바꾸는 것만으로도 스트레스에 대한 저항력이 강해진다.[18]

137

랭어 교수의 인터뷰를 들으면서 걸음마를 배우는 아기가 떠올랐다. 아기는 넘어지고 일어나기를 수도 없이 반복하다가 첫걸음을 떼고 아장아장 걷기 시작한다. 그 어려운 걸 아기가 해내는 모습을 보면, 우리의 본성은 넘어지는 것이 아니라 일어서는 것이겠다 싶다. 그러니 스트레스를 향하여 한 걸음 나아가면서 이렇게 말하자.

스트레스야, 컴온Come on, 내가 감당해줄게.

진짜 하고 싶은 일을 찾는 비결

제주에서 가장 드라마틱할 때는 하늘이 요동칠 때다. 큰 태풍이 불면 하늘에서 펑! 펑! 하는 굉음이 들리고, 평소에는 삵같이 용맹한 고양이가 낑낑거리며 품 안으로 파고들고, 나도 집이 날아갈까 봐 건물 기둥을 붙잡고 있은 적까지 있다. 매년 겪지만, 그중에서도 가장 극적이었던 순간은 재작년 여름 번개가 칠 때였다.

번개가 번쩍번쩍하면서 하늘이 밝아졌다 어두워졌다

했다. 이럴 때 늘 하듯이, 오래된 돌집의 두꺼비집을 내려 집 전체의 전기를 끊고 노트북을 덮었다. 그리고 욕실에 초를 한 자루 켜놓고 머리를 감았다. 밖은 천둥 번개로 번쩍번쩍 우르릉 우르릉하는데, 돌을 쌓아 만든 작은 욕실 안을 밝히는 은은한 촛불 한 자루가 참 포근하고 운치 있었다. 그러다가 우지직 쾅쾅 우르릉 쾅쾅! 터지는 소리와 동시에 스테인리스 샤워기를 잡고 있던 손을 따라 오른팔 전체로 날카로운 통증이 내리쳤고, 악! 하는 비명과 함께 나는 샤워기를 떨어뜨렸다.

날카로운 통증은 금방 지나갔지만, 팔은 여전히 찌릿찌릿했다. '이게 무슨 일이지? 나 지금 벼락 맞은 건가?' 스마트폰으로 검색해보니 번개 칠 때 목욕이나 샤워를 하면 감전 위험이 있다는, 난생처음 들어보는 이야기가 있었다. 실제로 미국 질병통제예방센터CDC에서는 천둥, 번개가 칠 때는 샤워, 목욕, 설거지, 손 씻기 등 모든 물을 사용하는 활동을 피해야 한다고 권고했다고 한다.[19] 드물지만 이 경우 심하면 심장마비에 걸릴 수도 있단다. 그러고 보니, 엉성하게 쌓아 만든 욕실의 돌벽을 통과하는 물, 파이프, 샤워기, 이 모든 것이 하늘의 전기를 전달하였을 것이다. 119를 불러야 하나? 병원에 가야 하나? 간다면 어디로 가야 하지? 내과? 외과? 일단 심장은 괜찮은 듯했다. 그런데 손과 팔이 저렸고, 가장 찌릿했던 네 번째 손가락을 자판 가까이 가져가니 누르지도 않았는데 저절로 타이핑이 되었다. "ㅏ ㅏ ㅏ ㅏ ㅏ ㅏ …." 내 손에서 하늘의 전기가 흐른다! 나에게 이런 일이 벌어지다니, 매우 흥분되었다!!! '지금 뭐를 해야 할까? 이 흥분과 쾌감과 감격을 가지고 어떤 영험하고 럭키하고 복스러운 것을 해야 할까? 복권을 사야 할까? 아님, 혹시… 그게 정말 되는 걸까?' 하는 생각이 머리를 스쳤다.

그날은 3년 동안 넉넉한 지원금을 주면서 홍보까지 해주는 기금의 신청 마감일이었다. 그 지원서를 쓰느라 며칠 제대로 먹고 자고 씻기를 못 하다가 막 노트북을 덮고 샤워를 하던 참이었다. 타이밍이 기가 막히지 않은가? 이게 하늘의 계시가 아니면 무엇이란 말인가! 서류를 마저 작성해 제출하면서 심장이 두근거렸다. 이 기쁘고 놀라운 소식을 여러 명에게 전했는데, 열이면 열 모두가 된다고 했다. 지원서에는 그동안 치료 관련 일을 하느라 더 신경을 많이 쓰지 못한 생태예술에 올인하겠다고 썼다. 캠페인과 생태 워크숍, 멋진 전시를 열 것이다! 그동안 분산되었던 나의 시간과 노력을 집중할 것이다! 나는 이 분야에 한 획을 긋게 될 것이다!

그리고 며칠 후 떨어졌다는 짧은 이메일이 왔다. 왜 떨어뜨렸는지 자세한 설명도 없이 지원자가 많았다는 의례적인 내용만적혀 있었다. 벼락에 맞아서 이것을 신의 계시로 여기고 열심히 하겠다는 포부를 지원서에 썼는데도 말이다. 일생일대의 사건이 허탈하게 끝나고 나서 두 가지 생각이 스쳤다. 첫 번째 생각은 '아깝다. 복권을 살걸', 그리고 두 번째 생각은 '떨어져서 다행이다'였다. 3년 동안 지원금을 받았다면 책임감에 어깨가 무겁고 부담스러웠을 것이다. 나는 여러 가지를 동시다발적으로 하기를 좋아하는데, 한 가지에 올인할 뻔했다. 안 돼서 얼마나 다행인가!

감정이 이렇게 획획 바뀌는 데 걸린 시간은 불과 몇 분. 그렇게 되고 싶다고, 벼락까지 맞았으니 꼭 될 것 같다고, 동네방네 소문을 내고 난리를 쳐놓고는 금세 안 돼서 다행이라니! 이렇게 쉽게 마음을 바꿔 먹는 걸 보니 진짜 원하는 것은 아니지 않았을까? 진짜 하고 싶었던 것도 아닌데 보기 좋은 떡이어서 원한다고 자신을 속였던 것일까? 한번 해보고 아니면 말고의 안일한 마음으로 내 삶의 3년을 걸겠다고 한 것이었나? 하는 의문이 생겼다.

도대체 진정으로 원하는 것인지 아닌지를 어떻게 알 수 있을까? 경제학자인 러셀 로버츠 Russell Roberts는 그의 책 『결심이 필요한 순간들』에서 찰스 다윈이 그의 사촌인 엠마 웨

지우드와 결혼을 결심하기 전 결혼의 장단점을 썼던 일화를 소개하면서 세계적인 석학들도 결혼을 할지 말지, 학교를 옮길지 말지와 같은 큰 고민을 할 때 평범한 우리들과 별반 다르지 않게 행동한다고 알려주었다. 다들 장단점 쓰기, 동전 던지기 등을 시도해보지만 결국은 직감에 따른다고 한다.

결정을 해야 할 때 일반적으로 예상 결과를 시뮬레이션하고, 경험이 어떨지 상상한 다음, 그 경험이 우리의 욕구를 얼마나 잘 충족시키는지 평가한다. 이러한 방식은 저녁으로 무엇을 먹을지 또는 어떤 영화를 볼지와 같은 선택을 할 때는 적당한 방법이지만, 자신의 정체성을 바꾸는 결정을 해야 할 때는 도움이 되지 않는다. 결혼을 할지 말지, 아이를 나을지 말지, 이 직업을 가질지 말지 등과 같이 인생을 바꾸는 선택을 한 후에 우리는 전혀 다른 사람이 되기 때문이다. 아무리 천재라도 정체성이 바뀐 완전히 '다른 나'를 시뮬레이션하는 것은 불가능하다. 그렇다면 인생을 뒤흔들 수 있는 큰 문제 앞에서 우리는 무엇을 근거 삼아 결정을 내릴 수 있을까? 또한 그 결정이 옳은 결정이었는지 아닌지 어떻게 알 수 있을까?

우리는 선택의 끝까지 간다고 하더라도 끝내 어떤 결정이 더 나은 길이었는지 알지 못할 것이다. 간 길과 가보지 않은 길을 비교하는 것은 불가능하기 때문이다. 하지만 자신이 선택한 길이 험난하더라도 그것이 진정 자기가 하고 싶은 일인지를 알 수 있는 방법은 있다. 내적인 보상만으로도 충분하다고 여기면 자기가 하고 싶은 일이다. 그것을 하기 위해 괴로움을 감내한다면 그게 진짜 하고 싶은 일이다. 또한 자신에게 귀한 것을 값으로 치르면서까지 하고 싶게 만들면 진짜 진짜 하고 싶은 일이다.

내적 보상만으로
충분한 일을 찾는다

미국의 스탠퍼드 대학교 심리학과에서 운영하는 유치원이 있다. 학교 직원의 자녀들을 위한 유치원이자 아동 발달심리학 연구소이기도 한데, 이곳에서 1973년에 진행한 내적 보상/외적 보상에 대한 유명한 실험이 있다. 아주 간단한 실험으로, 아이들이 그림을 그리면 별 스티커와 같은 작은 보상을 주었다. 아이들은 원래 누가 시키지 않아도 그림 그리기를 좋아하는데, 자신이 좋아하는 그림을 그리면서 별 스티커를 모으니 신나 했다. 그런데 별 스티커 주기를 멈추니 아이들이 그림 그리기를 멈췄다. 원래 좋아하던 건데 외부에서 오는 보상이 내적 동기를 사라지게 한 것이다.[20]

이 연구는 외적 보상이 내적 동기를 감소시킨다는 점을 강하게 시사한다. 예를 들어, 성적이 오를 때마다 부모가 비싼 선물을 해준다면 자녀의 공부에 대한 내적 동기를 사라지게 할 수 있다.

캐나다에서 고등학교 다닐 때 진로상담 선생님이 이런 말씀을 하셨다. 가장 좋은 직업은 돈을 안 받아도 기꺼이 할 일을 돈을 받고 하는 거라고.

우리는 '돈'이라는 외적인 보상을 가장 중요하게 보는 세상에 살지만, 돈으로 안 되고 오히려 돈으로 망치는 것들이 있다. 그중 하나가 내적 동기, 즉 뭔가를 하고 싶어서 하는 마음이다. 미국에서 가장 돈을 많이 버는 직업 중 하나는 변호사이다. 그런데 알코올 중독, 우울증, 자살률이 높은 직업 중 하나도 변호사이다[21] (참고로 미국에서 변호사보다 돈을 더 많이 벌면서도 우울증이 더 심하고 자살률이 높은 직업은 의사이다). 변호사들이 불행한 이유를 다각도로 분석한 '무엇이 변호사들을 불행하게 하는가'라는 2015년 연구에서 셜리 크리거Shirley Krieger와 캐넌 셸던Kennon Sheldon은 다음과 같은 결론을 내었다.[22] 의미 있는 관계와 지지해주는 동료들이 있는 근무 환경을 가진 변호사들이 더 높은 위치에서 돈을 더 많이 버는 변호사들보다 행복도가 크고, 로펌 안에서 파트너 변호사가 되는 것과 같이 지위가 올라가는 것은 행복도와 관련이 없으며, 대형 로펌의 변호사들보다 공공 부문에서 일하는 변호사들이 더 행복하다. 이들은 또한 변호사들을 불행하게 하는 가장 강력한 요인은 '청구 가능 시간'이라고 지적했다.

대다수 변호사는 투입한 시간에 따라 수임료를 받는다.[23] 그런데 크리거와 셸던은 이렇게 자신의 업무를 청구 가능 시간으로 계산하는 방식은 "자율성, 관련성, 내부 동기를 감소시키는 것과 연관되며, 이는 외부 보상에 초점을 맞추도록 장려함으로써 근로자의 자기 결정적 동기와 웰빙을 훼손하는 명백한 예시"[24]라고 보았다. 올리버 버크먼은 『4000주』에서 이 연구를 언급하며, 이런 식으로 시간을 생각하는 방식이 가족과 함께하거나 집안일을 한다거나 휴식을 취할 때도 이 시간이 얼마짜리인지를 계산하게 하며, 이로 인해 내적 보상으로만 하게 되는 일(예로 그냥 즐거워서 하는 일)을 점점 하기 어려워지게 만든다고 했다.

너무나 많은 사람이 "내가 좋아하는 것이 뭔지 잘 모르겠어요"라고 말한다. 어쩌면 자신이 무엇을 좋아하는지 스스로 경험하기도 전에 칭찬, 상, 돈, 지위와 같은 외적 보상이 주어졌기 때문인지도 모르겠다.

진로나 직업을 선택할 때 고려해야 할 많은 것이 있다. 진짜 하고 싶은 일인지, 미래 전망이 좋은지, 돈을 많이 벌거나 고용 안정성이 좋은지, AI 시대에 살아남을지 등등. 결정은 각자의 몫이지만, 당신이 정말 원하는 것이 무엇인지 몰라서 괴롭다면 아무런 보상이 없어도 열심히 하는 일, 내적 보상만으로도 충만한 일을 한번 찾아보자. 아무 보상도 없는데 계속하게 되는 일, 아마 그 방향 어딘가에 당신의 참 기쁨이 있을 것이다.

그나마 감당할 수 있는
괴로움을 선택한다

유독 제주에는 신비로움을 믿는 사람들이 많은 것 같다. 신의 목소리를 듣는 명상가, 깨달음을 얻은 요기Yogi(요가 수행자), 약초가 말을 건다는 치유 음식 요리사 등이 주위에 존재한다. '깨달음의 법칙'을 믿는 사람들도 많다. 한 지인을 오랜만에 만났는데 격양된 목소리로 기적의 소식을 전했다. "내가 꿀이 필요해서 꿀을 끌어당겼는데, 글쎄 아침에 일어나서 보니 누가 꿀을 문 앞에 두고 가지 않았겠어!!!" 이런 일들을 부르는 여러 이름이 있다. 시크릿, 끌어당김의 법칙, 동시성, 우연, 기적…. 이런 일들의 핵심은 순수하게 마음을 모으면 원하는 바를 현실에서 일어나게 만들 수 있다고 믿는 데 있다. 끌어당김의 법칙을 믿지는 않지만, 우리가 마음에 품는 것이 현실과 연결된다는 것은 완벽한 사실이라고 여긴다. 우리는 누구나 자신이 상상하고 있는 세상 속에 산다. 다른 사람이 다 자기를 이용하려 든다고 믿는 사람은 타인과의 관계에서 방어적인 태도를 보이게 되고, 타인을 의심한다. 그러다 보면 자기를 이용하려는 사람을 더 '끌어당기게' 될 것이다. 세상이 자기에게 우호적이라고 믿는 사람은 잘 웃고 잘 베풀고 새로운 기회에 더 마음을 열기 때문에 더 좋은 기회가 자주 주어진다. 그 사람은 우호적인 세상을 '끌어당긴다'고 할 수 있을 것이다.

그런데 정말 끌어당기기를 잘하려면 전체를 기꺼이 받아들이는 마음이 있어야 한다. 책을 출판하는 저자가 되는 것을 끌어당기려면 엉덩이 누르고 앉아 있는 무수히 많은 시간을 끌어당겨야 할 것이다. 운동으로 살 빼기를 끌어당기려면 운동으로 흘린 '땀'을 끌어당겨야 할 것이다. 미술치료사가 되고 싶으면 끊임없는 미술도구 정리의 삶 또한 선택해야 한다. 우리는 결론만 선택할 수 없고, 여정 전체를 받아들여야 한다. 진정으로 원하는 일을 하려면 그 일에 포함되는 빛나는 부분과 어두운 부분을 다 포용할 수 있어야 한다.

학교 선생님들을 대상으로 하는 워크숍에서 매우 괴로워하는 초등학교 1학년 선생님을 만난 적이 있다. 20대 내내 임용 시험을 준비하고, 합격하고 나서도 오래 기다려서 발령받은 첫 학교에서 근무하고 계셨다. 그분은 긴 시간의 준비와 기다림 끝에 선생님이 되었지만, 아이들을 만나고 나서야 자신이 아이들을 싫어한다는 사실을 깨달았다. 말 안 듣는 아이들이 미웠고, 그런 아이들을 미워하는 자신이 너무 나쁜 사람인 것처럼 느껴져 괴롭다고 했다.

우리는 직업을 선택할 때 연봉이나 고용 안정성 같은 조건만 따지지 말고, 자신의 선택이 끌어당기는 전체를 봐야 한다. 교사라는 직업이 지닌 장점들(방학, 퇴직 후의 안정된 삶)을 끌어당기고 싶다면 말 안 듣는 아이들도 끌어당긴다는 것을 받아들여야 한다. 상담사는 나이가 들어서 더 잘할 수 있는 직업이기는 한데, 타인에 대한 걱정이 많아져서 이마 주름을 끌어당긴다는 것을 받아들여야 할 것이다.

『먹고 기도하고 사랑하라』라는 초대박 히트작을 낸 엘리자베스 길버트Elizabeth Gilbert는 웨이트리스로 일하는 내내 원고를 써서 출판사에 보냈고 거절 편지를 수도 없이 받았다. 독자들이 보기에는 갑작스러운 성공이었지만, 길버트는 책이 나오기까지 13년 동안 쉬지 않고 글을 썼다.

지나고 보니 그 시간은 자신이 원하는 것을 하기 위해 치른 값이었다고 말했다. 그러면서 길버트는 진정 하고 싶은 것을 하고 싶다는 사람에게 너의 '똥 샌드위치shit sandwich'는 뭐냐고 묻고는 한다. 어감이 안 좋은 이 말은 진정 원하는 것과 정말 싫어하는 것이 샌드위치처럼 포개져 있음을 뜻한다. 삶의 모든 선택은 샌드위치로 오며, 힘든 것을 감당하면서까지 하고자 하는 일을 찾으라는 말이다. 그렇다면 원하는 것을 찾을 것이 아니라 그나마 잘 감당할 수 있는 괴로움을 먼저 선택하는 방법도 있다.

나는 아무도 안 시키고, 아무런 보상이 약속되어 있지 않고, 끝낼 수 있을지 없을지 모르는 일을 오랫동안 할 수 있다. 그렇기에 출판이 될지 안 될지 모르는 책 원고를 몇 년씩 썼고, 전시할지 말지 모르는 작업을 몇 년씩 했다. 이 과정이 절대 쉬운 것은 아니지만, 이것은 내가 그나마 견딜 수 있는 괴로움이다. 머리카락을 쥐어뜯으면서도 포기하지 않는 이런 일들이 내가 진짜로 하고 싶은 것들이다.

소중한 것으로
값을 치른다

우리는 매일 새로운 하루를 사는 것 같지만, 사실은 같은 선택을 무한 반복하며 사는 편이다. 정말 새로운 하루를 맞이하는 날은 흔치 않다. 그리고 우리가 하는 수많은 선택 밑에 깔린 욕구는 사실 몇 가지 안 된다. 안전해지고 싶고, 사랑받고 싶고, 인정받고 싶다. 이런 기본 욕구는 자라면서 돈, 인기, 인정 욕구로 변하지만 그 뿌리는 똑같다.

그런데 이 욕구들이 과거에 속한 경우가 많다. 자신을 인정하지 않는 부모에게 보여주기 위해 열심히 뭔가를 이루려고 애쓰고, 잡지 못했던 과거의 관계 때문에 지금의 관계에서 참고 희생하거나, 사랑받지 못한 외로운 기억을 채우고자 사랑의 낌새가 있으면 매달리게 된다. 하지만 이 결핍을 내려놓지 않으면 앞으로 나아가지 못한다.

우리는 과거의 미완성 이야기를 완성하고 싶은 강렬한 욕구를 느끼고는 하는데, 삶은 하나의 플롯으로 이루어진 이야기가 아니다. 그 플롯을 완성해야 결말로 갈 수 있는 것이 아닌데도 특정 지점으로 반복해서 돌아가는 경우가 많다. 과거의 누구를 만족시키기 위해서, 또는 과거의 누구에게 한방

먹이기 위해서 하는 선택들은 당신을 허무하게 만들 가능성이 크다. "내가 누구 때문에 이걸 하는데?" 이런 말을 들은 상대방의 대사는 늘 똑같다. "내가 언제 나를 위해서 그걸 하래?"

흥미로운 것은 누군가를 기쁘게 하기 위해 시작한 일은 점점 중요도가 떨어지지만, 어떤 것을 포기하고 얻은 것의 중요도는 잘 떨어지지 않는다. 인간 심리 중에 '손실회피편향'이라는 것이 있다. 하나를 얻는 것보다 하나를 잃는 것을 훨씬 더 싫어하는 우리는 얻기보다 빼앗기지 않기 위해 하는 선택이 많다.

아주 단순하게 말하면, 우리가 마트에서 1+1 상품을 사는 이유는 하나를 더 얻기 위해서가 아니라 하나를 더 얻을 수 있는데 한 개만 사는 손해를 피하기 위해서이다. 도박꾼들이 그만해야지 하면서도 도박을 계속하는 이유 역시 돈을 더 따기 위해서가 아니라 지금까지 잃은 손실을 회복하기 위해서이다. 또한 돈을 빌린 사람보다 돈을 빌려준 사람이 그 일을 더 잘 기억하는 이유 역시 손해를 더 크게 느끼기 때문이다. 같은 하나라도 얻는 것보다 잃은 것의 가치를 더 크게 여겨 잊지 못한다.

결국 자신의 선택에 두고두고 만족하려면 이득을 보려

고 하지 말고 손해를 감수하거나 아끼는 것으로 값을 치르면 된다. 나는 지금의 삶을 사느라 많은 것을 포기해왔다. 미술 치료사가 되기 위해서 미술관 큐레이터 일을 포기했고, 한국에 돌아오기 위해서 캐나다와 미국에서의 삶을 포기했고, 서울에서 제주로 올 때는 안정적인 직장과 돈을 벌 기회를 포기했다. 나는 지금의 삶을 위해서 얼마나 많은 것들로 값을 치렀는지를 잊은 적이 없다. 내 삶에 만족하는 이유가 어쩌면 '잠정적 손해'로 비싸게 값을 치르고 선택했기 때문인지도 모른다.

정 안 되면
아무거나 도전한다

이렇게까지 고민했어도 잘 모르겠고, 이게 하고 싶기도 하고 저게 하고 싶기도 해서 어떤 길로 갈지 확신이 안 선다면, 최후의 방법이 있다. 바로 아무거나 선택하고, 그것을 선택한 자신을 믿어보는 획기적인 방법이다. 우리에게는 더 이상 대안이나 선택지가 없다면 우리의 태도를 바꿔서라도 상황을 우리 편으로 만드는 놀라운 능력을 가지고 있다. "삶이 너에게 레몬을 주면 레모네이드를 만들어라"라는 말처럼, 주어진 것이 무엇이든지 최대로 쥐어짜서 활용하겠다는 결심이 있으면 그 어떤 것이라도 좋게 만들 수 있다. 이것은 이미 가진 것을 선택하는 최후의, 어쩌면 최고의 방법이다.

긍정 심리학자인 대니얼 길버트Daniel Gilbert는 『행복에 걸려 비틀거리다』라는 책에 다음과 같이 썼다. 결혼 서약을 하다가 신부나 신랑이 도망간 일을 겪은 사람들에게 얼마 후 그 일이 '살면서 겪은 최악의 사건'이었는지 아니면 '살면서 겪은 최고의 사건'이었는지 물어본다면 다수가 '최고의 사건'이라고 말할 것이라며, 아직 이러한 연구 사례는 없지만 최고급 와인 한 병을 걸고 내기를 해도 좋다고.[25] 길버트의 장담은 심리적 면역체계 이론으로 뒷받침될 수 있다.

우리에게는 큰일을 겪을 때만 발동이 되는 심리적 면역체계가 있는데, 이것이 작동되기 위해서는 두 가지 조건이 필요하다. 첫째는 감정이 몹시 상해야 한다. 해결할 수 없는 큰일 앞에서 우리는 자기 자신을 위해 사실을 조작하고, 비난의 대상을 바꾸고, 합리화를 할 수 있는 지점들을 찾아내어 결국 긍정적인 관점을 만들어낸다.[26] 두 번째는 빠져나갈 구멍이 없는 상황에 처해야 한다. "운명에서 피할 수 없을 때, 도망칠 수 없을 때 그리고 취소할 수 없을 때 비로소 우리는 우리의 운명에서 긍정적인 면을 발견하려고 한다. 피하거나 도망치거나 뒤바꿀 수 없는 상황은 심리적 면역체계를 발동시킨다."[27]

시카고 대학교 경제학 교수인 스티븐 레빗Steven Levitt의 동전 던지기 연구는 선택에 대한 흥미로운 관점을 제시한다. 이는 온라인상에서 이루어진 선택 연구인데, 사이트를 방문한 사람들은 가상으로 동전을 던져 동전의 앞이 나오면 고민하는 선택을 이행하고, 뒤라면 안 하겠다고 선택했다. 동전 던지기의 결과에 따라 일부는 사업을 시작하고, 직장을 그만두고, 이혼을 하는 등의 큰 결정을 실행했다. 웹사이트는 1년 동안 열려 있었고, 동전 던지기 횟수는 2만 회가 넘었다. 2개월 후와 6개월 후에 동전을 던진 사람들에게 설문지를 이메일로 보냈다. 이 설문지 결과를 종합해보니 동전의 앞뒤 결과에 따라 선택을 행동으로 옮긴 사람들이 2개월 후에 더 행복해졌으며, 6개월 후에는 더욱 더 행복해졌다고 했다. 단 작은 결정에는 그런 효과가 없었다. 또한 앞면이 나온 사람들은 뒷면이 나왔던 사람들보다(즉 선택이 yes일 경우에) 변화를 실행할 가능성이 더 높았고, 더 큰 행복을 느꼈다고 했다.[28]

우리는 미래를 볼 수 없지만, 이 실험은 인생의 큰 결정 앞에서 '예'라고 대답하는 것이 더 낫다고 이야기한다. 그 선택이 주관적·객관적으로 좋아서라기보다, 우리가 그 선택을 옳거나 좋은 것으로 어떻게든 만들 확률이 아무것도 안 하는 것보다 높기 때문이다.

그러고 보니, 벼락 맞고 신청한 지원금이 안 돼서 다행이다. 스티커를 못 받으니 원래 좋아하던 그림 그리기를 멈췄던 유치원 아이들처럼, 나 또한 지원금이 끝남과 동시에 손 놓게 되었을지도 모르겠다. 누가 박수 치든 말든, 돈을 주든 말든, 하고 싶어서 해온 일이었음을 까먹고 말이다.

빵순이의 기쁨과 만족

　　나는 중독에 취약한 유형의 인간이다. 어떤 것에 빠지면 아주 오랫동안 빠져서 허덕거릴 수 있음을 알고 있어서 술, 담배, 컴퓨터 게임 등을 피하며 살아왔다. 그렇게 중독물질을 멀리했는데도 결국 피하지 못한 중독이 있으니 그것은 바로 빵 중독이다. 지금은 그렇지 않지만, 한때는 크림빵이 먹고 싶다는 생각이 갑자기 들면 밖이 아무리 추워도, 빵 가게가 아무리 멀어도 사러 나갔다. 빵을 살 수 없는 상황이라면 갈망에 사로잡혀 일에 집중이 잘 안 됐다. 그러다가 치료 공부를 시작하면서 본격적으로 '나는 왜 빵순이인가?'를 심각하게 고민했다.

빵 중독을 고치고 싶었다. 나의 의지가 바라는 것이 아닌데 내 안에 존재하는 어떤 강력한 끌림에 이끌려 행동하는 것이 싫었고, 빵을 먹었다 끊었다 하는 것도 부끄러웠다. 그래서 학교에서 배우고 실습에서 배운 미술치료, 인지치료, 이야기치료, 최면치료, 행동치료의 방법들을 다 써보면서 빵에 대한 강렬한 끌림을 이해하고 벗어나고자 애썼다. 이 과정에서 배운 것이 너무 많다. 빵에 대한 애증이 없었다면 몰랐을 가장 큰 깨달음은 바로 기쁨과 만족이 다르다는 것이다.

인도에서 수행하다가 겨울을 보내려 제주에 온 '냉면'을 우연히 만났다. 냉면이란 이름은 그가 일상적인 대화에도 지나치게 심각한 말로 찬물을 끼얹을 때가 많아서 내가 붙인 별명이다. 깨달은 자는 나이가 없다며 나이를 가르쳐주지 않아서 확실히는 모르겠지만 40대 초반으로 보였고, 긴 머리에 호리호리한 남자였다. 인도에서의 요가 수행에 대한 로망이 있었던 나는, 진짜 요기를 만났다는 기쁨에 몇 주간 그를 쫓아다녔다. 하지만 그가 점점 수상했다. 자신을 맑은 호수로 비유한다거나, 이름이나 나이를 안 가르쳐주는 거나, 일상적인 대화에도 '진리의 말씀' 운운하는 등 이상한 점이 한둘이 아니었다. 그렇지만 '뭔가 있겠지' 하며 계속 요기의 말에 고개를 조아리고 들었다.

그렇게 수많은 진리의 말씀이 한 귀로 들어와 다른 귀로 빠져나갔지만, 빵에 관한 이야기는 마음에 콕 하니 박혔다. 빵을 볼 때 기쁨으로 환해졌다가 다 먹고 나서는 후회하는 나를 보고는 나의 기쁨은 진짜 좋은 것이 아니라고 했다. "좋은 것은 처음에도 좋고 중간에도 좋고 나중에도 좋은 것이다." 이 말을 듣는 순간 그의 머리 뒤에 후광이 비치는 것 같았고, 머리를 조아려서 그의 말을 마음에 깊이 새겼다.

하지만 세월이 지나고, 심리 공부가 쌓이고, 내 안의 빵순이를 더 잘 이해하게 되면서 그의 말이 틀렸다는 걸 알게되었다. 감각이, 감정이, 뇌가, 그리고 사람이 어떤 것을 처음에도 중간에도 나중에도 똑같이 좋아할 수는 없다. 빵은 처음에도 중간에도 끝에도 여전히 빵이지만, 우리의 마음은 그렇게 생겨먹지 않았다. 기쁨, 갈망, 그리고 특히 빵에 관해서만큼은 인도 요기보다 내가 훨씬 더 잘 안다.

빵과 관련해서 내가 언제 제일 기쁜지를 따져보니, 놀랍게도 빵을 먹을 때가 아니라 빵집을 찾아갈 때였다. 길을 못찾는 길치이지만 "○○에 빵집이 새로 생겼대" 또는 "○○

지방 빵집은 꼭 가야 한대" 이런 말을 들으면 그 정보가 뇌에 입력되었다가 그 근처에 가면 활성화되는 GPS 위치기반 능력이 생겼다. 그러다가 새롭게 찾은 빵집의 문을 열고 들어갈 때 기쁨의 폭죽이 터지기 시작하고, 어떤 빵이 맛있을지를 상상하며 고를 때 내면의 빵순이는 기뻐서 어쩔 줄을 몰라 했다. 그런데 한 입, 두 입, 세 입 정도 먹으면 기쁨은 완전히 사라졌다. 오랫동안 관찰해본 결과 기쁨의 여정은 늘 똑같았다. 기쁨은 기대와 함께 시작하고, 가장 고조가 될 때는 그것을 손에 넣기 직전이다. 손에 쥐면 기쁨이 급격히 감소했고, 그러면 잠시 닿았다가 사라진 이 기쁨을 반복하고 싶은 갈망이 그 빵을 먹기 전보다 더 커지면서 끝났다.

기쁨은 뇌의 신경전달물질인 도파민이 만든다. "카톡" 하고 메시지 도착 알림이 울릴 때 반가운 마음이 드는 것이나, 슬롯머신의 레버를 당긴 후 상금이 쏟아질 때 날아갈 듯이 기쁜 것도 정도의 차이가 있을 뿐 도파민이 만드는 기쁨으로, 기대감과 짜릿함이 특징이다. 이렇게 도파민은 우리가 어떤 행위를 하도록 등 뒤에서 밀어주고 앞에서 유혹한다. 그리고 우리가 원하는 것을 손에 쥐자마자 뇌는 도파민을 떨어뜨려서 우리로 하여금 노력을 멈추는 대신 노력을 더 하게 만든다. 즉 줬다가 뺏는 셈인데, 이것이 사람을 미치게 만든다. 맛있는 빵을 혀에서 느끼는 순간 도파민이 확 떨어져 다시 빵집을 찾아 나서고 싶어진다. 그렇게 우리는 전국의 유명 빵집을 누비는 빵순이가 된다. 도파민은 우리로 하여금 역경과 어려움을 헤치고 잠깐의 환희를 위해 노력하게 만들기 때문이다. 그래서 뇌과학자들은 도파민을 쾌락의 호르몬이 아니라 쾌락 '추구'의 호르몬이라고 말한다.

그런데 기쁨이 사라질 때, 원래 그렇다는 것을 받아들이는 대신 '더 더 더!' 바라고 추구하다가 보면 문제가 생긴다. 진화론적으로나 생리적으로나 뇌를 포함한 우리의 몸에서 가장 중요한 것은 기쁨이나 행복이 아니라 항상성을 유지하여 생존을 도모하는 것이다. 기쁨과 불쾌는 영상과 영하의 온도처럼 하나의 축에 존재하는데, 기쁨이 과하고 도파민 분비가 과해지면 오히려 기분이 처지는 결과가 생긴다. 뇌가 도파민 분비를 조절하기 위해서 도파민과 결합하여 신호를 전달하는 도파민 수용체의 수를 줄이기 때문이다. 그래서 대중의 사랑을 많이 받았던 연예인들이나 환희가 가득했던 콘서트장을 나온 가수가 집에 혼자 있으면 우울감이 밀려오는 것이다.

기쁨과 불쾌의 시소 균형이 완전히 깨질 정도로 중독물질을 '더, 더, 더' 많이 취하면 우리의 뇌는 도파민이 많은 상태를 '정상'으로 리셋한다. 그렇게 되면 중독물 없이는 견딜 수 없는 상태가 된다. 맥주 한 잔만 마셔도 기분이 좋았던 것이 한 궤짝을 마셔야 같은 정도의 쾌락을 느끼게 되고, 알코올이 없는 평범한 상태는 견딜 수 없게 된다. 쾌락의 끝은 더 큰 쾌락이 아니라 뇌가 항상성을 바꾸어 역치가 올라가는 것이며, 이것이 중독이다.

그렇다면 쾌락의 중독에 빠지지 않고 기쁨을 유지할 방법이 있을까? 결론적으로는 없다. 기쁨은 지속하는 것이 아니라 반짝이다가 사라지는 빛처럼, 내리면 녹는 눈처럼 있다가 사라지는 것이 존재 방식이기 때문이다.

그런데 반짝 주어지는 기쁨을 유지는 못 하지만 더 잘 누릴 수는 있다. 크게 두 가지 방법이 있다.

첫 번째 방법은 일부러 멈추는 것이다. 우리 몸은 굶주린 상태에서도 사냥감을 쫓거나 언제 발견할지 모르는 산딸기를 찾아 몇 날 며칠을 헤맬 수 있게 세팅되어 있다. 그러다가 산짐승을 잡거나 산딸기를 찾으면 도파민이 터져서 짜릿해지고, 이 짜릿함은 그 힘든 경험을 다시 반복하게끔 한다. 그런데 우리의 몸은 그대로인 채 상황이 바뀌었다. 도파민은 터지지만 노력이 필요 없게 되면서 중독에 취약해졌다. 그렇다면 수렵채취인이 어렵게 먹이를 구할 때처럼 짜릿함을 경험하는 빈도나 강도를 줄여야 한다. 즉 일부러 멈추는 연습이 필요하다. 일종의 '도파민 디톡스'인 셈이다. SNS, 빵, 드라마 등 중독행위나 중독물질을 일주일 동안 완전히 끊어보자. 뇌를 리셋하여 다시 작은 기쁨에도 도파민이 터지게 되돌리는 것이다. 뇌의 리셋에는 30일 이상이 필요하지만, 최소 일주일만이라도 해보자.

두 번째 방법은 도파민적인 기쁨이 아닌 지속가능한 행복을 추구하는 것이다. 하버드 대학교에서 행복학을 가르치는 아서 브룩스는 기쁨에 사람들과 추억을 더해야 한다고 말한다. 혼자 누리는 즐거움은 자칫 잘못하면 중독으로 이어질 수 있지만(예를 들어 혼자 마시는 술), 익숙하고 따뜻한 유대관계는 편안함과 만족감을 주는 세로토닌을 증진시키고 접촉과 사랑은 애착의 호르몬인 옥시토신을 분비하기 때문에 건강하게 즐거움을 누릴 수 있다는 설명이다.[29] 즉 기쁨에 만족과 사랑을 더하면 중독에 빠지지 않고 오래 즐거울 수 있다.

얼핏 보기에 기쁨과 만족은 비슷하지만 다른 빛깔과 맛을 가진 행복이다. 기쁨은 내가 아직 충분히 가지지 못했기에 그것을 가질 때(또는 가지게 될 것 같을 때) 고조되는 감정이고, 만족은 충분히 가져서 더 이상 필요하지 않을 때 넘치는 감정이다. 한마디로 기쁨은 '더 필요해', 만족은 '더 이상 필요하지 않다'라는 느낌이다. 그렇기에 기쁨의 감각은 짜릿하고 만족은 포근하다.

만족은 신경전달물질인 세로토닌이 만들어내는 경험으로, 뇌와 장에서 만들어진다. 세로토닌은 기분을 조절할 뿐만 아니라 식욕, 수면, 근육 수축과 같은 많은 기능에 관여한다. 그래서 생체리듬에 맞게 잘 자고, 잘 먹고, 잘 싸는 것이 중요하다.

또한 가까운 친구, 연인, 배우자, 가족 또는 반려동물과 좋은 관계를 가꾸면 세로토닌과 더불어 애착과 연결을 만드는 옥시토신이 나온다. 옥시토신은 '사랑의 호르몬'이라고도 부르는데, 따뜻하고 다정한 관계의 사람들이 서로를 쳐다보며 웃거나 포옹을 하거나 손을 잡거나 할 때 나온다. 썸을 타거나 플러팅을 하거나 연애를 막 시작해서 흥분 상태에 있을 때 분비되는 것은 옥시토신이 아니라 도파민이라고 한다. 그러다가 불꽃 같던 감정이 가라앉고 온화한 불빛이 지속될 때 옥시토신이 분비되는데, 이는 흥분이 아니라 연결과 유대감, 그리고 서로가 서로의 집이 되는 것 같은 느낌을 갖게 해준다.

빵도 이와 같다. 빵을 먹고 만족하려면 빵을 만드는 사람, 만들어지는 과정, 이것을 함께 나누는 사람에게 주목해야 하며, 이것이 우리에게 주는 감각의 모든 면을 음미해야 한다. 그러면 중독이 아닌 충만함을 느낄 수 있다. 도장 깨기를 하듯 유명한 빵집을 돌아다니는 것이 아니라 축하할 일이 있을 때 케이크를 나눠 먹는 행위를 통해서 유대감을 느낀다면 중독이 아니라 더 크고 넓고 지속가능한 행복을 누릴 것이다. 즉 도파민적인 흥분이 아니라 세로토닌적인 안정적인 만족감, 옥시토신적인 유대감을 더한다면 우리는 더 오래 기쁘고 행복할 수 있다.

생각해보면 내게 빵은 처음부터 갈망과 집착의 대상이 아니라 사랑에 대한 기억과 관련이 있었다. 예를 들어, 고로케는 아버지를 떠올리게 한다. 퇴근길에 동네 무화과 제과점에 들러 사 오시던 고로케가 얼마나 맛있었는지! (오랫동안 '무화과'라는 단어를 들으면 무화과 열매가 아니라 고로케가 떠올랐다.) 요즘도 어디 고로케가 맛있다는 소문을 들으면 찾아 먹어보는 편인데, 그 맛이 아니어서 매번 실망한다. 그런데 내가 다시 맛보고 싶은 것은 어렸을 때 먹었던 아버지의 사랑이기 때문에 다시는 그 맛을 보지 못할 것이다.

그렇다면 나는 왜 성인이 되어서 크림빵을 탐닉하게 되었을까? 유제품 갈망은 우유, 즉 모유의 맛을 기억하기 때문이라는 심리학적인 관점이 있다. 영양학적으로 봐도 우유는 트립토판이라는 영양소를 포함하고 있는데, 이것은 우리 몸 안에서 만족과 편안함을 주는 세로토닌을 만드는 재료로 세로토닌은 따뜻함, 편안함, 이완과 관련이 깊다. 문화적으로도 우유의 이미지는 따스하다. 엄마가 뜨겁게 데워주시는 우유 한 잔은 사랑의 의미로 다가온다. 이처럼 심리학적, 영양학적 그리고 문화적인 영향으로 나는 크림빵을 좋아하게 되었나 보다. 또한 크림빵이 강하게 먹고 싶어지는 때를 곰곰이 생각해보면 외롭고 연결이 필요한 경우이다. 흰머리가 많은 중년이 되었지만, 내 세포 어딘가에는 엄마와 하나였던 아기의 기억이 있는가 보다.

이 깨달음을 얻고 내면의 빵순이를 그려보았는데, 마치 오랫동안 그 모습을 알고 있었다는 듯이 쓱쓱 그려져서 신기했다. 빵순이는 빵으로 채워지지 않는 외로움의 구멍이 있는 아이였다. 이 구멍을 통해 쌀쌀한 바람이 불었다. 이 아이를 그리고 나니, 바라보고 대화할 수 있는 실체를 만난 듯했다. 이 아이와 대화하면서 기억에도 없던 어린 시절의 외로움을 만나게 되었다.

엄마는 내가 키우기 쉬운 아이라고 하셨다. 조용하고 착했으며 하루 종일 그림 그리고 혼자 잘 놀았다고 하셨다. 오래된 기억 중 아무도 없는 집에서 그림 그리며 혼자 놀던 모습이 있다. 엄마 아빠는 일하러 나가시고 오빠들은 골목으로 뛰어 놀러 나가 빈집에 홀로 있던 아이는 사실 외로웠나 보다.

이 아이를 만나고 나서부터는 가슴에 허함을 느낄 때 외로움을 채우는 행동을 하며 내면의 빵순이를 달래기 시작했다. 예를 들어, '친구 다섯 명에게 전화하기' 같은 행동 강령을 만들었다. 다섯 명에게 다 전화하는 경우는 드물었지만, 한 명에게 전화해 전화를 안 받더라도 실망하지 말고 다섯 명까지는 시도를 해보자는 의미이다. 또는 늦은 밤, 빵순이의 허한 가슴에 바람이 불면 SNS을 열어서 댓글이 많이 안 달린 포스팅을 찾아서 정성껏 댓글을 달아주고는 했다. 평소에 고맙다는 생각을 했으나 표현을 안 했던 사람들을 떠올리면서 새삼스러운 감사의 이메일을 쓰기도 했다. 빵으로 달래고자 했던 것이 배고픔이 아닌 외로움이며, 외로움을 채울 수 있는 것은 누군가와 닿는 경험이기 때문이다. 그리고 닿는 촉감은 쌍방향의 감각이다. 누가 먼저 나의 손을 잡아주지 않더라도 내가 누군가의 손을 잡으면, 우리는 '닿는다'.

이러한 탐구와 깨달음의 여정 끝에, 내면의 빵순이가 서서히 손에 꽉 주고 있던 힘을 풀었고, 허한 구멍이 서서히 메꿔지는 게 느껴졌다. 나는 그 추억들을 다시 먹을 수 없기에 슬픈 마음도 있다. 하지만 외로움은 배고픔이 아니며, 사랑의 허기는 빵으로 채울 수 있는 것이 아님을 이제 안다. 채울 수 없는 과거는 애도를 필요로 한다. 나의 책『변화를 위한 그림 일기』에서도 썼고 그림일기 수업을 할 때마다 사람들에게 가르쳐주는 주문과 같은 말이 있다. 이 말을 할 때마다 강의실 여기저기에서 갑자기 사람들이 울음을 터뜨리는 소리가 들리고는 한다. 나 또한 이 말을 할 때마다 매번 눈물이 난다. 명령이기도 주문이기도 기도이기도 한 이 말은 다음과 같다.

"내가 너를 보았고 너의 이야기를 들었으니, 이제 가라."

이 말을 들은 빵순이가, 가슴에 바람이 불던 빵순이가, 오랫동안 나와 함께 살았던 외롭던 내 아이가 그렇게 서서히 사라졌고, 크림빵 중독도 함께 떠났다.

4부

미술치료사의 셀프 치료

다홍색 다홍이
아크릴화, 2025

열두 살 고양이 다홍이가 정성껏 털을 고르는 모습을 보고 있으면
시간이 느려진다. 세상에서 가장 중요한 일을 하는 듯
온 존재가 그 순간에 머물러 있다.

내 안의 적, part x

하나님이 아담에게 "왜 사과를 먹었느냐?"고 묻자 아담은 "이브가 시켰어요"라고 대답한다. 이브에게 같은 질문을 하자 이브는 "사악한 뱀이 시켰어요"라고 답한다. 즉 성경에 따르면 인류가 처음으로 한 말은 변명이었다.[1] 이제 막 입을 뗀 아이들도 누군가를 탓하는 말을 한다. 물건을 떨어뜨려 깨뜨린 아이에게 "이거 누가 깼어?"라고 물으면, 아이는 아무 잘못도 없는 인형이나 장난감이 깼다고 한다. 아이가 넘어지며 상에 이마를 부딪쳤을 때 할머니가 애꿎은 상을 때리며 "때찌때찌" 하면 아이는 안심하며 눈물을 뚝 멈추기도 한다.

우리는 아무리 노력해도 극복이 안 되는 상황이 있을 때 누가 나를 그렇게 만들었는지, 즉 누가 나의 '적'인지를 따져 묻고는 한다. 예를 들어, SNS 중독에 빠졌다면 플랫폼을 만든 기업을 탓할 수 있다. SNS 중독은 개인의 자제력 부족이나 우연히 생겨난 것이 아니라 심리학 연구와 실험을 통해서 도박과 같은 원리로 SNS가 만들어진 결과이기 때문이다. 하지만 우리가 정말 모르고 당하기만 하는 것일까? 기계가 우리의 손을 억지로 움직여 핸드폰을 켜고 스크롤을 하는 것은 아니지 않은가? 그렇다면 이 모든 것은 자기 탓인가? 즉 내가 나의 적일까?

아무리 노력해도 나쁜 습관을 버리지 못할 때, 정말 이루고 싶은 것인데도 쉽게 포기할 때 스스로를 자신의 적으로 여기게 되기도 한다. 그런데 외부의 적은 배척이 가능하고 욕도 해줄 수 있고 미워할 수 있지만, 내부의 적은 쫓아내보낼 수 없기에 끝도 없는 싸움을 하게 되어 괴로워지기가 쉽다.

미국의 정신과 전문의이자 세계적으로 유명한 심리치

173

료사인 필 스터츠Phil Stutz는 우리를 방해하는 내면의 적에게 'part x'라는 이름을 붙였다.[2] 이것을 무엇이라 불러도 상관없겠지만(게다가 트위터가 'X'로 바뀐 후로 이름을 바꿔야 하는 건 아닌가도 싶지만), '이름 짓기'는 연금술적인 힘이 있다. 인간이 무엇에 대하여 이야기하고, 통제하고, 다루기 위해 제일 먼저 하는 것이 이름을 지어 붙이는 것이기 때문이다. 스터츠는 part x가 우리 자신의 비판적인 부분이며, 성장을 막고 무한 성장의 가능성을 펼치지 못하게 방해하는 내면의 보이지 않는 힘이라고 했다. 대부분 어렴풋하게나마 내면에 이런 힘이 있다는 것은 느껴보았을 것이다. 뭔가를 시도하려고 하면 "안 돼, 무서워, 위험해, 너는 못 할 거야"라며 우리의 발목을 잡거나 "너 같은 게 이것을 어떻게 할 수 있겠어"라며 윽박지르는 내면의 목소리를 들어봤을 것이다.

part x가 무엇인지에 대하여는 의견이 분분하다. part x는 칼 융의 분석심리학에서 말하는 '그림자'와 가장 많이 비교된다. 그림자는 스스로 용납할 수 없고 거부하는 모든 것을 밀어놓는 내적 자아로, 빛과 통합되기를 원한다. 내면가족체계IFS: Internal Family System에서는 우리 안에 옥신각신하는 여러 인격체가 가족처럼 함께 존재한다고 보는데, 이 이론에서는 part x와 가장 개념적으로 가까운 이를 '판단자'라고 본다. 자신을 괴롭히지만 원래는 스스로 보호하고자 하는 존재이다.

part x는 이 시대의 산물로도 볼 수 있다. 필 스터츠는 part x가 방해하는 것은 무한 성장 가능성이라고 말하는데, 실제로 무한 성장이 가능할까? '무한 성장의 가능성' 자체가 스터츠의 주요 고객인 미국의 할리우드 영화배우들과 실리콘 밸리의 CEO들이 만든 서사는 아닐까? 철학자 한병철은 시대마다 고유한 주요 질병이 있다는 말로 그의 화제작 『피로사회』를 시작한다. 현대 사회는 스스로를 착취하는 사회이며 우울증은 긍정성 과잉에 시달리는 이 시대의 질병이라고 말한다.[3] 그렇다면 part x는 과도한 자기 신념과 자기 긍정에 대한 저항으로 만들어진 자기 의심과 자기 부정일지도 모르겠다.

내면의 적인 part x를 어떻게 다루어야 할까? 내면의 연약한 존재로 보고 포용해야 할까? 이 시대와 문화의 산물로 보고 비판적인 태도를 가지거나, 적으로 보고 배척하거나, 악한 존재로 보고 구마의식을 해야 할까? 이것을 어떻게 대해야 하는지는 문화와 시대, 주요 심리이론에 따라 달라지겠지만, 스터츠가 주장하듯 영원히 없어지게 할 수 없을 거라는 데 동의한다. 나는 part x가 사라지지 않을 뿐만 아니라 꼭 필요하다고 생각한다.

사람들은 갈등이나 두려움이 없어야 소망하는 것을 이룰 수 있다고 생각한다. 그림을 그리고 싶지만 두려워서 도저히 못 그리겠다는 내담자가 있었다. 두려움만 없다면 자유롭게 그림을 그리는 예술가가 될 수 있을 것 같다고 했다. 그런데 두려움이 없는 예술가의 길이란 존재하지 않는다. 빈 도화지를 마주하고 빈 페이지를 앞에 두고 아무 두려움이 일어나지 않는다면 익숙하고 편한 것만 한다는 것인데, 그건 창작의 자세가 아니다. 또한 내 안의 비판적인 목소리는 매우 불편하지만, 그런 목소리와 싸우는 과정에서 끝내 하고자 하는 것이 무엇인지를 알 수 있다. 즉 part x가 없어야 우리가 원하는 모든 것을 이룰 수 있는 것이 아니라 part x가 만드는 내적 갈등이 있어야 그 갈등과 씨름하는 과정에서 내가 원하는 것이 무엇인지 깨달을 수 있다.

이런 면에서 part x는 악당과 비슷하다. 히어로는 악당 없이는 자신의 미션을 깨닫지 못한다. 그와 비슷하게, 내면에서 막아서는 것이 없으면 싸워서라도 이루고 싶은 것이 무엇인지 모르게 된다. 또한 내적 어려움 없이 사랑과 성취와 자신감만으로 그 사람의 내면이 채워져 있으면, 그는 어린 시절의 자기애적 환상을 유지한 채 자라서 삶이 우리에게 던지는 무게를 버티지 못하는 취약한 어른이 되기가 쉽다. 그렇게 되면 살면서 경험할 수밖에 없는 어려움 앞에서 쉽게 무너지거나, 어쩔 수 없는 좌절이나 상실을 비정상적인 것으로 여기거나, 삶이 던지는 어려움은 자신의 완벽한 삶에서 일어나면 안 되는 것으로 생각하여 괴로움을 떨쳐낼 수가 없게 된다. 하지만 걱정할 필요는 없다. part x가 영원히 없는 삶은 없기 때문이다.

part x가 우리의 노력을 방해하고 우리를 막아서는 방법은 매우 다양하지만, 나타나는 순간은 똑같다. 바로 익숙한 안전지대를 벗어나려고 할 때이다. 모든 성장과 치유는 안전지대를 넘어서기를 요구한다. 여기서 '안전지대'가 정말 안전한 곳이라는 뜻은 아니다. 괴로운 상황에 놓였더라도 그 상황에 적응되면 그곳을 '안전'하다고 느낀다. 그렇기에 '안전지대'란 '좋은 곳'이 아니라 '익숙한 곳'을 말한다. 익숙한 곳에서 발 하나를 들어 안전지대의 금을 넘어가려고 하는 바로 그 순간 part x가 나타나 이런 말을 한다. "넌 안 돼. 분명 실패할 거야. 그러니 그냥 시도도 하지 마." 조금만 새로운 것을 시도해도 큰일 날 것처럼 호들갑을 떨며 막아서는 우리 안의 part x를 어떻게 데리고 살 것인가?

학대받았던 종교 집단에서 탈출한 후 영성, 자기계발,

창조 등에 대한 글을 쓰는 하버드 대학교 출신의 사회과학자 마사 벡Martha Beck은 우리 안에는 자유롭고 거침없이 살고 싶은 우뇌의 목소리와 안전을 추구하고 통제하려고 하는 좌뇌의 목소리가 있다고 했다. 이 중 통제하려는 목소리가 part x일 텐데, 이 내적 존재가 자신을 자꾸 가로막는 것 같아서 적 혹은 방해꾼처럼 느껴지겠지만, 방식이 다를 뿐 우뇌와 좌뇌의 목소리 모두 우리가 보호받고 행복하기를 바라므로 이 둘을 모두 축복하자고 한다.[4]

그런데 그 '축복'은 어떻게 하는 걸까? 힌트는 민속학 연구자인 캐런 페이스Karen Faith의 TED 강연에서 얻을 수 있다.[5] 페이스는 포커스 그룹 리더로 일했을 때의 경험을 바탕으로 최악의 자신을 만났던 이야기를 들려준다. 포커스 그룹은 특정 주제나 상품에 대하여 다양한 사람들의 의견을 듣는 장이다. 그렇다 보니 평소에 전혀 만나서 대화할 일이 없는 사람들이 모여서 서로 다른 의견을 낸다. 수줍은 사람, 말이 많은 사람, 불평이 많은 사람, 약간의 사례비 때문에 온 학생, 수상하다는 표정을 짓고 있는 전직 군인, 1등이라도 할 듯 열심인 엄마, 아재 개그를 남발하는 아빠 등 이렇게 서로 섞이지 않고, 통하지 않고, 의견이 너무 다른 사람들의 대화를 이끌면서 페이스는 그들의 대화가 그녀 내면에 있는 여러 목소리와 비슷하다는 생각을 하게 된다.

　내면의 한 목소리는 "너는 살 가치가 없어. 너의 실수는 절대 용서받을 수 없을 거야. 살면서 벌어진 나쁜 일들은 다 네 탓이야"라고 반복적으로 말했다. 또 다른 목소리는 계속 죽고 싶다고 반복했다. 그녀는 이 목소리들을 멈추게 하기 위해서 모든 종류의 상담을 받아봤지만, 소용이 없었다. 그런데 포커스 그룹에서 모든 의견을 환영하듯 모든 목소리를 환영하겠다고 결심했을 때 그제야 변화가 일어나기 시작했다고 한다.

　여기에 와주셔서 감사합니다.

　여러분의 의견은 소중합니다.

　저는 여러분 각자의 의견을 듣겠습니다.

　솔직하게 말씀해주시기를 부탁드리며,

　요구사항이 있을 시

　당신의 요구가 합리적이게 노력해주세요.

　포커스 그룹을 시작할 때 늘 하는 오프닝 멘트를 자기 자신에게 하자 내면의 목소리들이 서로 말을 하겠다고 아우성쳤다. 그래서 다시 포커스 그룹 리더의 침착한 목소리로 다음과 같이 말했다. "의견 주셔서 감사합니다. 정직하고 합리적으로 행동하기로 한 우리의 합의를 기억해주시기 바랍니다." 그러자 목소리들이 알았다고 말하더니, 윽박지르기를 멈추고 자신이 무엇을 필요로 하는지를 알려주기 시작했다. 그렇게 그녀는 자신의 최악의 부분을 인정하고 환영하게 되었다.

그들을 환영할 수 있나요? 당신의 모든 면을 환영할 수 있나요? 우리의 다양한 모습들은 여기에 함께 존재합니다. 아름답고 복잡하고 두렵고 때로는 끔찍한 모습으로요. 하지만 모두 여기 존재할 가치가 있습니다. [중략] 당신은 환영받습니다.

나도 내 안에 여러 존재를 데리고 산다. 새로운 것에 도전할 때마다 무섭다고 벌벌 떠는 애도 있고, 그럼에도 한번 가보자는 호기심 충만한 애도 있고, 우리는 강하니까 맞서 싸우자고 툭하면 덤비려 하는 녀석도 있고, 이게 다 무슨 소용이람 하면서 방관하는 자도 있다. 이들은 모두 나다. 방법은 다르지만, 이들은 모두 내가(또는 우리가) 안전하고 사랑받고 행복하기를 바란다. 그러니 내면의 거친 목소리가 "너는 살 가치도 없는 인간이야"라고 윽박지를 때 또는 "네가 그렇지 뭐. 너란 인간이 그렇게 쓸모없는 인간이야"라고 말할 때 "너도 환영해"라고 말해보자. 그렇게 할 수 있다면, 환영받은 part x는 수학에서 미지수unknown value를 나타내는 'x'를 내려놓고 안정되고 받아들여진 한 부분인 'part'로서의 나와(또는 우리와) 함께 살아갈 것이다.

싸워서 이기거나 달래서 보내거나

　기후변화로 몹시 무더워진 여름밤에 시원한 맥주 한 캔을 따는 습관이 생겼다. 처음에는 한 캔쯤이야 뭐 어때 싶었지만, 매일 한 캔씩 마시게 되니 이건 아니다 싶어 맥주 대신 탄산수를 마시는 것으로 바꿨다. 하지만 결국 맥주와 탄산수 둘 다 마시고, 게다가 안줏거리도 주섬주섬 찾아서 먹는 습관까지 생겼다. 야식도 야식이지만, 플라스틱을 줄이며 살겠다고 해놓고 쌓여가는 플라스틱과 알루미늄 캔들을 보니 마음이 불편했다. 그런데 이게 무더운 여름날의 낙이기도 해서 잘 멈춰지지 않았다. 그러다가 습관을 바꾸는 아주 획기적인 방법을 알게 되었는데, 바로 이거다 싶었다. 그것은 긍정의 감정이 아닌 부정의 감정을 활용하는 데, 원하는 목표를 달성했을 때 보상을 주는 것이 아니라 목표를 달성하지 못했을 경우 실제적인 피해를 겪게 미리 조건지어놓는 것이다. 예를 들어, 친구에게 돈을 맡겨놓고 목표를 달성하지 못했을 때 그 돈을 자기가 끔찍하게 싫어하는 단체에 기부해달라고 하는 식이다. 이를 아주 기발하다고 생각했는데, 이를 응용한 습관 앱이 실제로 있다!

트럼프와
내기하기

예일 대학교의 행동심리학자들이 만든 stickK가 그런 앱이다. 자신과의 약속을 어길 경우 자신이 정말 싫어하는 단체에 돈을 기부하게 미리 설정하고 신용카드 정보를 등록해놓는 방식이다. '안티-채러티anti-charity'라고 부르는 이 방법이 정말 효과가 있는지 궁금해서 앱을 깔았다. 돈을 기부

할 단체로 '낙태 반대 vs 낙태 찬성', '총기 반대 vs 총기 찬성'
과 같이 극단적으로 다른 성향을 가진 단체들이 선택 후보지
로 등록되어 있었다. 여러 단체 이름을 보다가 트럼프를 발
견했다. 트럼프에게 돈을 주는 것은 상상만으로도 입맛이 싹
떨어지기에 나의 안티-채러티 대상을 트럼프 정치자금을 모
으는 단체인 America First Action(Trump Super PAC)으로 정
했다. 그러고 90일 동안 9시 이후에 야식을 안 먹겠다는 스
스로와의 약속을 어길 시에 하루 5달러씩 기부하기로 했다.
총기부금 450달러를 약정하고 카드 번호를 입력하는 데 심
장이 이글이글하고 손이 부들부들 떨렸다. 습관을 바꾸겠다
결심하면서 이처럼 이글거리는 마음이 들기는 처음이었다.

이런 큰 결심은 여기저기 알려야 실행력이 높아진다는
말이 있어서 SNS에 올렸더니, 내가 트럼프에게 기부한다면
나랑 친구의 연을 끊겠다는 다정한 협박의 댓글이 달렸다.
사이비 종교를 안티-채러티로 설정한다면 뭐든 이룰 수 있
을 것 같다는 목사님의 댓글도 재밌었다. 야식을 가끔 먹는
게 나쁘다고 생각하지 않고 단순 호기심으로 시작했는데, 일
이 커졌다. 신념이 달린 큰 도전이 된 것이다.

결과는? 와우, 하루 만에 습관을 완벽하게 고쳤다. 누가
감시하는 것도 아니었지만 절대로 트럼프와의 내기에서 질

수가 없었다! 그렇게 단숨에 습관을 고쳤고, 그다음 날도 그리고 그다음 다음 날도 매일 9시 앱에 로그인하면 나오는 "당신은 약속을 지켰나요?"라는 질문에 핸드폰 화면을 세게 때리다시피 하며 'yes'를 눌렀다. 이 방법은 너무나 효과적이었다.

그런데 아뿔싸, 한 가지 간과한 것이 있었다. 내가 시계를 잘 안 보고 핸드폰을 자주 들여다보지 않는다는 사실이다. 매일 저녁 9시 앱에 로그인해서 예스를 눌러야 하는데, 그 시간을 여러 번 놓쳤다. 정해진 시간에 로그인을 안 하면 자동으로 하루 5달러가 빠져나가는데 말이다. 그렇다 보니 야식 습관을 하루 만에 완전히 고치고 이어갔음에도 불구하고, 트럼프에게 여러 번 기부하게 되었고, 그런 날에는 속상해서 밤에 잠까지 잘 안 왔다. 믿을 수가 없었다. 트럼프 선거 캠프에 무려 30달러나 기부를 했다! 그것도 내가 내기에서 이겼는데 말이다! 이것은 신념에 스크래치가 나는 일이어서 견디기가 힘들었다. 내가 기부한 돈이 그의 선거 캠프에 들어갔고, 트럼프가 다시 대통령이 되는 데 먼지의 먼지만큼 내가 일조했다니 경악스러운 일이었다.

벼룩을 잡으려다가 초가삼간 태운다는 것이 바로 이를 두고 하는 말이구나. 이러다가 안 되겠다 싶어서 시작한 지

두 달 만에 앱 회사에 제발 그만두게 해달라는 간청의 이메일을 보내서 그만둘 수 있었다. (이 앱은 중간에 마음을 바꾸어도 그만둘 수 없게 설계가 되어 있다.) 이 방법이 너무나 강력해서, 나라를 구하거나 목숨이 달렸거나 하는 정말 큰 목표를 위해서만 써야겠다고 마음먹었다.

어르고 달래서
파도를 넘어가기

이왕 습관을 바꾸기로 했으니 평소에 궁금해하던 다른 전략으로 눈을 돌렸다. 트럼프와 혼자 싸우고 났더니 마음이 너덜너덜해지는 것 같아서 이번에는 좀 더 평화로워 보이는 '허락하기' 방법을 써보기로 했다. 이것은 수용전념치료ACT: Acceptance and commitment Therapy 인지심리치료, 마음챙김 명상 기반 중독치료 등에서 쓰이는데, 무엇을 하고 싶다는 자극이 있을 때 그 자극이 있음을 받아들이고 대신 자극과 선택 사이에 틈을 만들어 더 유연한 선택을 하도록 만드는 방법이다. 내담자들에게 추천도 했지만, 정작 내가 해본 적은 없었다. 아마 트럼프와 내기를 하고 30달러나 잃은 경험이 없었다면 써볼 생각을 안 했을 것 같다. '허락하기'라니, 너무 약하지 않은가.

흡연자들은 흡연하면 폐암이 생길 가능성이 높음을 안다. 술을 많이 마시면 간이 나빠지고, 운전 중에 핸드폰을 사용하면 사고율이 증가하고, 설탕을 많이 먹으면 당뇨병 증상이 악화할 가능성이 커짐을 우리는 모르지 않는다. 하지만 미래의 가능성에 관한 정보는 중독을 멈추는 데 크게 도움이 되지 않는다. 왜 그럴까? 이에 대하여 마음챙김 명상에 기초한 중독치료 심리학자인 저드슨 브루어Judson Brewer는 우리의 두뇌가 현재의 감각적인 경험을 최우선시하기 때문에 미래의 예측이 현재의 선택에 영향을 미치지 못한다고 말한다. 대신 담배를 피우고 있는 바로 그 순간에 담배 맛이 별로라는 것을 깨달을 수 있다면 담배를 피우다가도 멈출 수 있을 것이라고 한다.

이게 말처럼 쉽지는 않아 보인다. 우리가 충동에 따라 행동할 때 스스로의 행동을 잘 의식하지 못하기 때문이다. 그렇기에 제일 먼저 필요한 능력은 자신이 경험하고 있는 것을 인지하고 느끼는 것이다. 그렇게 할 수 있다면 충동의 파도에 빠지지 않고 충동이 파도처럼 올라왔다가 사라지는 것을 목격할 수 있다.

내 안에는 싫다는 느낌이 있으면 "싫어, 싫어, 정말 싫어서 견딜 수가 없어!"라고 싫은 마음을 증폭시키는 떼쟁이 애가 산다. 이 아이는 기분이 좋으면 "좋아, 좋아, 정말 미치게 좋아. 그 무엇도 나를 막을 수 없어"라며, 살랑살랑 엉덩이춤을 춘다. 그런데 '허락하기' 방법은 이 떼쟁이-기분파 아이가 시키는 것을 그대로 하는 것이 아니고, 그렇다고 "너 저리 가!"라고 무시하는 것도 아니다. 대신 그 존재가 머물기를 허락하고 인정하면서도 원하는 것을 해주지 않는 매우 고단수의 전략이다. 이론적으로는 알겠지만, 이 떼쟁이가 "나 여기에 있을 거야! 사라지지 않을 거야!"라고 떼를 쓸 때 "그래, 너 거기 있어"라고 허락할 수 있을까? 허락하되 충동의 명령을 따르지 않고 습관을 바꿀 수 있을까?

트럼프와의 내기를 그만둔 후, 하루 종일 무덥던 어느 저녁이었다. 힘든 하루를 보낸 터라 맥주 한 캔을 따고 싶은 강렬한 마음이 올라왔다. 바로 냉장고 문을 열지 않으니 이 떼쟁이가 점점 짜증을 내며 발을 동동 구르기 시작했다. 그때 이전에는 해보지 않았던 행동을 했다. 가슴에 손을 대고 잠시 호흡을 고르고 조용히 말했다. "동의해." 그러자 이 떼쟁이가 흠칫 멈췄다. 그리고 상상으로 이런 대화를 이어갔다.

떼쟁이 나 맥주 한 캔 시원하게 마실 거야.

나 동의해.

떼쟁이 그럼 마셔도 돼? 밤에 맥주 안 마시기로 약속했는데?

나 안 마시겠다고 약속했지만, 오늘은 무척 바쁜 하루였고 하루의 마무리로 마시고 싶어 한다는 것에 동의해.

떼쟁이 동의해? 뭘 동의해? 내가 지금 당장 맥주를 마시고 싶다니까?

나 그래, 동의해. 네가 그러고 싶은 마음이라는 것을 동의해.

떼쟁이 그럼 당장 내놔!

나 네가 그런 마음이라는 것에 동의한다는 것이지, 그렇게 해 줄 거라는 것은 아니야.

떼쟁이 내가 정말 어떤 마음인지 알긴 뭘 알아!

나 나는 알아. 너는 오늘 하루 종일 힘들었고, 집은 너무 덥고 목이 타. 뭔가 즐겁고 시원한 걸로 하루를 마무리하고 싶은 거잖아.

떼쟁이 응, 맞아. 그 마음이야.

나 너의 마음을 알아. 왜 그러는지도 알아. 그리고 더 좋은 방법이 있는 것도 알아.

떼쟁이 (화를 내며) 알긴 뭘 알아! 안 줄려고 그러는 거잖아!

나 아니야, 너는 나이기도 해. 나는 네가 정말 무엇을 좋아하는

189

지 알아. 지금은 지치고 아무 생각이 안 나서 그러는데, 이렇게 하루의 기운을 다 소진하고 지친 날 더 좋아하는 게 있잖아?

떼쟁이 맞아, 나는 그림 그리는 거 좋아해.

나 또 뭐 좋아해?

떼쟁이 친구한테 그림 보여주는 거 좋아해.

나 또 뭐 좋아해?

떼쟁이 나 딸기 좋아해.

나 맞아. 너는 딸기를 먹으면 힘이 나잖아. 냉장고에 딸기 있는데 줄까? 그리고 그림 그려서 친구 보여줄래?

떼쟁이 응!! 그게 내가 제일 좋아하는 거야!

내가 두려워했던 이 녀석은 아이였다. 신념을 걸고 트럼프와 싸우듯이 아이와 싸울 필요가 없었다. 달래주고, 이뻐해주고, 원하는 것을 해주면 이 아이는 꼭 쥐고 있던 주먹의 힘을 풀고, 멋쩍게 잠시 서 있다가는 구석으로 가서 딸기를 입에 넣고 오물오물하며 그림을 그렸다.

멈춤의 힘, 얼음땡과 바람땡

〈히든 피겨스〉는 나사에서 일한 천재 수학자이자 흑인 여성인 캐서린 존슨Katherine Johnson과 그녀의 동료들에 대한 영화이다. 1962년 나사 최초의 유인 우주선인 머큐리 프로젝트가 진행되던 때 있었던 실화를 거의 그대로 영화화했다고 한다. 그녀들은 흑인이라는 이유로 차별을 받고 중요한 임무에서 배제당한 채 그저 수학 계산을 검토하는 정도의 일만 했다.

그런데 발사 직전에 IBM 대형 컴퓨터가 계산한 우주 비행 궤도와 착륙 좌표에서 치명적인 오류가 발견됐다. 컴퓨터는 더 이상 믿을 수 없고, 이미 온 세계가 역사적인 발사를 기다리고 있는 상황에서 유일한 희망은 캐서린이 우주선의 비행 궤도와 착륙 좌표를 손으로 계산하는 것이었다. 손에 땀을 쥐게 하는 아슬아슬한 상황에서 반복적으로 나오는 인상적인 대사가 있다. 그것은 바로 "Is it Go? or No-Go?" 번역하면 "가? 가지 마?"인데, Go와 No-Go 사이의 에러 범위를 칠판 가득히 손으로 써가며 계산하는 것이 이 영화의 명장면이다.

영화를 보고 나서 Go와 No-Go, 특히 No-Go에 대하여 곰곰이 생각해보게 되었다. 우리의 삶에서도 No-Go를 할 수 있어야 할 텐데, 바로 그 No-Go 포인트를 어떻게 알 수 있을까? 가야 하는데 멈추고 멈춰야 하는데 계속 가는 바람에 문제가 생기는 경우가 얼마나 많은가?

뇌과학자인 앤드루 휴버먼Andrew Huberman에 의하면 우리 뇌의 기저핵에는 Go(가라/해라)를 명령하는 뇌의 회로와 No-Go(멈춰라/하지 마라)를 명령하는 뇌의 회로가 따로 있다고 한다. 이것은 차에 액셀러레이터와 브레이크가 따로 있는 것과 비슷한 이치이다. 액셀러레이터에서 발을 뗐다고 차가 저절로 멈추는 것이 아니라 브레이크를 밟아야 차가 멈추듯이, Go와 No-Go는 다른 능력이라는 것이다. 그런데 우리는 No-Go는 없고, Go Go만 있는 세상에 살고 있는 듯하다. 유튜브를 보다가 그만 봐야지 하는데 관심을 끄는 콘텐츠들이 줄줄이 나와서 멈추기 어렵다. 과자를 먹다가 그만 먹으려 해도 궁극의 바삭함과 단짠의 조합이 우리에게 '더 먹어, 더 먹어'라고 속삭인다. 하다가 마는 것만 못 하는 것이 아니라 빼는 것 역시 잘 못 한다.

『빼기의 기술: 본질에 집중하는 힘』은 우리가 더하는 것은 잘하는데 빼고 멈추고 거두는 것을 얼마나 못하는지를 설명한다. 저자인 라이디 클로츠Leidy Klotz는 이 책을 쓰게 된 영감을 자신의 세 살짜리 아이에게서 받았다고 말했다. 그는 어느 날 아이와 블록 놀이를 하다가 한쪽이 너무 높아서 짧은 쪽에 블록을 더하려고 하는데, 세 살짜리 아이가 긴 쪽에서 레고를 빼는 것을 보고 '아하!' 무릎을 쳤다고 한다. 대학교에서 엔지니어링, 건축, 비즈니스를 가르치는 클로츠가 생각하지 못한 '빼기'의 방법으로 세 살짜리 아이가 문제를 단숨에 해결한 것이다. 실제로 거대한 하중을 견디는 높은 건물이나 다리를 만들 때 엔지니어들과 설계자들은 이런 식의 실수를 한다고 한다. 균형이 안 맞을 때 가장 저렴하고 확실하게 문제를 해결하는 방법은 무거운 쪽의 무게를 덜어내는 것인데, '빼기'의 방법은 생각조차 못 하고, 그 무게를 지탱하기 위해 다른 재료들을 더하는 것이다. 그러다 보면 다른 쪽 균형이 무너지고, 그래서 그쪽도 덧붙이고…. 문제를 해결해야 할 때, 무엇을 '하는' 것만 생각하지 무엇을 '안 하거나' 이미 한 것을 '빼는' 대안은 떠올리지 못할 때가 너무 많아서 이것이 우리 인지의 맹점이지 않을까, 되묻는다.[6]

상담을 하다 보면 빼거나 멈추기, 즉 No-Go가 안 되는 문제를 가진 사람들을 어렵지 않게 만난다. 그런데 상담이 필요한 사람들뿐만 아니라, No-Go가 안 되는 문제는 아마 우리 모두에게 어느 정도는 있는 것 같다. 누구는 커피 믹스, 누구는 술, 누구는 드라마, 누구는 컴퓨터 게임 등. 적당히 즐기면 크게 문제가 되지 않지만, 멈추지 못하면 삶 전체의 균형을 망가뜨릴 수 있다. 미술치료나 상담을 받으려고 온 사람들이 호소하는 주된 문제가 No-Go는 아니지만, 어떤 행위를 멈추지 못하고 중독이 될 때까지 하는 경우는 꽤 흔했다.

하진 씨는 맥주+드라마+커피+과자 조합을 멈추지 못해서 일상의 흐름이 엉망이 되어 있었다. 늦깎이 대학원생인 그녀는 밤이 되면 맥주를 마시며 넷플릭스 드라마를 보고는 했다. 한 캔만 마셔야지 한 편만 봐야지 했는데, 정신 차리고 보면 여섯 개들이 맥주 한 묶음을 다 마시고 동이 터올 때야 컴퓨터를 껐다. 조금 눈을 붙이고 일어나 학교에 가야 하는데, 정신이 잘 안 차려졌다. 그래서 믹스 커피로 잠을 깨우려 하다가 온종일 믹스 커피를 마셨다. 밥을 제대로 해 먹는 적이 거의 없었고, 편의점 음식이나 과자 등으로 끼니를 때웠다. 요일을 잘못 알아서 학교 수업에 빠지거나 사람들과의 약속을 지키지 못하는 날이 많았고, 미술치료도 자주 빼먹으면서 흐지부지 그만두게 되었다.

하진 씨가 오랫동안 생각이 났다. 안타깝기도 하고 잘 돕지 못해서 미안함도 있었지만, 동시에 그녀가 가진 열렬한 사랑에 대하여 생각하기도 했다. 그녀는 스스로를 견디기 어려워했지만, 미대를 꿈꾸었던 그녀의 그림은 놀랍도록 창의적이었다. 어렸을 때 부모에게 지지와 사랑을 받지 못하고 자란 그녀는 타인에게 인정과 사랑을 받고 싶은 갈망이 컸다. 그런데 그녀가 바라는 것은 지나치게 뜨거웠고, 주변 사람들이 그녀의 기대에 못 미치는 경우가 많았기에 관계에서 실망하는 일이 잦았다. 인간관계에서 느끼는 허한 감정은 뭔가를 채워 넣어야 하는 배고픔 같은 것이었고 원래는 좋아서, 재밌어서, 맛있어서 시작했을 습관들에 중독이 되어 멈추지 못하게 된 것이었다. No-Go를 못하는 것이 문제의 원인이거나 핵심은 아니었지만, 문제에서 빠져나오지 못하게 그녀를 가두는 그물로 작용했다.

하진 씨에게도 다른 내담자들에게도 멈추는 연습을 숙제로 내주었지만, 몇 주 하다가 그만두거나 심지어 요요가 오듯이 더 심해지는 경우가 생겼다. 그래서 멈추기 훈련은 어쩌면 치료의 영역이 아닐 수 있겠다고 생각했다. 심리치료는 문제의 핵심을 파고들어 더 큰 이해와 통찰로 나아가는 방식으로 진행되는데, 멈추지 못해서 생기는 문제들은 일주일에 한 번 만나 대화를 하거나 미술작업으로 다룰 수 있는 종류가 아니었다. 원인을 깨달았다고 해서 나아지지 않기 때문이다. 대신 운동하듯, 밥 먹듯 훈련해야 하는 영역이다. 예를 들어 자꾸 넘어지는 것이 발목이 약해서임을 깨달았다고 해서 발목이 저절로 강해지는 것이 아니라 발목을 강화하는 운동을 해야 하듯이, 멈추기를 잘하기 위해서는 No-Go의 뇌 회로를 강화하는 훈련을 밥 먹듯 해야 한다.

이것을 어떻게 연습할까? No-Go를 훈련할 방법을 찾다가 인터넷에서 Go/No-Go 테스트를 찾았다. '청기 들어 백기 들지 마, 백기 들어 청기 들지 마'와 같은 종류의 테스트이다. 규칙은 간단하다. 화면에 파란색이 나오면 스페이스

바를 누르고 주황색이 누르면 누르지 않는 것이다. 10분 동안 진행했는데, 와우! 쉽지 않았다. 파란색이 연이어 나오다가 주황색이 한 번씩 나오면, 스페이스 바를 '안' 눌러야 하는데, 손가락이 멈추지 못하고 눌러버리고는 했다. 몇 번 잘못하니 정신이 바짝 차려지고 졸음이 싹 사라졌다. 그러자 '안 누를 때' 아무것도 안 하는 게 아니라, 자동차 브레이크를 밟는 것처럼 '끽' 하고 멈추는 것이 느껴졌다. 정신이 번쩍 들었다. 정말 내 뇌에는 No-Go의 브레이크가 있으며, 이것을 의식적으로 사용해야 한다는 것을 깨달은 10분이었다.

이와 같은 온라인 도구를 쓰거나, 친구들이나 가족들과 함께 청기백기 게임이나 얼음땡 놀이를 하자. 자기 안에 있는 브레이크의 '끼기긱'을 느껴보자. 멈추는 느낌이 뭔지 알아차렸다면, 일상생활에서 멈춤 연습을 시도 때도 없이 자주 해보자. 뭔가 좋아하는 것을 하다가 정해진 시간만큼, 1분이라도 멈춰보는 것이다.

예를 들어서, 유튜브, 드라마, 영화 등을 보다가 재밌는 장면에서 5분 정도를 멈춰본다. 이때 일어서서 허리를 펴거나 물 한 잔 마시는 정도는 괜찮지만, 주의나 의식을 다른 곳으로 돌리면 소용이 없다. 시동을 건 후 기어를 P에 놓고 액셀러레이터를 밟으면 차가 나아가지는 않고 부르릉하는 것처럼 궁금하고, 계속 보고 싶고, Go 하고 싶은 마음을 '멈춤' 해놓고 견디는 것이다. 과자를 아무 생각 없이 먹다 보면 점점 먹는다는 감각이 없어지고 자동으로 손과 입이 움직인다. 그러다가 봉지의 바닥을 보고 '어라, 누가 다 먹었지?' 한다. 과자를 먹다가 중간중간 일부러 멈춰보자. 모기에게 물렸을 때 긁다가 멈추는 것도 좋은 훈련이다.

어느 때부터인가, 아이들의 양육과 교육의 패러다임이 '자존감'에 집중되면서 아이들에게 "하지 마"라는 말을 하면 안 된다고 생각하는 부모들이 늘어났다. 그리고 "안 돼", "하지 마", "그만해" 등의 말을 듣지 않고 자란 아이들이 외부에서 오는 제지를 견디지 못하고 분노하는 게 요즘 사회적 문제가 되고 있다. 하지만 단언컨대, No-Go의 브레이크를 못 배우면 우리는 살면서 수많은 어려움에 빠진다. 세상에는 충동을 부추기는 중독물질이 넘쳐나기에 스스로 멈출 수 없다면 우리는 우리의 의지가 아니라 충동에 의지해 살게 되며, 그 삶은 아름답지도 자연스럽지도 충만하지도 않다.

그러니 학교에서 청기 들어 백기 들어 게임을 하자! 어른들은 뭔가를 하다가 브레이크를 밟는 연습을 하자. 정말 재밌는 장면이 나오려고 할 때 TV를 잠깐이라도 끄자. 모기에게 물리면 가렵지만 손톱으로 십자가 만들지 말고 잠시 참

아보자. 또는 얼음땡을 응용한 생태 놀이인 '바람땡'을 온 가족이 해보자.

'바람땡 자연놀이'는 어린이들이 자연의 바람을 느끼게 하기 위해 개발했는데, 규칙은 간단하다. 바람이 불면 '얼음'으로 멈추고, 바람이 멈추면 '땡' 하고 움직이는데, 움직일지 멈출지는 바람이 정하기 때문에 스스로 "얼음!"을 외치거나 서로가 "땡!"해줄 수 없다. 상상했을 때는 이보다 더 단순하고 선명한 규칙이 없다 싶었는데, 제주에서 처음으로 아이들과 해보니 가관이었다. 바람이 사방팔방 불었다 안 불었다 하고, 바람이 분 건지 안 분 건지 잘 모르겠고, 그래서 언제 "얼음!"을 외치고 언제 "땡!"을 외칠지 애매했다. 여러 번 해보았는데, 매끄러운 진행은 애초에 불가능했다. 하지만 이 놀이의 목표가 바람을 느끼는 것이었기 때문에 괜찮았고 어차피 '놀이' 아닌가! 누구는 바람이 분다고 멈추고, 누구는 바람이 멈췄다고 뛰다가 부딪치고… 우왕좌왕, 우당탕탕 엄청 재미있었다.

우리의 삶은 언제부터인가 Go Go를 외치며 멈출 기회 없이 흘러가지만, 자연을 보면 바람이 불었다가 멈췄다가 움직였다가 태풍 쳤다가 개였다가 하지 않는가. 자연에서 자연인 우리가 자연처럼 멈춤을 연습해보자.

절벽 끝에 서 있는 나를 데리고 둥지로

우리는 우울한 감정을 설명할 때 자신이 절벽 꼭대기에 홀로 서 있거나 어두운 계곡 아래로 떨어진 것 같다는 식으로 말하고는 한다. 다른 문화와 언어권에서도 비슷하게 절벽 위나 아래, 황량한 벌판이나 어두컴컴한 동굴 등이 등장한다. 소설가이자 저널리스트인 앤드루 솔로몬Andrew Solomon은 자신의 우울증 경험을 바탕으로 쓴 『한낮의 우울』에서 이 점에 관하여 흥미로운 이야기를 한다. 대부분의 우울한 사람들이 절벽 끝에 서보거나 계곡 아래 절벽으로 떨어져보거나 동굴에 갇힌 적이 없음에도 절벽, 계곡, 동굴 등의 은유로 자신의 상태를 설명한다는 것이다. 또한 반복적으로 그곳에 '홀로' 있다고 말한다. 하지만 그것은 사실이 아니다. 사실은 옆절벽에도, 저쪽 계곡에도, 아래 동굴에도 '나 혼자만'이라고 생각하는 사람들이 외롭게 서 있다. 우리 안에 어두움이 가득해서 캄캄한 동굴 속에 있다고 생각하고, 아무것도 안 보이니 그곳에 나 혼자 있다고 여기지만, 사실 그렇지 않다. 다른 이들도 그곳에 있었고 지금도 있다.

요가 스승님과 도반들과 인도 요가 여행을 갔을 때의 일이다. 요가의 성지라고 불리는 인도 북부 리시케시 지방에서 인도 철학자와 요기 등을 만났고 수행지를 방문했다. 오랫동안 수행자들이 명상을 하고 있다는 산 중턱 동굴에도 갔다. 조금 들어가니 완전한 암흑이었다. 그곳에 띄엄띄엄 우리들은 가부좌를 틀고 앉았다. 명상 자세를 잡기는 했지만 동굴의 차가운 공기가 사각거리는 것 같고, 내 숨소리가 너무 크게 들려서 집중하기가 어려웠다. 눈을 뜨고 깨어 있으나 꿈꾸는 듯한 것이 신기해서 하라는 명상은 안 하고 눈을 떴다가 감았다가 했다. 그러다가 눈이 서서히 어둠에 적응이 되었고, 안 보이던 것이 보이기 시작했는데, 아 깜짝이야! 이 동굴 안에 우리만 있는 것이 아니었다. 간단한 천 하나만 걸친 수행자들이 가부좌를 하고 내 앞에도 옆에도 뒤에도 있었다! 깊은 고요에 잠긴 수행자들이 우리를 둘러싸고 있는 것이 아닌가! 매우 신기한 경험이었다.

우울한 상태에서 우리는 혼자 거기에 있으며 아무도 자신의 우울을 이해하지 못한다고 확신한다. 그래서 누가 "나도 겪어봐서 알아"라고 말하면 화가 나기도 한다. 실제로 내가 우울해하는 지인에게 "나도 우울해봐서 알아. 얼마나 힘든지 이해해"라고 했다가 어떻게 치료사라는 사람이 그런 말을 할 수 있느냐며 화를 내서 무척 당황한 적이 있다. 그런데 자신의 고통이 고유하고 특이하고 대단하다고 여기는 것도 우울증 증상 중의 하나인 것 같다. 누군가로부터 너만 고통을 느끼는 것은 아니라는 말을 들으면, 더 단단하게 자신의 고통을 쥐어잡는다. 달라이 라마, 틱낫한과 함께 21세기를 대표하는 영적 지도자로 손꼽히는 에크하르트 톨레Eckhart Tolle는 이런 상태를 '고통체pain-body'라고 부른다. 고통체가 정체성이 되면, 좋아서가 아니라 그것이 자기라고 여기기 때문에 자신의 고통을 없애거나 바꾸려 하지 않고 움켜쥔다고 설명한다.

물론 각자의 서사가 다르고, 감각이 다르고, 경험이 다르다. 하지만 당신 혼자만 어두운 동굴에서 울고 있지 않다. 마음에 어둠이 가득해서 눈을 떠도 어둡겠지만, 눈을 뜨고 가만히 있어보자. 어둠에 적응이 되면 당신만 고통을 겪고 있는 것이 아니며 고통 없는 사람이 없음을 알게 될 것이다. 더 자세히 본다면 안타깝게 기다리고 있는 사람도 있고, 당신이 아파하는 것을 함께 아파하고 있는 이들도 있음을 알게 될 것이다.

치료실을 찾는 사람들은 대부분 왜 자기한테만 이런 일이 일어나느냐고 하늘을 원망하고는 한다. 그런데 사람들의 고통스러운 이야기를 듣는 치료사라는 직업은 나로 하여금 상처 없이 크는 영혼은 하나도 없음을 알게 해주었다. 나의 위로가 당신에게 그리고 당신의 위로가 내게 닿을 수 있다고 믿게 해주었다. 우리는 모두 그 어두운 곳에 가본 적이 있거나 가게 될 것이기 때문이다.

한번은 집단 워크숍에 온 30대의 여성이 귀에서 들리는 이명으로 절망스럽다며 흐느꼈다. 그런데 이 이야기를 가만히 듣고 있던 옆자리의 50대 여성이 이분의 팔을 부드럽게 건드리면서 이렇게 말했다. "나도 그래요. 한 5년쯤 되었어요." 그랬더니 맞은편 사람도 말했다. "저는 이명이 있다가 없다가 해요." 다른 분이 또 말씀하셨다. "이명이 있는 가족이 있어요." '이명' 때문에 모인 집단이 전혀 아니었는데, 이 그룹의 반 정도가 이명이 현재 있거나 과거에 있었거나 가까운 가족이 이명으로 고생한다는 것이었다. 이명 이야기를 처음 꺼낸 그녀도 우리들도 모두 너무 놀랐다. 그리고 몇 년 후 나에게도 이명이 생겼을 때 이명 이야기를 나누었던 그 그룹을 떠올렸다. '나 혼자만 아프지 않다.'

코로나19가 시작되고 모두가 두렵고 답답할 때 내가 그래도 치료사인데 뭐라도 해야지 싶어 〈카카오 100일 그림일기〉라는 100일짜리 온라인 프로젝트를 2회 진행했다. 카카오가 한시적으로 운영했던 100일 기록 앱을 사용해 200여 명의 사람이 매일 자신의 그림일기를 올리고 간단한 글을 쓰는 프로젝트였다. 포맷은 페이스북과 거의 같아서 서로의 게시물에 공감의 하트를 누르거나 짧은 댓글을 다는 식이었다. 그런데 사람들이 올리는 내용은 완전히 달랐다. 어디에 놀러 가고, 뭐를 먹었고, 뭐를 했다는 자랑 중심의 SNS 콘텐츠와 달리 진짜 사는 이야기가 글과 그림으로 펼쳐졌다. 100일이라는 짧다면 짧고 길다면 긴 시간 동안 아기가 태어났고, 부모님이 돌아가셨고, 결혼했고, 사별했고, 이혼했고, 출근했고, 직장을 그만두었고, 어려움이 있었고, 기쁨이 있었다. 그야말로 삶의 다채로운 장면들이 펼쳐졌다. 그리고 다음과 같은 댓글이 수도 없이 반복해서 달렸다. "나도 그래요." "나도 그랬어요." "나의 가족이 지금 그래요."

그중에 잊히지 않는 그림일기가 있다. 참여자의 아버지가 중환자실에 있는 동안 그린 거였는데, 날이 갈수록 원이 점점 작아졌다. 원이 작아져서 점이 되더니, 어느 날 그 점도 사라졌다. 참여자는 그렇게 아버지의 죽음을 표현했다. 더 이상 단순할 수 없는 그림이었지만, 울림이 매우 컸다. 나도, 당신도 그리고 우리 모두 부모를 잃는다. 그 아픔을 우리는 이미 알거나, 언젠가 알게 된다.

나의 청소년 때의 사진을 보면 얼굴에 깊은 어둠이 보인다. 터져나오지 못하고 잠식당한 슬픔과 분노가 이렇게 잘 보이는데, 그때는 왜 아무도 안 도와주고 아무도 몰랐을까 싶다. (그리고 이것은 나중에 내가 치료사의 길을 걷게 된 원동력이 되었다.) 그때 나는 주기적으로 마음속 깜깜한 곳으로 들어갔고, 한번 그곳에 들어가면 몇 주씩 나오지를 못했다. 또한 내 눈이 너무 어두운 나머지 그곳에 나 혼자 있는 것이 아님을 보지 못했다. 늦은 나이에 새로운 나라에서 삶을 시작한 우리 부모님의 무척 컸을 어려움을 잘 생각하지 못했고, 깊게 느끼지를 못했다.

나 혼자 어두운 동굴 속에 있는 것 같았지만, 대신 그곳을 방문하는 빛줄기 같았던 예술이 있었다. 그래서 매달렸다. 미대를 가겠다, 음대를 가겠다, 둘 다 가겠다 하며 쉬지 않고 피아노를 치고 그림을 그리느라 팔이 고장 나버렸다. 대학 입시로 피아노 오디션과 그림 포트폴리오 제출이 코 앞이었는데, 왼팔을 들 수가 없었다. 결국 잘 안 움직이는 몸을 질질 끌고 처음으로 동네 요가원을 찾아갔다.

　　나의 첫 요가 선생님은 상상했던 이미지하고는 많이 달랐다. 웃기고 뚱뚱했다. 양 갈래로 딴 금발 머리를 흔들며 말하고 온몸을 들썩거리며 웃으셨다. 그리고 손과 발을 자주 헷갈리셨는데, 그렇다 보니 학생들은 팔과 다리가 꼬여서 주저앉고는 했고, 이걸 시킨 사람도 이걸 하는 사람도 웃음이 터져서 요가하다가 웃다가 했다. 어느 날 수업이 끝나고 집으로 돌아오는데, 깜짝 놀랐다. 입가에 웃음이 남아 있고 마음속 어둠이 사라진 것이 아닌가! 그렇게 나는 웃기는 요가를 시작으로 계곡에서 기어 올라오는 법을 하나둘씩 배워갔다. 그리고 열심히 기어 올라오다 보니 나처럼 열심히 그곳을 기어 올라오고 있는 사람들이 보였다. 우리는 서로를 응원했고, 서로의 존재가 힘이 되었다.

　　이것을 가장 크게 느낀 것은 뒤늦게 미국으로 가 미술치료를 공부하며 학우들과 30년 이상 경력의 치료사 교수님들과 마음을 터놓고 이야기하면서였다. 우리는 모두 누군가를 돕기 위해서 이 쉽지 않은 여정을 선택했으나 또한 우리 모두가 필요한 도움을 받지 못했던 아픈 과거가 있었다. 실습이 포함된 수업은 울음바다가 되기 일쑤였다. 특히 가족미술치료 수업이 그랬는데, 매주 누군가는 통곡했다. 상처 없는 이가 없고, 스크래치 없이 어른으로 성장한 이는 없음을 깨달았다. 나만 그랬던 것이 아니었다. 우리의 경험이 다르고, 문화와 나라가 다르고, 전혀 다른 가족 안에서 있었던 일인데도 내 아픔의 계곡과 다른 이들의 아픔의 계곡 사이에 연결된 다리가 있고, 이 다리를 통해 연민으로 이어지는 것 같았다.

어느 날 친구와 친구의 초등학생 아들이 우리 집에 놀러 와서 같이 숲을 걸었다. 가만히 못 있는 꼬맹이를 꾀어서 숲에 가는 건 쉽지 않았다. 거기 가서 뭐하냐고, 재미없을 것 같다며 툴툴거리는 아이한테 숲에 가면 놀랍고 신비로운 생명들이 많다고 말해주었다. 아이는 그럼 사자와 호랑이가 있느냐고 물었다. 그런 동물들은 없지만, 꼬리가 2미터가 되는 긴 꼬리딱새라는 새도 있고, 몸에서 일곱 가지 무지갯빛이 나는 비단벌레도 있고, 왕관같이 멋진 뿔을 가진 노루도 있다고 말했다. 같이 나선 아이는 숲을 거닐면서, 왜 아무것도 나타나지 않느냐고 투덜거렸다. 사실 긴꼬리딱새의 아름다운 노랫소리는 자주 들었지만 눈으로 본 적은 없고, 비단벌레는 사진으로만 봤지 내 눈에 띈 적이 없고, 겁 없는 새끼 노루 말고 뿔이 큰 수컷 노루가 사람들의 인기척이 있는데 나올 리가 없었다.

아이의 투덜이 짜증으로 이어지고 있어서 뭐라도 해야 했다. 그래서 이 상황을 주거니 받거니 하는 랩을 만들어 불렀다. 내가 "뭐가 있어?" 그러면 "아무것도 없어"라고 하는 식으로.

뭐가 있어?
아무것도 없어!
사자가 있어?
아무것도 없어!
호랑이가 있어?
아무것도 없어!

주거니 받거니 하며 랩을 하는 것도 점점 시들해지던 참에 갑자기 하늘에서 뭔가가 뚝 떨어졌다. 빈 둥지였다. 가녀

208

린 나뭇가지와 줄기 등으로 섬세하고 정성껏 만들어진 반원 형태의 빈 둥지. 지금은 비어 있지만, 생명을 가득 품었던 흔적이다.

둥지를 소중히 들어 올리면서 아이가 이렇게 말했다. "어~ 진짜 아무것도 없네." 하지만 그것은 정말 아무것도 없다는 뜻이 아니었다. 뭔가가 있었다는 것, 생명을 품었다는 것, 새들이 날갯짓하며 날아갔다는 것을 우리 모두 알고 있었다. 말이 없어진 우리는 빈 둥지를 나무 위에 잘 놓아두고, 조용히 숲을 걸어 나왔다. 그 일이 있었던 후부터 비어 있는 둥지에 대하여 많은 생각을 해보았다. 비어 있는 둥지는 꽉 차게 될 것이라는 약속이자 생명이 가득했다는 증거이지 않은가. 그렇다면 동물과 계곡의 은유를 새 둥지의 은유로 바꾸면 어떨까? 이런 생각으로 새 둥지를 그려도 보고, 나뭇가지로 만들어도 보고, 둥지 명상도 하면서 어두운 동굴 대신 들어갈 수 있는 포근한 둥지를 마음속에 지었다.

이 책의 원고를 처음 쓰기 시작한 시점은 내 삶이 무너지고 관계들이 손가락 사이로 빠져나가는 듯한 때였다. 그날도 그 둥지 속에 있었다. 친구와 실망스러운 대화를 하고 난 뒤에 며칠 동안 쭉 그곳에 있었다. 이렇게 오래 있기는 한 10년 만에 처음인 것 같았다. 올라오려고 아등바등도 쳐봤는데, 몇

걸음 올라오다가 미끄러지기를 반복했다. 이번에는 여기에 좀 오래 있겠다 싶었다. 자리를 잡아보았다. 올라가려고 애쓰던 노력을 멈추고, 이끼와 나뭇잎들을 모아 푹신하게 자리를 만들고, 주섬주섬 뒤져서 촛불도 하나 밝혔다.

그러자 오랫동안 알고 있던 우울한 아이의 얼굴이 보였다. "안녕~" 하고 말을 거니 고개를 끄덕거렸다. 우리는 서로의 등을 토닥거렸고, 이번에는 아이가 먼저 말을 건넸다.

"이번에는 좀 오래 있네?"

"응, 이번에는 그렇게 되었어. 나 조금만 있다 갈게."

"응, 그래. 조금만 있다 가."

절벽 끝, 계곡 아래, 어두운 동굴 속이 아니라 사랑과 보살핌으로 만들어진 둥지 안에서 나는 한동안 웅크리고 있다가 일어났다. 이후로도 종종 둥지에 들어갔다. 살다 보면 그곳에 또 가게 될 것이다. 그리고 나갈 때가 되면 다음에 찾아올 수 있게 둥지를 잘 덮어놓고 나와야지. 그리고 이렇게 말하겠다.

"아이야, 잘 있어. 다시 올게. 그리고 내가 따뜻하게 안아줄게."

5부

아무리 헤매도 지구

두려움에 압도되어 움츠리고 싶을 때
스스로에게 이렇게 묻는다.
오늘 지금 이 상황에서 할 수 있는
가장 용맹하고 무모하고 두려운 일은 무엇인가?

야생 고양이
유화, 2025

손 들었으니 책임지고 행복하게

"어떻게 제주에 올 결심을 하셨어요?" 제주 이주 후에 정말 많이 받은 질문이다. 뭔가 근사한 답을 하고 싶었지만, 사실 쉬운 결정이었기 때문에 할 말이 없었다. 강의가 있어 처음 왔다가 360도 펼쳐진 하늘과 바다를 보고는 제주에 살고 싶어졌다. 현실적으로도 미국 유학에서 막 돌아왔던 터라 집도, 직장도, 돈도 없어서 어디를 가든지 별 상관없기도 했다. 서울에서 겉으로 보기에는 좋은 전망과 고수입이 보장된 자리 제안이 있기도 했지만, 포기하기 어렵지 않았다. 얻는 것은 돈과 안정되고 상상 가능한 미래였다. 잃는 것이 더 크게 느껴졌는데, 그것은 무엇이 될지 모르는 열린 미래였다. 나는 미국의 대학원에서 미술치료를 공부하고 와서 다시 새로운 시작 지점에 서 있었고, 시작점에서만 경험할 수 있는 설렘과 열린 가능성을 놓치고 싶지 않았다. 20대 때와 마찬가지로 앞길이 보이지 않았지만, 내 뿌리가 무엇이고 내가 맺을 열매가 무엇인지가 훨씬 확실해진 상태였다.

그리고 서울의 삶에서 얻을 수 있는 것보다 제주를 선택할 이유가 훨씬 더 명확했다. 그 당시 내가 삶에서 원하는 것은 딱 세 가지였는데, 제주는 그 세 가지인 친구, 자연, 카페가 모두 있는 곳이었다. 강의하러 처음으로 제주에 왔을 때 머물던 숙소 겸 카페에서 일하던 피아니스트 체리를 만났다. 우리는 보자마자 서로를 알아보았고, 지금까지도 제주에서 가장 친한 친구로 지낸다. 우리는 많은 것이 달랐지만, 손바닥을 치며 웃는 습관이 비슷했고, 예술을 사랑하는 것도 비슷했으며, 무엇보다 그녀가 꾸리는 자연 속에서의 삶이 참 좋았다.

그런데 체리가 중산간 마을로 이사 간다고 했다. '중산간'은 말 그대로 한라산과 해안 사이에 자리 잡은 마을을 일컫는데, 그 마을에 숲이 있다고 했다. 그 이야기를 듣자마자 "그럼, 나도 거기 가서 살래" 했다. 친구가 있고, 숲이 있고, 그리고 그 친구가 카페를 연다! 원하는 모든 것이 한곳에 있게 되니 더 고민할 필요가 없었다. 그렇게 제주로 이사를 왔다.

제주에는 일 년 치의 세를 먼저 내는 문화가 있어 연세가 100만 원인 집을 구해서 살았는데, 마당이 무려 초록초록한 오름 뷰였다. 서울에서 창을 열면 옆집 벽이 보이는 연립주택에서 살다가 구름과 숲 풍경이 펼쳐진 마당에서 손빨래를 하고 하늘 보며 밥을 먹는 것이 얼마나 행복하던지!

하지만 집 자체는 집의 기능이 거의 없다시피 했다. 굉장히 습한 동네였는데, 진짜 습한 날에는 구름 괴물 같은 습기가 집 안으로 들어와서 공간을 차지하고 나가지를 않았다. 거의 모든 물건에 곰팡이가 생겼지만, 가진 물건이 별로 없어서 괜찮았다. 습기뿐만 아니라 벌어진 문틈과 창틈을 통해서 다양한 벌레들도 들어와 방 안을 차지했다. 밤에 모기약을 뿌리고 자면 아침에는 빗자루로 쓸어내야 할 정도로 많았다. 여름에는 이러다가 죽을 수도 있지 않을까 싶을 정도로 모기에 많이 물렸다. 나중에는 합판으로 만든 욕실 외벽이 태풍에 날아가서 아예 벽 하나가 없는 집이 되었다. 다행히 주변에 지나가는 사람이 없는 외딴 동네여서 눈치껏 개방형

화장실을 썼고, 샤워는 한밤중에만 불을 끄고 했는데, 여름의 풀벌레 소리나 빗소리를 들으며 하는 샤워가 참 기분이 좋았다. 불편하다면 불편하지만, 재밌다 치면 또 매우 재밌었던 시절이다.

돈벌이는 아예 없다시피 해서 일주일에 만 원 정도를 썼던 것 같다. 이 돈으로 버스도 타고 과자도 사 먹었다. 주변 이웃들이 농사지은 채소들을 많이 나눠주셨기 때문에 식재료 비용은 거의 안 들었다. 가진 것이 거의 없었지만, 충만한 삶이었다.

그 후로 점점 제주 생활이 안정되고, 모든 벽이 멀쩡히 있는 두 번째 집으로 이사하고, 일도 시작해서 쓸 돈과 차도 생겼다. 두 번째 집은 냉난방 시설이 없는 오래된 제주 돌집이었다. 밖이 추우면 안도 춥고 밖이 더우면 안도 더운 집에서 새소리, 풀벌레 소리, 바람 소리, 빗소리, 거미 발걸음 소리 등을 들으며 행복하게 14년을 살았다.

한쪽 벽이 없던 첫 번째 집에서도 모든 벽이 있지만 추웠던 두 번째 집에서도 예술가로 살겠다는 결심은 잊지 않았다. 이는 아주 오래전에 이미 해둔 결정이었으니 고민의 대상은 아니었다.

청소년기에 아파서 2년 가까이 누워 지냈다. 그 시기를 떠올려보려고 해도 기억나는 것이 별로 없다. 교복을 입고 학교에 다니는 애들이 무척 부러웠던 기억 정도가 있다. 그러다가 캐나다로 이민 가서 학교를 다시 다니기 시작하자 웅크리고 있던 에너지가 엄청나게 움직였다. 아직 몸이 다 회복되지 않았지만, 무엇이든지 다 하고 싶어서 견딜 수가 없었다. 그림을 그리고, 피아노를 치고, 오케스트라에 들어가고 싶어서 바이올린을 배우고, 학교 밴드에서 클라리넷과 알토 색소폰도 불었다. 물감이 잔뜩 묻은 옷을 입고 한 손에는 바이올린을 다른 손에는 색소폰을 들고 다녔다. 그 와중에 공부도 열심히 하고, 자원봉사도 하고, 아르바이트도 했다. 한마디로 미친 애처럼 살았다. 그러다가 13학년[1] 때 또 다른 병이 생겼다. 이번에는 갑상샘암이었다.

갑상샘암이 많이 위험하지는 않지만, 이 병에 걸리기에는 너무 어린 나이여서 상태가 많이 악화될 때까지 발견하지 못했다. 갑상샘이 기능을 안 하니 뇌 기능에도 문제가 생겨서 인지능력이 크게 떨어졌다. 공부를 꽤 잘하는 편이었는데 미술을 제외하고 모든 과목 성적이 20점 아래로 떨어졌고, 무엇보다 무슨 일이 나한테 벌어지고 있는지 몰라서 몹시 혼란스러웠다. 학교 가는 길을 못 찾거나 교실을 못 찾아서 수업에 빠지는 날들이 생겼고, 아무에게도 말 안 하고 그냥 학교를 안 가기 시작했다. 그러다가 갑상샘암임을 알게 되고, 응급 수술을 받고, 방사능 치료를 하느라 병원 독방에서 일주일간 격리되고, 다시 학교에 가고… 혼란스러운 시간이었다. 아직도 마음이 힘든 날에는 교실을 못 찾아서, 다음 수업이 뭔지 몰라서 학교를 헤매는 꿈을 꾼다.

그렇게 쉬다가 다니고 쉬다가 다니고 하다 보니, 남들보다 늦은 스물한 살의 나이에 대학에 들어갔다. 원하던 미술대학 합격 통지서를 받고, 같이 통지서를 열어본 친구 주희와 두 손을 마주 잡고 제자리에서 날아갈 듯 콩콩 뛰었다. 정말 기뻤다. 입학식 날, 문과계 입학생 전체가 모인 자리에서 사회자가 마이크를 잡고 이렇게 물었다. "여기 계신 신입생 중에서 이 학교를 졸업하고 나서 어떻게 살지 확실히 알겠다는 사람은 손을 들어보실래요?" 그때 손을 든 신입생은 열 명 남짓이었다. 그 손 중의 하나는 높게 든 내 손이었다.[2] 그런데 졸업 후 오랫동안 무슨 일을 하며 밥 먹고 살지가 막막했다. 그 막막함 속에서도 예술가로 살겠다고 번쩍 들었던 손을 계속 느꼈다. 그 손은 단순히 그림을 그리겠다는 뜻이 아니라 아무것도 정해지지 않은, 길 없는 길을 기꺼이 가겠다는 의지였다.

제주로 왔을 때 나는 안정과 인정을 포기했고, 돈 벌기를 우선순위에 두지 않았다. 많은 사람과 어울리는 대신 단 한 명의 친구를 만나는 것을, 좋아하는 문화생활 대신 훨씬 더 좋아하는 자연을 가까이하는 삶을 선택했다. 걱정이 없지는 않았지만, 돌아보면 이게 참 나다운 결정이었다. 가끔 포기한 것들을 상기시켜 주는 사람들이 있다. "정은혜 선생, 이 시골에서 뭐하는 거야? 독수리처럼 날아갈 수 있는 사람이 왜 집 안에서 키우는 닭처럼 살아? 왜 우물 안 개구리처럼 살아?" 나에게 박사학위를 따라고 몇 번이나 권하시던 교수님의 이 말이 오랫동안 귓가에 맴돌았다.

남들이 보기에는 마당에 키우는 닭처럼 우물 안 개구리로 사는 것으로 보였고, 실제로 그런 선택을 했다고 느꼈다. 가지 않은 길에 대한 아쉬움이 없지는 않지만, 내 선택에 대한 의문이 들 때마다 번쩍 들었던 젊은 날의 내 손을 기억한다.

어떤 날은 내가 이런 삶을 산다는 것이 감사해서 마음이 벅차고, 어떤 날은 답답하고 두렵다. 내가 쓴 글들, 내가 만든 작품들이 외면당할 수 있고, 돕고자 하는 나의 노력이 타인의 삶에 아무런 기여를 하지 못할 수도 있다. 괜히 소중한 나무를 잘라 책을 만드는 것은 아닌지 겁이 날 때도 많다. '내가 뱉어낸 말들을 내가 책임지지 못하면 어쩌지?' 하는 두려움도 크다. 우물 밖으로 나가야 하지 않았을까? 더 해야 하지 않을까? 날아야 하지 않을까? 그런데 삶이 참 재밌는 게, 우물 안에 계속 있다 보니, 마당의 땅을 깊게 파다 보니, 어디 간 것도 아닌데 다양한 기회가 생기고, 길이 열리고, 멀리 있는 사람들을 만나게 되었다.

예를 들어, 최근에 제주에서 캐나다와 알래스카 북극에 사는 이누이트 원주민들을 만났다. 해양시민과학센터 파란에서 초대한 분들로, 이들은 제주의 해양 활동가들과 만나서 협력을 논의하고, 부산에서 열린 2025 아워오션컨퍼런스에서 제주와 북극의 바다 이야기를 함께 발표하였다. 나는 파란 이사회의 일원으로, 그리고 이분들의 통역자로 일정을 함께했다. 마라도에 놀러 가서는 바닷속 산호와 해초들에 관한 춤을 함께 추기도 했다.

밥을 먹으며 이런저런 이야기를 하다가 반려견 반려묘 자랑 배틀이 시작되었다. 제주에서 태어났는데도 노르웨이 숲 품종과 비슷한 외모를 가진 미묘 고양이를 키우는 나에게는 무척 반가운 배틀이다. 그런데 한 분이 "우리 애들이야"라며 사진을 보여주시는데, '오 마이 갓!' 개썰매팀이 있으시다. 그다음으로 사는 동네에 관한 이야기를 시작했는데, 다른 분이 핸드폰 사진을 보여주시며 아주 시크하게 "우리 집

마당이야" 하시는데, 와우! 집 마당이 오로라 뷰다.

　나와 그들의 삶은 매우 다르고 사는 곳은 더 이상 멀 수 없을 만큼 떨어져 있지만, 바다의 시점으로 보면 제주의 태평양과 북극의 북극해는 연결되어 있고, 북극해의 빙하가 녹는 것은 제주 바다를 포함한 전 지구의 해양 환경에 영향을 미친다. 우리는 바다로 연결되어 있다.

　나는 이곳, 나의 우물 안에서 살고 있는데, 우물의 깊은 물이 바다를 만나니 이전에 만나지 못했던 사람들, 닿지 않았던 사람들에게 가 닿는다. 그리고 뿌리를 내렸기 때문에 전할 수 있는 이야기를 책과 줌, 전시를 통해 많은 사람과 나누게 되었다. 뿌리를 내리고 나서야 힘이 생겼고, 다른 이들과 연대할 품이 생겼다. 나의 마당, 우물이 넓어진 것이다.

　제주는 내게 동네 친구를, 가까운 곳에 다정한 카페를, 매일 만날 수 있는 자연을, 그리고 손을 뻗어 다른 이들과 연대할 수 있는 마음의 넉넉함을 주었다. 내 삶에 필요한 가장 근본적인 것들을 선택한 나는 오랜 기간의 떠돌이 생활을 멈추고, 이곳에서 매일매일 할 수 있는 것들을 하기 시작했다. 글을 쓰고, 그림을 그리고, 내담자들을 만나고, 워크숍을 하고, 강의를 하고, 모래사장을 기어다니며 작은 해양쓰레기들을 줍고 전시를 했다. 점점 삶의 형편은 나아졌고, 최근에는 앞마당에 있던 가건물을 허물고 냉난방 시설을 갖춘 좋은 집을 지었다. 뜨거운 물이 콸콸 나오고 지붕에 태양광 패널을 설치해 에어컨도 맘껏 켤 수 있다. 하지만 가난하고 아무것도 없었던 내가 예술가로 살겠다고 들었던 손과, 제주를 선택할 때 마음에 품었던 자연과 닿아 있고 싶다는 단순한 바람들을 잊지 않는다. 거미가 매일 거미줄을 짜듯 매일 쓰고, 그리고, 만나고, 만들어내는 모든 활동이 내가 세상에 내놓는, 내가 줄 수 있는 선물이 되면 좋겠다.

창조의 비결은 일단 어지럽히기

내가 만드는 생태예술 프로그램이나 미술치료 워크숍이나 그림 기법에 대하여 사람들이 "신박하다"라고 말할 때 가장 기쁘다. 요리를 좋아하는데, 내 요리를 먹고 사람들이 "맛있다"가 아니라 "한 번도 먹어본 적이 없는 맛이야!"라고 하면 너무 신이 난다.

최근에는 한 워크숍에서 참가자가 "어떻게 그렇게 매번 새로운 워크숍을 개발하실 수 있으세요?"라고 물어서 얼마나 기분이 좋았는지 모른다. 어깨 뽕이 절로 올라가고 가슴이 쫙 펴졌다. 이렇게 "창조적이다"라는 말은 나를 아주 기쁘게 한다.

부모님을 따라 열일곱 살에 캐나다로 이민 갔는데, 영어를 따로 배워보거나 열심히 공부한 적이 없었다. "I am a girl" 정도의 중학교 영어 실력으로 캐나다의 고등학교에 입학했으니, 매일매일 정신이 혼미할 정도로 당황스러웠다. 그리고 수업이나 숙제나 시험 방식이 너무나 낯설었다. 대부분의 수업에는 토론과 발표가 있었고, 숙제는 어떤 주제에 관하여 에세이를 쓰는 것이 많았다. 시험은 왜 그런 식인지! 답을 찍기도 힘들 판인데, 자꾸만 무엇에 관하여 너의 생각을 말하라니!

그런데 문법도 안 맞게 간신히 쓴 내 에세이에 대한 선생님들의 평가는 주로 이랬다. "틀린 문법은 많지만, 생각이 독창적이고 창조적이다." 그리고 점수가 잘 나왔다. '아니, 이게 무슨 일인가? 틀렸는데도, 창조적이라는 것만으로도 점수를 잘 준다고? 이럴 수가 있다고?' 어이가 없었고, 기뻤다.

늘 실수투성이고 암기력은 아예 없다시피 하여 어렸을 때부터 바보 소리를 들어왔고 끝내 구구단을 못 외워서 스스로도 바보라고 알고 있었는데, 나의 존재가 있는 그대로 인정받는 느낌이었다. 그때부터 실수투성이인 내 자신이 점점 괜찮다고 느껴진 것 같다. 사람들이 내 음식을 먹고 "와, 처음 먹어보는 맛이야!"라고 했던 것은 어쩌면 내 음식 맛이 이상하다는 뜻이었는지 모르겠지만, 이상한 것도 창조적일 수 있다는 점에서 나에게 이보다 더 좋은 칭찬이 없다.

완벽하지 않으면 틀렸다고 하고 실수하면 지적이 쏟아지는 우리 사회에서 창조적이라는 말이 얼마나 자유로운가! 똑바른 길만이 길이라는 세상에서, 똑바른 길 하나만 빼고 삐뚠 길, 못난 길, 이상한 길, 엉뚱한 길, 애매한 길, 꼬불꼬불한 길, 오만가지 길이 다 창조적인 길이니 말이다.

다음은 오만가지 창조적인 길을 헤매 다니면서 내가 찾은 창조의 비결 몇 가지이다.

비어 있는 시간을
지켜낸다

창조성에 대한 나의 생각을 말하면 사람들이 던지는 질문은 거의 다 똑같다. "정은혜 선생님은 어떻게 창조성을 키우시는데요?" 그러면 내 입에서 불쑥 튀어나오는 답변은, "시간이 많아서요" 또는 "잠을 많이 자서요"이다. 농담 삼아 하는 말이기는 한데, 매번 이렇게 답이 튀어나오는 거 보면 어쩌면 사실이 아닐까 싶어 곰곰이 생각해보게 된다.

내가 정말 시간이 많은가? 누구와 비교할지 마땅치 않고, 어떨 때는 시간이 느리게 흘러가는 것 같고 어떨 때는 시간이 빠르게 흘러가는 것 같아서 시간이 많은지 적은지 잘 모르겠다. 하지만 확실한 것은 비어 있는 시간을 지키며 산다는 점이다. 일 년에 한두 달, 한 달에 며칠, 하루에 몇 시간은 아무도 안 만나고, 핸드폰을 꺼놓고, 창조적인 작업에 매달릴 시간을 '지켜낸다'. 욕먹을 각오하고 연락을 안 하거나 안 받고, 카톡 읽씹을 밥 먹듯이 하고, "밥 한번 먹어요"라고 여기저기 난발한 말들을 지키지 않고, 제주에 친구가 놀러 온다고 하면 핑계를 대며 사수해야 간신히 지킬 수 있는 것이 비어 있는 시간이다.

그렇게 비어 있는 시간을 지키는 것을 적극적으로 하지 않았다면, 책을 쓰거나 그림을 그리거나 작품을 만들거나 전시를 하지 못했을 것이다. 시간은 저절로 많아지지 않고, 할 일은 저절로 줄어들지 않으며, 여유는 누군가 내게 주는 것이 아니기 때문이다.

어떤 사람이 가장 창조적이고 많은 결과물을 만들어내

는 저자, 과학자, 연구자, 예술가 100명을 선별해 인터뷰 요청 메일을 보냈다고 한다. 그가 메일을 보낸 까닭은 그들이 어떻게 그렇게 끊임없이 훌륭한 작업물을 만들어내는지 그 비결을 담은 책이 쓰고 싶어서였다. 그런데 인터뷰 거절은커녕 메일을 받았다는 답변조차 없었다. 다시 메일을 보냈는데, 이번에도 마찬가지였다. 그러다가 평소 친분이 있던 한 과학자에게 "왜 아무도 답장을 안 할까요?"라고 물었더니 그가 이렇게 답했다고 한다. "바로 그런 요청 대부분을 무시하기 때문에 그렇게 많은 결과물을 낼 수 있는 거예요"라고.

사람들은 여유로운 일상을 꿈꾸며 언젠가 그런 날이 오면 글도 쓰고, 그림도 그리고, 밭도 가꾸고, 운동하고, 매일매일 삶을 아름답게 꾸미리라 마음을 먹는다. 하지만 정말 그렇게 사는 사람들을 실제로 만난다면(그들이 잘 안 만나줄 것이기에 만남이 성사되기는 어렵겠지만), 그들이 여유롭고 한가해서 창조하는 삶을 사는 것이 아니라 창조를 삶의 우선순위에 두고 다른 일들은 최소화하거나 미루거나 포기했기 때문에 그게 가능했음을 알게 될 것이다. 창조적인 작업을 하기 위해서는 마음의 빈 공간과 물리적인 빈 공간, 시간의 빈틈이 반드시 필요하다. 이것을 누구는 '여유'라고 말하겠지만, 내가 볼 때 이것은 '여유'가 아닌 '투쟁'에 가깝다.

캐나다와 미국에서 다양한 하우스 메이트들과 셰어하우스에서 살아봤다. 누구는 짐이 많고 누구는 짐이 없는데, 나는 자주 옮겨 다니는 편이어서 짐이 없는 쪽이었고, 빈 벽과 빈 공간이 있는 것을 선호했다. 하지만 내 몫의 벽에 아무것도 두지 않으면 하우스 메이트들이 그곳에 짐이나 가구, 액자 등을 놓고는 했다. 왜 사람들이 내 빈 벽을 지켜주지 않고 침범하는지 화가 나고 억울한 마음이 생겼다. 내 빈 벽인데 말이다. 그러다가 다양한 사람들과 지지고 볶고 싸우고 헤어지고 회복하고 만나고 하면서 알게 된 단순한 깨달음이 있다. 다른 사람들에게는 내 빈 벽이 '비어 있음으로 가득한' 것으로 보이지 않는다는 것이다. 그렇다면 "이곳에는 아무것도 안 둘 거야!"라고 공표하든지, 주기적으로 빈 벽을 사용하는 것을 보여주든지(예를 들어 벽을 이용해 스트레칭을 한다거나), 테두리라도 쳐서 비어 있는 공간을 적극적으로 지키지 않는다면 쉽게 침범당한다는 것을 알게 되었다. 즉 남들이 비어 있음을 지켜주기를 바랄 것이 아니라 내가 무슨 수를 써서라도 지켜내야 하는 것이다.

내게 가장 창조적인 시간은 오전인데, 이 시간을 지킨다는 것은 다른 사람들로부터 지켜내는 것이기도 하다. 다른 사람들하고의 소통과 업무가 내 마음의 장에 들어오기 전에 내 소중한 창조의 시간을 지키기 위해 문을 닫고, 핸드폰을 끄고, 소통의 창구를 닫은 채 오롯한 창조의 시간으로 칩거한다.

늦잠을 자고
꿈을 만난다

단군 이전의 태고의 땅 '아스'에서 부족국가를 통일하고자 하는 영웅들의 운명적 이야기를 다룬 판타지 드라마 〈아스달 연대기〉는 혹평을 많이 받았다. 미드인 〈왕좌의 게임〉과 사극을 짬뽕해놓은 것 같고, 거대한 세계관과 뒤죽박죽한 서사가 헷갈렸다. 참 이상한 드라마였지만, 인류의 조상인 호모 사피엔스보다 강하고 컸던 네안데르탈인을 모델로 만든 종족이 나온다는 것이 흥미로웠다. 그들을 드라마에서는 '뇌안탈'이라고 불렀고, 뇌안탈과 인간들의 혼혈 인간인 '이그트'가 주인공으로 등장한다. 이 드라마에서 이그트가 특별하다고 여겨지는데, 그 이유가 그들만이 꿈을 꾸었기 때문이다. "너 정말 꿈을 만났어?" 이런 대사가 자주 나오는데, 그 대사가 나올 때마다 '이들만 늦잠을 잔 건 아닐까?'라는 생각이 들고는 했다. 늦잠을 자면 꿈꿀 확률이 높아지기 때문이다.

매일 밤 우리는 얕은 잠, 깊은 잠, 렘수면을 반복하며 잔다. 보통 한 주기가 약 90분 정도로 밤 사이 4~5회 정도 반복된다. 이 중 렘수면은 눈동자가 좌우로 빠르게 움직이면서 꿈을 꾸는 단계인데, 잠의 뒷부분으로 갈수록 렘수면 시간이 길어진다. 그렇기 때문에 아침에 늦잠을 자고 렘수면 직후에 깬다면 꿈을 생생하게 기억해낼 확률이 높아진다.

꿈은 우리의 생각과 감정과 창조성에 매우 중요하다. 꿈을 꾸면서 우리는 낮에 있었던 생각과 감정을 처리하여 잊을 것은 잊고 기억할 것은 장기 기억으로 넘긴다. 또한 낮 동안 골똘히 고민했던 문제의 실마리가 꿈속에서 환상적이고 상징적인 이미지들로 나타나기도 한다. 뇌과학자들은 뇌에서 새로운 연결은 뇌가 깨어 있고 고도로 집중된 상태에서 일어나지만 새로운 연결이 자리를 잡는 것은 잠을 자거나 이와 비슷하게 집중을 풀고 정신을 완전히 이완할 때 일어난다고 말한다. 그래서 샤워할 때나 산책할 때 좋은 생각이 잘 나고, 깊은 고민이 있을 때 꿈속에서 해답이 나오기도 하는 것이다. 강렬한 감정을 느낀 날에는 꿈이 총천연색 스펙터클 오리무중이 되는 경우가 많은데, 이것은 뇌가 낮 동안 쌓인 복잡한 감정을 해결하고 새로운 연상을 찾고 창조적인 연결을 하기 때문이다. 그렇게 깨어 있는 동안 풀지 못했던 문제의 답을 꿈속에서 찾는 경우가 있는데, 내가 자주 그런다.

또한 밤에 자는 잠 외에도 이와 비슷한 행위를 많이 한다. '요가 니드라'를 자주 하는데, 이는 사바사나(등을 땅에 대고 팔과 다리를 벌리고 눕는 요가 자세로, 한국어로는 '송장자세'라고 부른다)를 한 채로 몸을 스캔하고, 주변의 소리와 몸의 감각에 집중하면서 감각은 깨어 있되 몸은 완전한 이완 상태가 되게 하는 명상법이다. 깨어 있는 것이 목표이기는 한데 대부분 잠에 빠져서 요가 니드라 명상 오디오의 끝을 들어본 적이 없다. 큰 고민이 있거나 해결되지 않는 문제가 있을 때는 자각몽lucid dream이라고 부르는 가수면 상태에 들어가 적극적으로 꿈을 만나려고도 한다. 이것은 칼 융이 '적극적 상상active imagination'이라고 부르는 것과도 비슷한데, 의식이 깨어 있는 상태에서 꿈을 꾸는 것이다. 게다가 명상한다고 하고는 잠에 빠지는 것까지 따지면 나는 정말 잠을 많이 잔다. 그곳에서 꿈을 만나고, 무의식을 만나고, 내가 미처 상상하지 못했던 연결을 만나고, 시를 만나고, 노래를 만나고, 춤을 만나고, 깊은 고민에 대한 은유 가득한 답변을 듣고는 한다.

한번은 잠에서 깨는 순간 귀에서 하나의 문장이 선명하

게 들렸다. "떨어지는 바늘을 따라가지 마라." 도대체 무슨 뜻일까? 아직도 고민한다. 또 어느 날은 새벽에 고양이가 "야옹, 야옹" 해서 깼는데, 그 순간은 친구들과 캠프파이어를 하며 노래를 부르는 꿈을 꾸던 참이었다. 아직 잠이 덜 깬 상태에서 핸드폰으로 그 노래를 불러 녹음했다. 꿈속에서는 '쿰바야' 스타일의 아주 멋진 돌림노래 합창이었는데, 나중에 깨서 녹음한 것을 들어보니 "웅얼웅얼 랄라라~", 도대체 뭐라는 건지.

고민하던 것에 대한 답을 꿈에서 얻은 적도 있다. 꿈속에서 지인이 딸기를 선물해주었는데, 내가 그 선물을 기쁘게 받고는 딸기가 아니라 딸기가 담겨 있던 스티로폼 트레이를 씹어 먹는 게 아닌가. 깨고 나서 꿈이 나에게 무엇을 이야기해주고 있는지 명확히 알 수 있었다. 이분이 내게 제안한 일이 매우 매력적이었는데도 뭔가 찜찜한 느낌이 있었던 참이었다. 그가 내게 내민 것은 겉포장이고 껍데기라는 것을, 그리고 이것을 이미 내가 직감하고 있다는 것을 꿈이 분명하게 알려주었고, 그래서 그 제안을 거절할 수 있었다.

이런 식으로 내 무의식은 꿈을 통해서 끊임없이 내게 말을 건다. 꿈의 내용을 이해하려면 다음 두 가지가 필요하다. 꿈에 나타나는 자신의 상징 언어를 잘 이해할 수 있어야 하고(이것은 꿈 일기를 꾸준히 쓰거나 그림일기를 꾸준히 그리면 잘 알게 되는 부분이다), 무엇보다 늦잠을 자서 꿈을 만나야 한다.

다 부어놓고 어지럽히기

언제부터인지 창조적인 생각을 할 때 한 손을 허공에 들고 엄지와 검지를 비비는 동작을 한다. 얼핏 보면 '돈이 얼마냐'라고 묻는 동작 같기도 하고 파리가 가만히 앉아서 두 발을 비비는 것 같기도 하지만, 가장 예민한 손끝 촉감으로 공기의 감촉을 느끼고자 하는 동작이다. 그리고 이것을 언제 하냐면, 일단 부어놓고 어지럽힌 다음에 한다.

'지금이야!'라고 할 때, 나는 그동안 축적해놓은 재료들을 다 쏟아붓는다. 이것들을 펼쳐놓고 새로운 연결과 구성을 찾는다. 글을 쓸 때는 그동안 써놨던 글의 메모들을 바닥에 쏟아놓고(또는 모니터에 여러 개의 창을 열어놓고), 눈을 게슴츠레 뜨고 새로운 연결을 찾는다. 이때 눈과 동공의 힘을 풀고 집중하지 않고 보아야 한다. 그림을 그릴 때는 물감이나 색연필을 바닥에 쏟아놓고 감으로 색의 조합을 찾는다. 요리할 때 역시 요리법을 찾아보고 하는 것이 아니라 냉장고에 있는 재료들을 다 꺼내서 펼쳐놓고 그것들로 할 수 있는 조합을 찾는다. 그리고 생각하는 것이 아니라 손가락 사이에서 공기를 비비듯 감각을 따라 다음 스텝을 밟는다.

양손으로 하는 가이드 드로잉[3]이라는 미술치료 기법을 내담자와 했을 때의 일이다. 목판이나 파스텔 같은 미술재료를 양손에 쥐고 큰 종이 위에서 팔을 휘저으며 그리는 방법인데, 약 1시간을 계속하는 것이 목표이다. 어린아이들은 낙서하듯이 팔을 휘저으며 그리는데, 어떤 의도를 가지고 그리거나 체계적으로 작품을 만드는 방법이 아니다. 하지만 미대를 나온 내담자는 미술재료 사용법에 대한 이해를 바탕으로 체계적으로 그렸다. 제일 먼저 파스텔을 문질러 바탕색을 칠하고, 그 위에 오일 파스텔로 선을 그었다. 재료 사용이 좋고 균형이 잘 맞는 그림이라고 볼 수 있겠지만, 자유롭지 않았다. 다시 해보자고 하고, 눈을 감으라고 했다. 내가 아무 재료나 집어서 손에 쥐여줬다. 그러자 눈이 판단하지 않으니 선들이 춤을 추고, 재료들이 제멋대로 섞이면서 장난꾸러기 아이가 신나게 그린 것 같은 그림이 만들어졌다.

창조는 기본적으로 우리가 계획하고, 의도하고, 노력한 것들 속에 있지 않은 듯하다. 물론 노력 없이 나오는 것도 아니다. 창조는 노력과 노력을 내려놓는 그 틈에서 '반짝' 하고 삐져나오는 것 같다. 좋은 생각이 안 떠올라서 '에라 모르겠다' 하고 일어나 산책하러 나가려 할 때 퍼뜩 좋은 생각이 떠오르고, 뭐를 어떤 순서로 할지 몰라 재료를 다 부어놓고 머리를 긁적긁적하고 있는데 생각을 거치지 않고 손이 움직이며 새로운 조합을 찾을 때가 있다. 이렇게 하면 망칠 때도 많고, 지저분해서 청소 시간도 길어지고, 통제와 예측을 벗어나니 귀찮은 일이 벌어지지만, 의도와 노력을 뛰어넘는 자유의 결과를 손에 넣을 수도 있다.

별똥별 보듯
창조적으로 멍 때리기

창조의 시간과 공간을 투쟁하여 확보하고, 의식과 무의식이 잘 흐를 수 있게 꿈을 잘 꾸고, 재료를 다 부어놓고 무의식적으로 재료의 조합을 찾았다면, 이제는 멍하게 있어야 한다. 그냥 멍한 게 아니라, 마음의 촉수를 활짝 열어 뭔가에 닿기를 기대하는 마음을 가지고 멍하니 있어야 한다. 아직 아무것도 정해져 있지 않지만 모든 가능성이 열려 있는 이때가 창조가 일어날 수 있는 공간이다.

> "1시간 동안 100여 개의 별똥별이 제주 밤 수놓는다"
>
> (〈제주의소리〉, 2020년 8월 9일)
>
> "1월 4일, 별똥별 쏟아져 내리는 유성우 눈으로 확인하세요"
>
> (〈제주의소리〉, 2020년 8월 9일)
>
> "제주에서 볼 수 있는 놓쳐선 안 될 임인년 우주쇼"
>
> (〈제주매일〉, 2022년 1월 6일)

제주 살면서 매해 이런 뉴스를 본다. 몇 년 전에는 살아 생전 딱 한 번 볼 수 있다는 우주쇼를 보겠다고 친구와 함께 빛이 없는 깜깜한 곳을 찾아가서 돗자리를 깔고 누웠다. 어디서 떨어질지 모르는 유성을 볼 수 있도록 최대한 눈을 크게 뜨고 눈 깜빡임을 참으며 하늘을 바라보았다. 그날 나는 안타깝게도 폭포처럼 떨어졌다는 별똥별을 단 하나도 못 봤다. 같이 갔던 눈썰미 좋은 친구가 계속 "저기 떨어진다", "저기 있네!", "와~! 수도 없이 떨어져!" 하는 동안 나는 "어디? 어디?" 하며 바삐 두리번거리기만 했다. 내가 모기를 잘 못 잡는 이유가 손이 느려서가 아니라(아마 그것도 있겠지만) 눈이 나빠서라는 것을 그날 알게 되었다.

비록 밤하늘의 별똥별은 잘 못 보지만, 이것은 내가 새로운 아이디어를 찾는 방식과 비슷하다. 찾는 것이 무엇인지 모른 채 마음과 감각을 열고 주변을 두리번거리기도 하고, 길을 걷기도 하고, 책이나 잡지를 휘리릭 넘겨보기도 한다. 의식적으로는 무엇을 찾는지 모르지만, 내 안의 무엇이 그것을 보면 '바로 이거!'라며 분명히 알아차릴 것이라고 믿는다.

그런데 이 시간은 방해에 취약하다. 내가 이러고 있을 때 누군가가 "지금 뭐해?"라고 물으면 그 상태에서 바로 튕겨 나온다. 그래서 욱! 한 적이 많다. 언어와 생각의 세상으로 휙 채여서 돌아오면 그동안 촉수를 펼치고 레이더망을 깔고 소나 음파를 보내던 모든 작용이 멈추고, 아직 형태를 갖추지 않았지만 손끝에서 만져지던 것이 연기처럼 사라진다.

소설가의 아내가 자신의 남편이 얼마나 이상한 사람인지를 설명하기 위해 들려준 이야기가 있다. 화가 난 아내가 남편에게 "당신이 나한테 잘해주는 게 뭐가 있어?"라고 따지니 남편이 이렇게 답했단다. "내가 글 쓰고 있는데 당신이 말을 걸어도 대꾸하잖아." 내가 볼 때 이것은 찐사랑이다!

숲에서
흐느적흐느적 걷기

어떤 일에 오랫동안 집중하고 나면 그 일이 끝나도 뇌가 집중 상태에서 나오지를 못해 몹시 피곤할 때가 있는데, 이 상태를 '지향적 주의 피로directed attention fatigue'라고 부른다. 이 피로는 한 가지 일에 몰입하느라 집중을 방해하는 다른 자극들을 과도하게 억제해서 생긴다. 누워서 쉬려고 해도 머리가 빙빙 돌아가고, 몸은 천근만근이어도 밤에 잠이 잘 안 온다.

연구자들은 지향적 주의 피로의 해독제는 그냥 쉬는 게 아니라(그냥 쉬면 좋은데 이게 잘 안된다), '비자발적 주의집중involuntary attention'이라고 한다. 이것은 외부에서 오는 자극들에 부드럽게 열려 있는 상태를 말하는데, 멍함과 산만함의 공존 상태라고도 설명할 수 있을 것 같다. 그리고 이런 멍한 산만함을 가장 잘 경험할 수 있는 곳이 자연이다. 특히 숲속을 걷는 것이 그렇다.[4]

숲은 정신을 꽉 쥐고 있는 우리의 소매를 부드럽게 잡아당기며 '이것 좀 봐, 저것 좀 봐' 하며 속삭이고, 그러면 좁은 집중에서 벗어나 구름을 봤다가, 꽃을 봤다가, 새를 봤다가 하면서 뇌가 부드럽게 풀어지고는 한다. 숲을 걸으면서 두리

239

번거리면 더 좋다. 핵심은 '걷기'가 아니라 안구를 굴리며 이것저것 보는 것이다. 그러면 한 군데를 바라보며 집중했던 사고가 풀리면서 꿈을 꿀 때처럼 자유로운 연상이 가능한 상태가 된다. 숲을 걸으며 최대한 두리번거리자. 하늘을 보고, 구름을 보고, 졸졸졸 흐르는 시냇물 소리를 듣고, 시시각각 변화하는 자연의 아름다움을 보자. 눈알을 이리저리 굴리면서 일직선으로만 걷지 말고 흐느적흐느적 춤추듯이 걸어보자.

그러다 보면 무의식적이고 창조적인 '앎'이 튀어오를 때가 있다. 고민하다가 사과가 떨어지는 순간, 목욕탕 욕조에 들어갔는데 물이 넘치는 순간, 꿈에서 뱀이 자기의 꼬리를 물고 있는 것을 본 뒤 깬 순간처럼 문득 '아, 하!' 하면서 무릎을 치게 되는 통찰의 시간이 온다. "모르지만, 알기도 해"라는 말을 할 때가 있다. 아직 모르지만 내 속에 뭔가가 알고 있다는 것을 감지할 때 쓰는 말이다. 그럴 때는 모르기도 하고 알기도 하는 이 직감을 따라가야 한다. 곧 알게 될 이 목소리는 언제나 옳기 때문이다.

숟가락 하나 들 힘으로

    균형적인 삶을 사는 사람들을 오랫동안 부러워했다. 미니멀리즘 열풍이 불 때는 일부러 무채색의 옷을 입고 집 안도 선방처럼 간결하게 꾸미려고 했고, 줄이 그어져 있는 노트에 만년필로 또박또박 글씨를 써보기도 했다. 그런데 집 안은 곧 카오스로 돌아왔고, 양말이라도 알록달록한 걸 찾아 신고, 애써 줄 맞추어 놓은 물건들이 답답해 보여서 흩뜨려 놓고, 노트의 줄을 무시하고 세로로 썼다가 가로질러 썼다가 물결로 썼다가 했다. 만년필은 뚜껑을 제대로 안 닫아서 가방을 물들였고, 쓰레기통으로 내팽개쳐졌다.

아침 루틴, 저녁 루틴 등도 시도해봤다. 제때 자고 제때 일어나는 것은 거의 평생에 걸쳐 노력해봤다. 최근에 실제로 어느 정도 잠자리 루틴을 만들어본 적도 있다. 가장 창조적인 시간이 저녁 11시 이후 새벽 2시인데, 일찍 자기 위해서 저녁 11시에 침대에 누웠다. 그리고 오지도 않는 잠을 자려고 눈을 꼭 감고 엎치락뒤치락 밤을 보내니 길게 자도 너무 피곤했다. 그렇게 몇 달을 해봤는데, 온종일 머리가 맑지 않았고, 잠 사이클의 마지막 단계에 꾸는 꿈도 꾸지를 못 해 꿈 일기를 쓸 게 없고, 창조적인 작업을 전혀 못 하고 살았다. 그렇다 보니 곧 덜 균형적인 삶으로 돌아왔다.

덜 균형적인 삶은 계획을 잘 안 세우는 삶이기도 하다. 바쁠 때는 미치도록 바쁘고 한가할 때는 이렇게 살아도 되나 싶을 정도로 한가하고, 많은 사람과 뭔가를 할 때는 극외향이 되어 에너지를 분출하고, 집에 고요히 있을 때는 극내향으로 내면에 머물러 누가 말을 시키면 말 한마디가 안 나온다. 이쪽으로 갔다 저쪽으로 갔다 흔들흔들하다가 나의 모든 에너지를 한 방향으로 쏟아붓고 나면 휙~ 하고 완전히 그 방향으로 넘어가 버리는 일이 발생하고는 했다.

이때는 에너지가 바닥이라 아무것도 할 수 없는 상태가 된다. 놀거나 쉬거나 심지어 잠을 잘 기운도 없다. 이 피곤을 어떻게 표현할 수 있을까? "죽을 것처럼 피곤해"라고 말하면 돌아오는 말은 당연히 "좀 쉬어"인데, 쉴 기운도 없다. 한 발짝 걷기가 힘들고, 전화 한 통 걸기 어렵고, 숟가락 하나 들 힘이 없어서 밥해 먹기도 어렵다. 게다가 몸은 누워 있어도 머리는 계속 빙글빙글 도는 듯하다.

내가 가끔 이럴 때가 있다 보니 방전되어 동굴에 들어가 있는 사람들을 보면 마음이 쓰인다. 혼자 있지 말고 나오라고 할 때도 있고, 이야기를 들어줄 작정을 하고 무슨 일이 있는지 물을 때도 있지만, 숟가락 들 힘도 없는 사람이 세수하고 옷을 갈아입고 집 밖으로 나오는 건 너무나 힘듦을 잘 안다. 심하게 무기력한 사람은 자신에게 필요한 수업이나 상담을 신청해놓고도 일어나지 못해서 못 오거나 요일이나 시간을 헷갈려서 못 오고는 한다.

이렇게 기운이 바닥에 껌처럼 눌어붙어 있을 때는 기운을 내라는 말이 도움이 안 된다. 자신을 돌보라는 말은 더더욱 소용이 없다. 자신에게 필요한 것이 뭔지 알기가 어렵고, 알아도 행하기 어려우며, 새로운 시작이나 전환을 만들 수 있는 상태가 아니다. 그럼에도 이때 할 수 있는 최고의 일은 단연코 창조적인 행위라고 생각한다. 창조성은 우리 안의 생명 에너지를 다시 움직이게 할 수 있기 때문이다. 하지만 많은 사람이 이 상태에서 창조적인 행위를 하는 것을 거의 불가능하다고 여기는데, 그 이유는 '창조적인 행위'를 너무 대단하고 특별하게 여기기 때문인 것 같다.

이제 막 걸음마를 시작한 아이가 자기 힘으로 뭔가를 넘어뜨리거나, 이유식을 떼고 처음 먹는 음식을 손으로 조물조물 뭉개거나, 이제 뭔가를 손에 쥘 수 있게 된 아이가 엄마 립스틱으로 벽에 낙서할 때 그 아이의 표정을 본 적이 있는가. 기쁨이 넘친다. 자기 힘으로, 자기 의지로, 자기 손으로 뭔가를 했다는 것은 엄청난 일이다. 대단한 예술작품을 탄생시켜서가 아니라 자기 손으로 변형을 만들었기 때문이며, 이것이 창조성의 기본 원형이다. 그러니 뭔가를 바꿔보고, 두드려보고, 들어 올려보고, 흔들어보자.

새롭게 다르게
이상하게 하기

대학원에서 미술치료 매체 수업을 할 때 일이다. 아주

기본적인 재료를 가지고 색다르고 다양한 방식으로 사용하는 것을 과제로 내준 적이 있다. 학생들은 종이컵, 연필, 지우개, 풀 등을 연구해서 과제를 제출했는데, 기발한 것들이 많았다. 한 학생은 지우개를 연구했다. 여러 브랜드와 종류의 지우개를 실험해보면서 어떤 지우개가 가장 굵고 긴 '지우개똥'을 만드는지를 알아낸 후 지우개 똥 갈래를 엮어서 붓을 만들고, 그 붓으로 그림을 그려왔다. 이 발표를 듣는데 교실 안은 너무 웃겨서 눈물바다가 되었고, 이 학생은 최고의 점수를 받았다.

늘 하는 행위를 다르게 해보는 과제를 내준 적도 있다. 한 학생은 매번 다른 길로 기숙사에서 교실까지 걸어오며 이를 기록했고, 다른 학생은 하늘의 매일 다른 모습을 기록했다. 얼굴에 점을 찍은 학생이 제일 기억난다. 이 학생은 박사 과정에 있었고 이미 활동 중인 전문 치료사였다. 집안에서는 큰 며느리이자 아내, 두 청소년 아들의 엄마였다. 늘 단정한 옷차림에 머리카락 한 올도 삐치지 않는 단발머리가 단아한 분이셨다. 그런 분이 눈 밑에 사인펜으로 작은 점을 하나 찍는 것으로 과제를 시작했다. 얼굴에 점을 찍고 집 밖으로 나가려는데, 누가 알아볼까 봐 너무 걱정되어 얼굴을 들지 못했다고 했다. 그런데 아무도 못 알아보는 것이 아닌가! 그래서 다음에는 별 스티커를 눈썹 위에 붙였는데, 길에서 쳐다보거나 이상하게 여기는 사람은 아무도 없었다. 가족이나 학우들도 달라진 것을 눈치채지 못하거나 눈치채도 미소를 지을 뿐이었다. 점점 과감해진 그녀는 나중에는 금발 가발을 쓴 채로 시부모님들과 저녁 식사를 했는데, 이 또한 별일이 아니었고 놀랍게도 모두 재밌어했다고 했다. 이 과제를 하는 몇 주 동안 그녀는 눈에 띄게 신나 보였다.

창조적으로 어떤 변화를 만들거나 발견하는 것은 이렇게 기본적으로 신나는 일이다. 그리고 소심한 점 하나가 사람을 바꾸듯, 창조성은 기운 없는 우리를 생동하게 할 수 있다. 그러니 숟가락 하나 들 힘도 없을 때 그 힘으로 할 수 있는 창조적인 행위를 하자. 별거 아닌 창조의 행위가 스스로를 일으켜 세울 것이다.

무거워 보이는 것을 들어보기

우리의 몸과 마음은 톱니바퀴처럼 연결이 되어 있어 서로를 움직인다. 내가 마음속으로 힘이 없다고 생각하면 몸에서 힘이 빠지고 힘이 있다고 생각하면 힘이 난다. 생각은 몸을, 몸은 생각을 바꾸며 서로 맞물려 움직인다. 그렇기 때문에 힘이 없을 때 실제로 몸의 힘을 낸다면 마음의 힘도 생겨난다. 그러니 힘을 내 더 무거운 것을 들어보자! '숟가락 들힘도 없는데 무거운 것을 들라니? 이게 말이 되나?'라고 반문할지 모르겠다. 더 정확하게는 무거워 '보이는 것'을 들라는 뜻이다.

친구와 바닷가에 놀러 갔다가 아주 마음에 드는 돌 하나를 발견한 적이 있다. 파도에 잘 다듬어져서 타조알처럼 생겼고 꽤 컸는데도 구멍이 숭숭 뚫린 화산석이어서 보기보다 무겁지 않았다. 이 돌을 위로 번쩍 들어보니 그리 큰 힘을 쓰는 것도 아닌데, 엄청 무거운 것을 들어 올린 느낌이 들었다. 그래서 이 돌을 집으로 잘 모셔와서는 힘이 없다고 느껴질 때 '나는 장미란이다!'라고 마음속으로 소리치며 하늘로 번쩍 들어 올리고는 한다. 그런데 드는 것이 아령이나 바벨이 아니라 '돌'이다 보니, 석기시대 운동을 하는 것 같아서 이러고 있는 나의 모습에 피식 웃게 된다.

크지만 가벼운 돌이 없다면 무거운 집 안 물건을 들어보자. 소파를 들어보고, 붙박이장을 들어보고, 차를 들어보고, 집의 천장을 들어보자. 실제로 들리면 위험하므로, 꼼짝도 안 하는 것을 골라야 한다. 좋다. 꿈쩍도 안 하는 벽을 밀거나 천장을 들며 "나는 헤라클레스다!"라고 소리쳐보자.

들 것이 없으면 자기 자신을 들 수도 있다. 우울하고 기운이 없을 때 몸이 앞으로 쏠리고 고개가 떨어지고는 하는데, 이때 하면 아주 효과적인 방법이 내가 나를 드는 것이다. 손가락 두 개로 앞으로 쏠린 내 이마를 밀어서 세워보자. 답답해서 쪼그라진 가슴 양쪽에 두 손바닥을 대고 양쪽으로 밀어 펼쳐보자. 그다음에 두 손을 양쪽 관자놀이에 대고 우리 몸에서 가장 무거운 머리를 조금만 들어올리면 척추가 바로 세워지는 것을 느낄 수 있다. 앉아 있다면 내친김에 머리를 들어 올리면서 동시에 자리에서 일어서자. 두 발을 땅에 단단히 고정했으면 꼿꼿해진 척추는 그대로 두고 서서히 팔을 내려보자. 내가 나를 높게 일으켜 세웠다.

숟가락으로
두드리기

힘없이 숟가락을 들어 간신히 밥을 떠먹고 있다면 이왕든 숟가락을 살펴보자. 참 희한하게 생긴 물건 아닌가? 유리

겔러가 TV에 나와서 숟가락 구부리는 초능력을 선보였던 1984년에 어린 시절을 보냈다면, 분명 염력으로 숟가락 구부리기도 시도해봤을 것이다. 지금 자세히 보니 포크나 젓가락이 아니라 숟가락인 이유가 있었겠다 싶다. 일단 숟가락은 머리가 무겁고 손잡이가 길다. 끝을 잡고 살짝만 흔들어도 지렛대 효과를 통해서 머리 부분에 전달이 되는 힘이 꽤 세다. 이 힘이라면 뭐를 할 수 있을까?

먼저 숟가락 마사지가 가능하다. 몸의 뻐근한 곳을 두드려보면 손가락으로 누르거나 주먹으로 두드리는 것과는 비교할 수 없는 시원함이 있다. 게다가 손목의 가벼운 스냅만으로 리드미컬하게 움직이니 오래 힘 안 들이고 숟가락 마사지가 가능하다. 지루해지면 숟가락 두 개를 두드려보자. 아주 훌륭한 악기가 된다. 우리가 누군가? 밥 먹다가 또는 술자리에서 젓가락과 숟가락으로 장단을 맞추는 흥이 넘치는 민족 아닌가! 아예 한 손에 숟가락 두 개를 잡고 부딪쳐서 다양한 리듬을 만드는 숟가락난타를 할 수도 있다. 숟가락난타협회의 이복자 대표는 한 인터뷰에서 숟가락난타의 장점으로 악기값이 저렴한 것을 들었다. 아니, 저렴한 것은 차치하고 숟가락은 다 있다. 심지어 유목민도 숟가락은 있다. 사실 숟가락은 하나의 예시일 뿐이다. 너무 힘이 없어서 아무것도 못 할 것 같아도 할 수 있는 뭔가가 있다. 살아 있다면 반드시 할 수 있는 것이 있다.

미국에 있을 때 에이블 센터able center(장애를 disable, 즉 '기능하지 않는'이라고 표현하는데, 이와 반대로 able, 즉 '가능한' 이라는 단어를 쓴 곳이다)에서 중증 뇌성마비 환자와 미술치료를 한 적이 있다. 비틀어진 몸을 휠체어에 기대고 있는 그녀가 스스로 자유롭게 통제할 수 있는 몸의 부분은 눈동자와 눈꺼풀 정도였다. 뭐를 해야 할지 몰라 잠시 앞이 캄캄했는데, 전신마비로 움직일 수 있는 것이 왼쪽 눈뿐이어서 그 한쪽 눈을 20만 번 깜빡거려서 책을 쓴 사람[5]도 있다는 것이 기억났다.

그녀의 맞은편에 앉아서 종이를 내 무릎 위에 두고 그 위에 펜촉을 세웠다. 그리고 그녀가 눈을 오른쪽으로 움직이면 내가 선을 오른쪽으로, 그녀가 눈을 왼쪽으로 움직이면 선을 왼쪽으로 그었다. 아무 대화나 논의가 없었지만 그녀는 내가 무엇을 하는지 곧 깨달았고, 빠르게 눈동자를 이리저리 움직였다. 나도 그 속도에 질세라 빠르게 펜을 움직였더니, 선들이 자유 분망하게 춤을 추는 그림이 나왔다. 우리는 하나의 움직임으로 춤을 추고 그림을 그렸으며, 함께 웃었다. 나는 깔깔거리며 웃었고, 그녀는 반짝거리는 눈으로 웃으며 기쁨으로 몸을 비틀었다. 태어나서 웃은 셀 수 없이 많은 웃음 중에 손꼽히게 감격스러운 웃음이었다.

미리 마음구급상자
만들어놓기

사람들이 창조적인 행위를 어려워하는 이유 중 하나가 미리 자리를 깔아놓지 않았기 때문이라고 생각한다. 자리를 깔아놓는 것은 요가를 하기 위해서 요가 매트를 펴는 것이나 바쁠 때 집밥을 먹기 위해 채소 등을 미리 손질해놓는 것과 같다.

마찬가지로 갑자기 다치거나 아플 때를 대비해서 구급상자를 집마다 마련해두는 것처럼 집 안에 마음구급상자를 마련해두기를 추천한다. 가장 좋아하는 펜이나 가장 좋아하는 색깔의 색연필 몇 자루, 작은 그림을 그릴 수 있는 종이 한두 장 정도가 들어가면 좋다. 누군가의 도움이 필요한 상황을 대비해서 그럴 때 전화를 걸 수 있는 사람들 다섯 명의 이름과 전화번호를 써두는 것도 추천한다. 다섯 명이 없다면, 살면서 힘들 때 전화를 걸 수 있는 다섯 명의 사람을 만들겠다는 목표를 세워보자. 그리고 전화를 걸어서 뭐라고 말할지 몰라 별말 안 하고 끊을 확률도 높으므로, 말문을 여는 문장을 스크립트로 미리 써놓기를 권한다. 그때 할 말은 구체적이어야 한다.

심폐소생술 수업에서 배우는 것 중 하나가 누군가를 지목해서 도움을 요청하는 것이다. "거기 빨간 옷 입으신 남자분, 119 불러주세요"와 같이 구체적으로 지목을 해야 한다. 사람들이 안 돕는 이유가 나쁜 사람이어서가 아니라 뭘 해야 할지 몰라서이거나 누군가 돕겠지 하는 경우가 많기 때문이다. 도움도 구체적으로 요청해야 원하는 도움을 받을 확률이 높아진다.

예를 들어 한밤중에 지인에게 전화해서 내 삶의 이야기를 다 들어달라고 하면 상대방이 부담감을 가지겠지만, "내가 지금 속상한 일이 있어서 그런데 5분만 내 이야기를 들어주고 괜찮을 거라고 말해줄 수 있어?"라고 한다면 그 시간을 내줄 것이다. 도움을 요청할 때 다음 원칙을 기억하자. 상대방에게 원하는 도움을 분명하게, 그리고 상대방이 해줄 수 있는 범위 내에서, 부담스럽지 않는 한정된 시간 안에 해줄 수 있는 도움을 구체적으로 요청하자.

말문을 여는 문장 예시

• 내가 지금 속상한 일이 있어서 그런데, 5분만 내 이야기를 들어주고 괜찮을 거라고 말해줄 수 있어?

• 내가 어이없는 일을 당했는데, 이 이야기를 15분만 들어주고 그냥 무조건 내가 맞았다고 이야기해줄래?

• 우리에게 늘 안 좋았던 일만 있었던 것 같아. 그런데 사실 좋았던 일도 재밌었던 일도 많았잖아. 어떤 재밌는 일이 있었는지 몇 개만 상기시켜줄래?

마음구급상자는 가장 연약하고 위로가 필요하고 힘들 때의 나를 위해 건강하고 창조적인 지금의 내가 미리 자리를 깔아놓는 행위이다. 마음구급상자 워크숍을 여러 번 진행해봤는데, 참여자들은 미리 자기 자신을 도울 수 있다는 느낌이 들어 든든하다고 했다. 도움을 요청할 수 있고, 도움을 받을 수 있으며, 내가 나를 도울 수 있다는 믿음이 어두운 영혼의 늪을 종종 거닐게 되는 우리를 일으켜 세울 것이다.

그림부적
만들기

미대를 졸업할 때 큰 나무판에 그린 유화 그림을 옮기거나 보관할 수가 없어 쪼개서 버려야 했던 적이 있다. 그 후로는 한동안 다시 붓을 들 마음이 안 생겼다. 그렇게 그림에 손 놓고 살다가 손톱만 한 원형 스티커에 볼펜으로 낙서하면서 다시 그리기 시작했다. 자신이 없고, 작업실이 없고, 뭔가 다시 할 엄두가 안 나던 그 시기에 이 작은 원이 나에게 딱 적절한 크기의 캔버스였던 것 같다. 미술 재료가 아닌, 그냥 연필이나 볼펜이나 사인펜 등으로 작은 테두리 안에 점도 찍고 선도 긋고 색칠도 했다. 스티커는 어디에나 붙이기 쉽다는 큰 장점이 있기에 스티커 그림을 공책, 방문, 내 가슴, 내 손 등에 붙였다.

이렇게 그림을 내 삶의 공간, 내 일상적인 물건, 내 몸에 붙이자 내 안에서 멈춰 있던 기운이 윙윙~ 다시 돌기 시작했다. 그 후부터 기운이 없고 아무 생각이 안 날 때 작은 스티커에 별거 아닌 그림을 그린 후 여기저기에 붙여놓고는 한다.

스티커가 아니라도 아주 작은 종이에 그림을 그려보자. 그리고 그 그림들을 삶의 필요한 공간들에 붙여보자. 이것은 일종의 그림부적으로, 나의 에너지장에 박수와 응원을 보내고 숨을 불러일으킨다. 작지만, 작기 때문에 삶과 가까운 작업이 되어 삶의 엔진을 다시 움직이게 한다.

50대 여성이 자기를 치료해준 의사가 너무 밉고 화가 치밀어서 괴롭다고 했다. 의료사고라고 말할 정도까지는 아니었지만, 의사의 의견에 따라 치료해서 오히려 병을 키웠다고 했다. 그런데 집에서 가까운 종합병원이 거기뿐이었고, 지병이 있어서 다른 의사를 만나러 주기적으로 그 병원에 가야 하는데, 병원 문을 들어설 때부터 그녀는 열불이 나서 화병에 걸릴 지경이었다. 다른 병원으로 옮길 수도 없어 곤란한 상황이었다. 이럴 때는 그림부적이 딱이다. 그림부적에 어떤 염원을 담을까?

최선은 그 의사가 잘돼서 자기 병원을 개원하든지 더 큰 병원으로 이직을 하든 좋게 사라지는 것이었다. 그래서 손톱 크기의 스티커에 이러한 염원을 담은 그림을 그렸다. 그림이라고 해봤자 뭐 대단한 것이 아니라, 중간에 선을 하나 긋고 왼쪽에서 오른쪽으로 물결 몇 개를 그린 것이었다. 운명의 바람이 불어 이 사람을 움직이게 한다는 상징이었다. 같은 문양의 스티커를 여러 개 만들어서 그 의사가 지나가는 길목에 붙이기로 했다. 주차장에서 그 의사의 방으로 올라가는 길목에 있는 계단 구석과 엘리베이터 구석, 대기실 의자 밑판 등 남들이 발견 못 하거나 시간이 지나면 사라질 수 있는 곳에 슬그머니!

다음 치료 세션에 오셨을 때 이분의 표정이 밝아져 있었다. 복수가 아닌 축복을 했는데, 그리고 그 의사가 아직 어딘가로 떠난 것도 아닌데, 병원에서 시간을 보내는 내내 기분이 상쾌했다고 했다. 아무도 모르지만, 자기만 아는 부적들이 기운을 뿜어주더라고 했다.

가장 기억나는 부적은 친구들이 나를 위해 그려준 것이다. 눈 한쪽이 안 보여서 하던 모든 일을 멈추고 잠적하다시피 하고 있을 때 나를 방문해준 친구들이 같이 부적을 그리자고 했다. 미술치료 동료들, 환경운동 동지들, 동네 친구들이 부적을 그려줬다. 눈이 밝아지라고 빛을 그려주고, 그 당시에 많은 시간을 보낸 숲에 함께 가서 숲의 빛을 그려주었다. 집수리를 하느라 땅을 파고 나무를 잘라서 '동티가 났다'라며 크레용으로 땅의 노여움에 '워~워~' 해주는 부적을 그려준 친구도 있다.[6] 이렇게 눈이 어둡던 시간 동안 내 벽 한쪽에 친구들이 그려준 부적들이 붙여져 있었다. 어떤 위로보다 힘이 되었다.

이렇게 부적을 아주 잘 활용하지만, 오해 마시라. 사주

나 점성술이나 점을 믿지 않는다. 또한 영화에서나 봤지 한 번도 진짜 부적을 보거나 사용해본 적이 없다. 나는 '부적'을 '염원을 담은 그림을 삶의 공간에 붙이는 것' 정도로 생각한다. 그럼에도 내가 하는 것들이 '무속'스럽기는 한데, 그것은 내가 무속에 심취해서가 아니라 그림의 특징과 관련이 있을 것이다. 이미지는 세상에서 보이는 것, 자신의 상상 속에서만 보는 것, 꿈속에서만 보이는 것, 그리고 무의식적으로 존재하다가 뜨문뜨문 의식의 세상에서 잠깐씩 스치는 것까지 다양한 층위를 넘나들며 존재한다. 이러한 그림의 속성 때문에 그림을 그리고 공간에 붙이는 행위가 인류 문화 전체에 존재하는 마술적인 또는 주술적인 행위가 되었을 것이다.

미국 뉴욕주 북부에 있는 농촌 지역의 파머스 마켓에 갔을 때 일이다. 소규모 농가에서 재배한 채소, 과일, 치즈 뿐만 아니라 손으로 직접 만든 공예품을 파는 소소하고 정겨운 장터였다. 그중에서 지역 교회에서 나온 중년 여성들이 팔고 있는 헝겊 인형이 너무 인상적이고 웃겼다. 사람 모양의 헝겊 인형에 펜으로 아픈 부위를 나누어 그려놓았고, 각 부위에는 이런 말들이 쓰여 있었다. 두통, 홍조, 탈모, 뱃살, 무릎 관절염 등등. 이게 도대체 뭐냐고 물으니, 이걸 파는 중년 여성 세 명이 킥킥거리며 설명하기를 갱년기 여성들을 위한

'거꾸로 저주인형'이라고 했다. 이 인형을 사면 바늘이 덤으로 따라오는데, 그 바늘로 아픈 부위를 찌르면 해당하는 갱년기 증상이 사라지는 것이라고. 와우, 거꾸로 저주인형이라니! 이거야말로 주술이자 마법이자 미술치료이지 않은가!

마법이 별거인가? 괴로운 것에 관하여 친구들과 이야기하다가 빵 터져서 깔깔대며 웃을 때, 기운 없이 축 늘어져 있는 나 자신을 일으켜 세울 때, 고작 손톱만 한 그림으로 다 잘될 거 같은 기분이 들 때, 이런 것이 다 마법 아닐까?

한정된 시간을 사는 우리에게 필요한 것은 무한한 가능성이나 완벽한 자유가 아니라 주어진 삶에서 더 많은 마법의 순간을 만나는 일일 테다. 어떤 벽은 끝내 못 뚫을 것이고, 어떤 길은 끝내 찾지 못하겠지만, 원하는 것을 이루지 못하였더라도 우리는 깔깔대고 웃는 마법 같은 순간들을 많이 누릴 수 있다.

만약 지금 당신이 헤매다가 벽을 만나서 한 발짝도 나아갈 수 없고, 그래서 창조도 마법도 부릴 여지가 없다고 굳건히 믿고 있다면 다음 마법의 주문을 외워보자. '아무리 헤매도 지구이다.' 우리는 여기에서 절대 떨어지지 않을 것이며, 삶은 어떤 모습으로라도 흐른다.

6부

거대한 연결 속으로

땅속 벌레들을 내 맘대로 그리며
보이지 않는 땅속 세상에 매료가 되었던
어린 시절이 떠올랐다.
보이지 않고 느껴지지 않아도
우리는 늘 땅과 닿아 있다.

땅속 벌레
유화, 2025

산호처럼 우리도 부분이자 전체

지구 밖에서도 만리장성이 보인다는 설이 있었으나 이 것은 사실이 아니라고 한다. 하지만 지구 밖에서 보이는 생 명체는 진짜로 있다. 바로 호주의 그레이트 배리어 리프Great Barrier Reef, 즉 대산호초이다. 대산호초는 호주 대륙의 옆면을 따라 널리 분포되어 있는 산호 군락인데, 그 길이가 2,000킬 로미터 정도로 남한과 북한을 합친 한반도 길이의 약 두 배이 다. 산호초를 가장 큰 단일 생명체라고 부르는 이유는 셀 수 없이 많은 산호가 하나로 연결되어 있기 때문이다.

산호에 대해 사람들이 묻는 첫 질문은 늘 똑같다. "산호가 동물인가요, 식물인가요, 광물인가요?" 먹이 활동을 하기에 동물로 분류되지만, 광합성을 하고 산소를 만들어내는 등 식물의 면모도 가지고 있다. 그리고 아무리 봐도 식물같이 생겼다. 하지만 산호 자체가 광합성을 하는 것이 아니라 공생관계로 몸속에 같이 사는 미세조류가 광합성을 한다. 한편 산호가 만드는 칼슘이 '산호초'라는 바닷속 지형을 만들기 때문에 과거에는 광물로 분류했을 정도로 광물의 면모도 가졌다.

분류학적으로 산호는 동물이지만, 생태학적으로는 산호가 동물이라고만 말하기 어렵다. 산호가 동물이라면 한 마리 두 마리 셀 수 있어야 하는데, 몇 마리인지 세기가 애매하다. 산호의 기본 단위는 촉수가 달린 '폴립polyp'으로 아주 작은 꽃 한 송이처럼 생겼다. 각각의 폴립은 독자적인 생명이지만 몇천, 몇만 개의 폴립이 하나의 군락을 이루며 영양분을 나눠 먹으며 함께 산다. 이 때문에 한 '폴립'을 한 마리로 볼 수도 있고, 셀 수 없이 많은 폴립이 모여 형성한 한 '군락'을 한 마리로 볼 수도 있다. 그래서 산호에 대하여 자주 하는 말이 이것이다. "산호는 부분이자 전체이다." 인간인 우리가

제주 연산호 폴립

산호의 기본 단위는 그리스어로 '많은 다리'를 뜻하는 폴립polyp
이다. 사진에서 꽃봉오리처럼 보이는 부분이 폴립으로, 원통 모양
의 입 주위에 여러 개의 촉수가 둘러싸고 있다. 수많은 폴립이 모
여 산호 군체를 만들고 산호 군체들이 모여 산호 군락을 이루기
때문에 산호는 폴립 하나를 일컫는 말일 수도 있고, 군락 전체를
일컫는 말일 수도 있다.

각각 한 명의 독립된 개인person이면서 동시에 인류human의
일부인 것과 비슷하다.

　　산호는 바닷물 온도가 올라가고 해양 오염으로 바다가

황폐화하면 가장 먼저 죽는 종의 하나이다. 그리고 산호는 연결된 군락이 한꺼번에 죽기 때문에 그 피해가 어마어마하다. 호주 대산호초의 경우 1995년부터 지금까지 50퍼센트 이상이 죽었으며,[1] 2024년 여름 최악의 백화현상이 보고되었다.[2] 지난 30년 동안 지구의 바다는 매해 여름마다 가장 높은 온도를 경신하고 있으며, 해양과학자들은 지금처럼 기후 변화가 계속된다면 2050년 전 지구의 모든 산호가 멸종할 것이라고 경고한다.

산호가 죽는 것이 우리와 무슨 상관이냐고 할 수도 있다. 하지만 지구의 모든 종은 유기적으로 연결되어 있다. 산호는 바다 전체의 1퍼센트의 면적만 차지하지만, 막 태어난 아기 물고기의 25퍼센트가 산호의 품에서 산다. 산호가 죽고 사는 것은 연결과 연결을 통해서 바다 생태계 전체와 바다에 기대어 사는 모든 생명체에 큰 영향을 미친다.[3] 또한 산소의 70퍼센트가 숲이 아닌 바다에서 온다. 바다의 해조류, 플랑크톤 그리고 산호가 육상 생명의 생존에 필수적인 산소를 만들어준다. 우리는 산소 호흡을 하기에 끝내 산호와 연결이 되어 있는 운명이다.

그렇다면 산호는 어떻게 살릴 수 있을까? 산호만 살릴 수 있는 방법은 없고, 산호를 살리기 위해서는 지구를 위협

하는 기후변화를 막아야 한다. 이는 전 지구적인 문제로 해결책에도 전 지구적인 관점이 필요한 상황이다.

기후위기의 문제는 너무나 복잡하고 거대하다. 관심이 있는 개인들의 노력은 미약한 반면 기후위기를 부정하고 개발을 주장하는 이들의 힘은 커서 뭔가를 하려고 하면 무력감이나 우울감을 느끼기가 쉽다. 또한 기후변화를 막고자 하는 노력을 포기하고 더 높은 온도에서 생존할 수 있는 작물을 찾으려고 노력하거나 오히려 기후변화 속에서 이윤을 얻고자 하는 이들도 있다. 빙하가 녹으면서 쉬워진 북극의 자원개발에 미국의 트럼프 정부가 눈독을 들이는 것처럼 말이다. 이런 상황에서 대다수의 평범한 사람들은 안타까워는 하지만, 뭐를 해야 할지 몰라 손을 놓고 있다.

이야기꾼 호모 사피엔스에게
필요한 희망

유발 하라리Yuval Harari는 『사피엔스』에서 호모 사피엔스보다 더 크고 힘세고 우세한 종들이 있었지만, 호모 사피엔스가 결국 지구의 우세종이 된 이유는 이들이 이야기를 발달

시켰고 이야기를 통해서 수많은 사람이 협력할 수 있었기 때문이라고 썼다. 그렇게 협력을 통해서 놀라운 일을 이루었음에도 우리는 지금 우리의 가장 위대하고 가장 필요한 협력의 힘을 사용하지 못하고 있다. 왜 그럴까? 여러 이유가 있겠지만, 우리가 희망이 없는 일에 마음을 쏟거나 앞으로 나아가는 것을 못 하는 특징을 가지고 있기 때문인 것 같다. 우리는 희망이 없고 상상할 수 없는 일을 향해 발을 내딛는 것을 잘 못 한다. 그런데 희망이라는 것이 분명히 눈에 보이는 확실한 증거에 기반한 것일 필요는 없다. 우리는 증거를 보고 움직이는 것이 아니라, 우리에게 감동과 용기를 주는 이야기에서 희망을 얻고 앞으로 나아왔다.

분쟁, 재난, 전쟁 등을 취재해온 저널리스트인 아만다 리플리Amanda Ripley가 『극한 갈등』이란 책에서 썼듯이, 사람들이 분쟁을 이어가면 양극단의 입장을 가진 사람들이 점점 목소리 높여 싸우게 되고, 중간에 있는 대다수 사람은 슬슬 자리를 피한다. 그러다 보면 마치 세상에는 양극단의 의견만 있는 것 같아 보이는데, 그것은 사실이 아니다.[4] 기후위기도 마찬가지로 "기술이 모든 것을 구할 거야"와 "인간이 죽어야 해" 하는 양극단의 이야기만 들린다. 이 양극단의 이야기는 단합을 이끌지 않는다. 양극단의 목소리 사이에 있는 대다수 사람은 어디서 희망을 찾아야 할지를 모르겠기에 목소리를 낮춘다. 사소한 것을 가지고 부득부득 싸우기도 한다.

기후와 예술에 대한 내 작업을 소개하는 자리에서 다른 작가에게 공격받은 적이 있다. 공격의 내용은 다음과 같았다. "당신은 그럼 전기를 안 쓰냐? 운전은 왜 하냐? (주최 측이 준비해준) 일회용 컵의 음료는 왜 마시냐?" 개인들이 서로에게 손가락질하며 서로를 미워하고 함께 힘을 합쳐서 변화를 이룰 수 있다는 희망을 잃어가는 동안 누군가는 숲을 파괴하고 바닷속을 파괴하면서 큰돈을 번다.

어떤 이야기가 우리를 협력하게 할지, 절망에도 불구하고 우리가 어떤 이야기를 붙들고 일어설 수 있을지 잘 모르겠다. 하지만 인간만이 싸우는 주체는 아니라는 점이 내게는 큰 희망이다. 세상은 인간만으로 이루어져 있지 않고, 지구의 이야기를 인간만 독점하고 있지 않다. 그 예로, 이 상황에서 산호는 가만히 당하고만 있지 않다.

산호는 여러 방식으로 번식하는데, 가장 놀라운 것은 1년에 딱 한 번 일어나는 대규모 산란이다. 이때 암수 산호가 정자와 난자를 동시에 바닷물로 내뿜어 수정한다. 호주 대산호초의 대규모 산란은 10월이나 11월 보름달 직후에 일어난다. 약 30분에 걸쳐 그 근방 몇 킬로미터 안에 있는 산호들이 일

제히 산란하는데, 멀리 떨어져 있는 산호들이 어떻게 이 시간을 맞추는지가 미스터리이다. 달의 빛을 감지한다는 정도만 알려져 있고, 과학자들도 정확하게는 모른다. 그리고 2023년 가을, 지난 30년간 반 이상이 이미 죽은 대산호초에서 사상 최고 규모의 산란이 일어났다. 그 광경을 찍은 영상을 보면 경이로워서 눈물이 난다. 산호들이 일제히 수십만 개의 알을 뿜어내어 바닷속에 눈이 가득 내리는 듯하다.[5] 산호를 살리고자 하는 것은 인간들만이 아니다. 산호들도 스스로를 살리려고 애쓰고 있다.

제주에
산호가 산다

산호가 호주에만 있는 것은 아니다. 지구 바다 전역에 사는데 제주 서귀포 앞바다 범섬과 문섬 근처에도 세계적인 연산호 군락지가 있다. 이곳을 사람들은 산호정원이라고 부른다. 제주 앞바다에 있는 연산호는 딱딱한 형태가 아니라 부드러운 꽃 같다. 공기통을 메고 들어가서 처음 만난 바닷속과 연산호는 너무나 놀랍고 경이로웠다. 어떻게 이렇게 아

산호정원, 제주 연산호 군락

제주 서귀포 앞바다 범섬과 문섬 근처에는 세계적인 연산호 군락이 있다. 연산호는 꽃처럼 부드럽고 유연한 형태의 산호이며 육상의 맨드라미를 닮았다고 해서 자색수지맨드라미, 분홍바다맨드라미, 큰수지맨드라미와 같은 이름으로 불린다. 근 몇 년 동안 해수 온도가 급격히 상승하면서 연산호들이 집단 폐사하는 현상이 발생하고 있다.

름다운 생명이 내가 사는 제주 앞바다에 있지? 어떻게 우리는 산호가 죽어간다는 것을, 아니 존재한다는 것 자체를 몰랐지? 처음으로 산호를 만난 날, 경이로움과 절망스러움을 동시에 경험하면서 마음이 쓰라렸다. '뭐라도 해야지 않을까?' 그래서 그 '뭐라도'를 시작했고, 그것이 내게는 뜨개질이었다.

　나는 미술치료사이지만 커뮤니티 예술가이기도 하고, 패턴이 없는 자유로운 뜨개를 뜨는 취미를 가졌다. 무엇보다 2007년 시카고 문화센터에서 본 산호뜨개 전시를 잊지 못하고 있었다.[6] 이 전시는 그때까지 내가 보았던 전시 중 가장 감동적이었다. 몇몇 뛰어난 예술가가 만든 작품이 아닌, 뜨개질이 취미인 수많은 사람이 코바늘로 꼬불꼬불 형형색색의 생동감 넘치는 바닷속 풍경을 만들어낸 작품들이 10여 미터의 테이블 위와 전시실 벽과 바닥 곳곳에 펼쳐져 있었다. "우와, 우와." 연신 감탄하고 뛰어다니다시피 하며 전시를 보았다. 내가 사랑하는 예술의 본질을 만난 듯했다. 자유롭고, 창조적이고, 마음을 생동케 하고, 공감을 움직였다. 몇몇 전문 직업 예술가가 아니라 많은 보통의 사람이 함께 만든 꼬불꼬불하고 알록달록한, 형태가 없고 자유로운 뜨개질을 모으니 바닷속 산호의 모습이라니! 감전이라도 된 듯 온몸이 찌릿찌릿했다.

산호뜨개의
시작

시카고에서 산호뜨개 전시를 보고 10년쯤 지나 제주 바닷속 산호를 만나고, 위태로운 바다의 이야기를 들었다. 생태예술단체인 '에코오롯'을 함께 만든 친구 혜영이와 넷플릭스 다큐멘터리 〈산호초를 찾아서〉를 보다가 '그것'을 해야겠다고 마음먹었다. 그 순간 마음속에서 이런 소리가 들렸다. "지금이야!"

산호뜨개 첫 모임에 온 참여자는 딱 두 명이었다. 지지해주려고 온 친구들인 주희와 종섭. 모든 일의 시작에는 아직 아무런 형태가 없는데도 응원해주고 믿어준 사람들이 있다. 그들이 없었다면 시작조차 못 했을 것인데, 산호뜨개가 특히 그러했다. 이렇게 두 명을 시작으로, 7년간 총 500명 정도의 사람들이 참여하여 7회의 크고 작은 전시를 했고, 150회의 워크숍을 진행했다.

프로젝트 진행은 잘되었지만, 산호뜨개를 가르치는 것은 많이 어려웠다. 가르칠 게 별로 없기 때문이기도 했다. 산호뜨개는 가장 기초적인 코바늘 뜨개 기술만 있으면 되고 더이상 배울 것이 없다. 패턴이 있는 것도 아니고, 정해진 기법

© 에코오롯

〈제주산호뜨개〉

〈제주산호뜨개〉는 정은혜가 대표로 있는 생태예술단체 에코오롯에서 지난 7년간 진행해온 뜨개 프로젝트이다. 그동안 약 500명의 사람과 함께 코바늘로 바다의 산호 모양을 떴으며, 이 활동을 통해 2050년 멸종위기에 처한 산호를 알리고 있다.

이 있는 것도 아니고, 산호가 이렇게 생겼으니 이렇게 뜨라는 것이 없다. 바닷속 산호는 전 세계적으로 7,500종이 있고 우리나라에는 170여 종이 있다고 하는데,[7] 다 다르게 생겼기 때문에 아무렇게나 떠도 된다고 말해주고는 한다. 그런데

'아무렇게'라는 말에 사람들이 머뭇거렸고, 반복적으로 물었다. "정말 아무렇게나 떠도 돼요?" "정말 아무 색이나 써도 돼요?" "정말 도안이 없어요?"

첫 산호뜨개 연속 강좌를 제주도립미술관에서 진행했는데, 신청자 대부분은 뜨개를 배우려는 분들이었다. 그런 분들에게 기본 코바늘 기술을 가르친 후에 더 이상 알려드릴 것이 없으니 이제부터는 마음대로 뜨라고 하니 당황해하셨다. 게다가 찬란한 산호가 색을 잃고 흰 뼈대가 남은 채로 죽어가는 영상을 보여주며 설명하다가 "산호가… 흑흑… 산호가… 죽어가고 있어요" 하고 눈물이 터져버렸다. 그랬더니 다음 날 수강생의 반이 수업을 취소했다. 하지만 남은 분들과는 끝까지 수업을 열정적으로 이어갔고, 2개월의 수업이 끝나고도 모임을 만들어서 계속 뜨고 전시도 함께했다.

산호뜨개 프로젝트는 전시를 통해서 사람들에게 알려졌지만, 이 프로젝트의 가장 중요한 핵심은 산호뜨개를 같이 하는 시간이었다. 뜨개질은 아무리 빨리 해도 한 코 한 코를 건너뛸 수 없고, 손을 움직이다 보면 상상이 자유로워지는 효과가 있었다. 이 시간이 길어지면서 사람들이 산호의 형태에 눈을 뜨기 시작했다. 브로콜리나 양배추를 반으로 자르다가 산호를 발견하기도 하고, 나무나 꽃에서 산호를 보기도 하고, 아이들의 그림에서 산호를 찾았다. "우리 딸이 그동안 산호를 그리고 있었어요!"라며 감탄하던 아이의 엄마는 마치 세상의 이치를 깨달은 양 눈을 반짝였다. 많은 산호뜨개 참여자들이 "놀라워요! 산호를 뜨기 시작하니 세상에 꼬불꼬불한 것들이 이제야 보여요!"라고 했다. 직선의 사고를 하고, 직선과 직각의 건물, 방, 책상, 종이 등으로 둘러싸여 사는 우리가, 자연의 꼬불꼬불한 형태에 눈을 뜬 것이었다.

또 다른 의도치 않은 효과는 목도리를 뜨다가 좌절한 이들에게 자유와 해방감을 선사했다는 점이다. 왕기초 기술인 사슬뜨기 기법으로 뜬 자신의 첫 작품을 들고는 "제가… 갯지렁이를 떴어요!"라고 기뻐하던 젊은 남성도 있었고, 할 줄 아는 것이 사슬뜨기밖에 없다며 긴 줄을 몇 미터를 뜬 다음에 그것을 이리저리 꼬아 해파리를 만든 여성도 있었다. 이렇게 무엇을 뜨겠다고 마음을 먹고 시작하는 것이 아니라, 아무렇게나 뜨고 그것과 비슷한 해양동물을 찾다 보니 바다가 아닌 것이 없었다!

이렇게 우리는 뜨개질을 하며 눈과 마음을 떴고, 우리의 상상을 바다로 이어갔다. 우리 인간은 손으로 만든 것에 애착을 갖게 되는데, 이렇게 한 코 한 코 떠서 만든 산호를 보고 예뻐하고 기뻐하면서 정말 바다에 이런 산호가 있는지 묻고는 했다. 그럴 때마다 내 대답은 한결같았다. "그럼요! 우리는 산호의 상상을 따라가지 못해요. 그러니 마음껏 상상력을 펼쳐보세요. 그래도 산호를 따라가지 못할걸요?" 그렇게 펼쳐지는 우리의 상상력이 꼬불꼬불 바다로 향하고 산호로 향했다. 느릿느릿 한 코 한 코씩만 뜨는 뜨개질은 우리의 마음까지 바다로 이어주었다.

그렇게 신나게 산호뜨개를 했지만 산호를 뜨는 것이 산호를 살리냐고 묻는다면, 그렇지는 않다. 하지만 꼭 그렇지 않다고도 말을 못 하겠다. 누군가를 없는 사람 취급해서 스스로를 죽이게 하는 것, 경쟁에서 내몰려서 죽고 싶게끔 만드는 것, 소문을 통해서 무수한 비수를 꽂는 것 등 우리는 이야기와 신념과 소문만으로 누구를 간접적으로 죽일 수 있다. 살리는 것도 마찬가지여서, 직접 살리지 않더라도 살아가게 용기를 주고, 손을 잡아 같이 일어설 수도 있다. 산호를 뜨는 것으로 산호를 직접 살릴 수는 없겠지만, 적어도 우리가 사랑하는 여기 제주 바다에 산호가 있음을 목청껏 알릴 수는 있다.

사람들과 한 코 한 코 천천히 산호를 뜨면서 산호를 사랑하게 하고 싶었다. 우리는 사랑하는 것만 지키고자 애쓰기 때문이다.

보이지 않아도 연결

캐나다 이민 후 첫 고등학교 여름방학이 시작되었다. 한국과 달리 여름방학이 매우 길었고 숙제가 딱 하나 있었는데, 에코시스템을 만들어 살려오는 것이었다. 당시는 영어를 거의 못 할 때여서 이걸 왜 하라는 것인지, 에코시스템이 무슨 뜻인지 몰랐다. '왜'는 몰랐지만 '뭐'는 간단했다. 병에 흙 조금, 풀 한 포기, 벌레 한 마리를 넣고, 물을 조금 뿌린 후에 병을 완전히 밀봉하고 여름방학 동안 이 모든 것을 살려오는 것이 숙제였다. 이게 가능해? 공기도 물도 먹이도 안 주는데? 풀이 죽기도 하고, 벌레가 죽기도 했다. 그러다가 서너 번 시도했을 때 정말 신비한 일이 일어났다. 낮에는 병 안이 뽀송뽀송한데 밤에는 습기로 병 안에 안개가 끼고, 풀이 자라고, 애벌레가 통통하게 살이 올랐다. 풀이 광합성을 하고, 흙 안에 있는 영양분을 벌레가 먹고, 물이 순환했다. 이것이 바로, 지구다.

지구 밖에서 보이는 가장 큰 생명이 산호초라면, 눈으로는 보이지 않지만 지구에서 가장 큰 생명체는 균근망mycorr-hizal network이다. 균근망은 땅속에 사는 균류가 나무의 뿌리와 공생하며 형성하는 네트워크를 말한다. 균류는 현미경으로만 관찰이 가능한 곰팡이가 있고, 육안으로 식별되는 크기의 자실체(우리가 아는 버섯)를 가진 버섯류가 있다. 균류는 땅속에 광범위한 그물망을 만들어 땅속 생명들을 연결한다. 이 그물망을 펼친다면, 그 크기가 은하수와 비견된다고 한다. 도대체 은하수만큼 크다는 것이 무슨 뜻일까? 상상의 한계를 넘어서는 크기이다. 이렇게 땅속 네트워크는 우리가 알지 못하는 사이 거의 모든 식물의 뿌리를 연결하며 떨어져 있는 뿌리와 뿌리 사이로 양분을 공급해 서로를 키운다. 지구 식물의 70퍼센트 이상이 균류와 공생관계에 있다고 하는데, 땅속 균류는 식물의 뿌리가 못 가는 곳까지 갈 수 있어 미네랄 등을 흡수해 식물에 전달하는 역할을 한다. 그러면 식물은 광합성을 해서 만든 당 성분을 제공하는 등 서로가 서로를 키우고 보살핀다. 또한 동식물이 죽어서 땅에 묻히면 다시 자연으로 돌아가는 것도 균류 덕이다.

요즘은 땅에 묻히는 경우가 별로 없지만, 우리는 죽어서 땅으로 돌아가고 싶은 마음, 살던 곳의 토양에 묻히고 싶은 마음을 여전히 간직하고 있다. 캐나다에서 사시다 그곳에서 돌아가신 아버지는 살아생전 한국에 묻히실 곳을 미리 마련하셨는데, 그날 크게 기뻐하셨다고 들었다. 인간은 죽을 때가 되면 또는 죽어서라도 고향으로 돌아가고 싶어 한다.

나무를 사랑하고 자연을 사랑하고 사람을 몹시 사랑하는 등반가이자 숲 안내자이자 춤꾼인 제주바람 언니가 그랬다. 가물다가 비가 많이 올 때 나무에 귀를 대면 나무가 신이 나서 물을 쪽쪽 빨아들이는 소리를 들을 수 있다고. '에이, 설마~ 청진기 같은 게 있으면 몰라도~'라고 속으로 생각했는데, 그 이야기가 기억에 남았다. 그래서 가물었다가 비가 한 차례 오고 간 날, 숲에 들어가서 귀를 나무에 대고 끌어안았다. 그런데 물을 마시는 소리는 안 들렸지만, 나무가 들숨과

날숨을 번갈아 가며 쉬는 것이 아닌가! 진짜 깜짝 놀랐다. 나무가 숨을 쉰다고? 내가 착각했겠지? 다시 나무를 끌어안았는데, 다시금 가슴을 벌렁거리며 숨을 쉬는 게 아닌가. 너무 놀라서 주변 나무들을 둘러보았다. 그제야 '숨'의 정체를 알수 있었다. 숲 안은 나무들로 촘촘해서 바람이 들어오지 않았지만, 나무 꼭대기는 바람에 흔들려 춤추고 있었다. 눈으로는 보이지 않지만 나무를 끌어안고 춤추는 나무를 몸으로느낀 거였다.

코로나19 유행이 끝난 직후 전국에서 온 문화예술교육 강사님들을 대상으로 생태예술교육을 진행했다. 아쉽게 바람이 많이 부는 날도 비가 온 후도 아니었지만, 멀리서 오시느라 피곤하니 일단 나무를 끌어안자고 했다. 나무 끌어안기는 피곤할 때 즉각적으로 기운 나게 하는 약이기 때문이다. 그런데 전혀 예상하지 못했던 반응이 나왔다. 나무를 끌어안은 적이 없다는 사람, 벌레가 있을 것 같아서 못 안겠다는 사람, 하긴 하는데 얼굴을 못 대겠다는 사람 등등. 이분들도 당황했겠으나, 나 역시 마찬가지였다. 심지어 자연에서 하는 생태예술을 배우려고 높은 경쟁률을 뚫고 신청해서 오신 분들이 아닌가. 특히 어린 시절 자연에서 놀았던 추억이 있는 중년의 선생님들까지 많이 혼란스러워했다. 한 분은 나무를 만지려니 식은땀이 나고 두려움이 일어난다며 자신의 반응에 당황스러워했다. 코로나19 이전에는 안 그랬는데 이후 바이러스, 벌레, 보이지 않는 꼬물꼬물한 것들에 두려움이 생겼음을 알게 되었다고 했다.

다음 활동으로 숲에 눕기를 준비했다. 나무뿌리 가까이에 있는 낙엽 등을 그러모아 그 자리에 누운 다음에 낙엽들을 몸 위에 덮고 쉬는 편안한 활동이다. 제주 숲의 땅은 흙보다 돌이 많아서 나무뿌리들이 땅속으로 깊게 파고 들어가기를 못하고 일부가 땅 위에 넓게 퍼지거나, 뿌리들이 돌을 움켜쥐고 있는 경우가 많다. 그렇기에 흙 밖으로 나온 뿌리들 사이에 사람이 쪼그리고 누울 공간이 있다.

"뭐라고요? 여기에 누우라고요?" 활동을 설명하고 "자, 이제 누워보세요"라고 한 말에 대한 반응이었다. 나는 또다시 깜짝 놀랐다. 선생님들이 물었다. "벌레가 없나요?" "여기 숲인데요? 당연히 벌레가 있지요." 그렇게 평행선을 달리는 대화가 오고 갔고, 수업이 진행되지 않았다. 안 되겠다 싶어서 "제가 보여드릴게요" 하면서 먼저 누웠다. 우리가 갔던 그 숲은 나무뿌리 주변에 삼나무 가지와 잎들이 켜켜이 쌓여 있었다. 이것들을 한 아름 걷어내고 그 속에 누운 다음에 덮어달라고 했다. 땅을 파고 누운 것은 아니었으나, 땅속에 들어간 것 같은 비주얼이 되었다. 눈을 감고 있었는데, 역시나 너무 좋았다. 조금 있다가 나뭇가지와 흙을 털고 일어나면서, "자, 이제 여러분이 하시죠" 했더니, 사색이 된 사람들이 손사래를 치며 뒷걸음질을 쳤다.

얼마나 포근한지, 흙냄새가 얼마나 좋은지, 잠깐 누웠는데도 머리가 얼마나 상쾌한지를 말하며 계속 꼬셨더니 두 명이 해보겠다고 나섰다. 그래서 우리는 신나게 그분들을 '묻어'드렸다. '묻는' 사람들은 신이 났고 '묻히는' 사람들은 긴장한 모습이었다. 그런데 다 묻히고 얼마 있으니 긴장한 표정이 점점 풀어지면서 평화로운 얼굴이 되었다. 나무뿌리 일부가 된 것 같은 모습은 무척 아름다웠다. 이 경험을 하고 나서 다음과 같이 소감을 나눠주셨다.

"사람이 죽을 때 인생에서 중요한 장면들이 사진처럼 스친다고 하잖아요. 그 장면 중의 하나가 오늘의 경험일 것 같아요. 죽을 때까지 못 잊을 것 같네요." 다른 분은 코가 찡하신지 말끝을 맺지 못하셨다. "흙과 뿌리의 냄새, 흙의 촉감과 온도가 너무나 부드럽고 따뜻…" 눕지는 못했지만, 나중에 나무 껴안기를 하신 한 분이 우셨다. "처음에는 나무의 이끼를 만질 수도 없었어요. 내 안에 이끼를 못 만지는 두려움이 있다는 것을 이번에 처음 알고 너무나 놀랐어요. 그런데 마지막 활동을 할 때 용기를 내서 뺨을 이끼에 대었는데… 이끼가 너무 부드럽고 따뜻하고 냄새가 좋아서…." 여기까지 말씀하시고 낮게 흐느꼈다.

이 워크숍이 끝나고 내가 왜 그렇게 참여자들을 밀어붙였던가를 곰곰이 생각해보았다. 당황하기도 했고, 화가 나기도 했던 것 같다. 숲이 더럽다고, 이끼가 징그럽다고, 나무뿌리 냄새가 안 좋을 거라고 상상하는 것에 말이다. 적어도 우리는 그러지 말아야지 않냐고 따지고 싶은 마음이기도 했다. 그런데 화낼 것이 아니라 좀 더 정성껏 안내했어야 했다.

같은 활동을 다음에 또 했을 때는 천천히 안심시켜 가며 진행했다. 다수의 영향력도 활용했다. 여러 사회심리 연구 결과를 보면 개인들은 자기 주도성에 의해 어떤 선택을 한다고 생각하지만, 다수가 만드는 분위기를 따라가는 경우가 훨씬 많다. 이 원칙에 따른다면 다른 사람들이 자연을 편안하게 대한다면 자신도 아무렇지 않게 대할 확률이 높아진다. 그래서 우리 팀의 여러 선생님이 먼저 나무의 뿌리가 되는 모습을 보여주니, 참여율이 100퍼센트로 늘었다.

나중에 이야기를 들어보니, 미리 이 활동을 공지했기 때문에 몸을 감을 수건, 재킷, 모자 등을 가져와 완전히 몸을 가린 상태에서 하려고 했는데, 우리 선생님들이 맨살로 아무렇지 않게 하는 것을 보고 "어… 어… 어…" 하면서 그냥 눕게 되었다고 했다. 또 막상 누워보니 포근하고 편안해서 놀라웠다고 했다. 이번에도 죽음에 관한 이야기가 반복적으로 나왔다. "죽음이 조금은 덜 무서워졌어요." "죽음이 이렇다면 괜찮을 거 같겠다고 생각했어요." 또 다른 분은 이렇게 말씀하셨다. "처음에는 너무 무서웠는데, 그 속에 들어가서는 너무 놀라웠어요. 뿌리와 흙냄새가 얼마나 포근하던지. 흙의 촉감이 얼마나 부드러운지. 나무뿌리 일부가 되어 땅에 묻히는 느낌이었는데, 그게 너무나 편안해서 일어나고 싶지 않았어요."

우리 모두 죽어서 자연으로 돌아간다는 사실이 은유적으로도 실제적으로도 괜찮게 여겨진다면 우리가 맺는 자연과의 관계가 좀 달라질까? 자연의 일부인 우리는 누구나 이 순환의 어느 단계 안에 놓여 있다. 이 순환을 잘 받아들이면, 자연을 파괴하고 영원히 살고픈 욕망을 좀 내려놓고 우리가 죽이는 다른 생명들에게 연민을 더 가질 수 있을까. 사는 것도 죽는 것도 약간은 덜 무서워지지 않을까.

우리의 다정을 벌레에게

2022년 초여름 출판사에서 연락이 왔다. 출판사 블로그 유입량이 평소의 열두 배가 넘어 깜짝 놀라 살펴보니 사람들이 '정은혜 작가'라는 키워드로 검색했다고 했다. 내 SNS에도 일면식이 없는 사람들의 댓글이 달리기 시작했다. "작가님 그림 참 좋아요." 기분이 좋았다. 이제야 나의 그림들이 세상의 인정을 받는가! 그러다가 조각들이 맞춰지기 시작했다. 여러 통의 전화를 받은 후였다.

"정은혜 작가님?" "네, 그런데요"로 시작하는 대화가 이상한 방향으로 흘렀고, 정은혜 작가를 찾던 사람이 "아, 죄송합니다" 하고 당황하며 전화를 끊었다. "정은혜 어딨어? 빨리 나와. 집 앞이야"라는 전화를 받고는 맨발로 뛰어나갈 뻔했고, 새로 생기는 갤러리에서 내 그림으로 전시 오픈을 하고 싶다는 말에 전시 계약을 할 뻔했다. 안 봐서 몰랐는데, 제주를 배경으로 한 드라마 〈우리들의 블루스〉에 내가 아닌 다른 정은혜 작가가 나온 것이다. 오래전부터 아웃사이더 아트 outsider art에 관심이 있어 알록달록하고 따뜻한 정은혜 작가의 초상화들을 참 좋아해왔는데, 나에게는 이미 유명한 그녀가 드라마에 출연한 이후로 사회적으로 유명 인사가 되었음을, 그제야 알았다.

다른 요청들에는 "정은혜 작가이기는 한데 그 정은혜 작가는 아니에요"라고 웃어넘겼는데, 모르는 척 그냥 내가 할까 살짝 고민했던 건이 하나 있다. 미국에 사시는 교포 노부부에게 긴 편지가 왔다. 50년 결혼 기념으로 정은혜 작가님께 두 분의 초상화를 의뢰하고 싶다고 하셨다. 그 편지에서 이 노부부가 함께 걸어온 긴 세월의 사랑과 감사함이 느껴져서 코끝이 찡해졌고, '네, 해드릴게요'라고 말할 뻔했다. '그 정은혜 작가님 스타일로 그려 드릴게요'라며 말이다.

나도 초상화 그리는 것을 좋아한다. 청소년 시기에는 좋아하는 연애인 초상화를 많이 그렸고, 미대를 다닐 때는 자화상 시리즈를 그렸다. 내 안에 어둡고 웅크리고 있는 것들을 그려 무섭기도 한 느낌의 그림들이기는 했지만, 나를 오랫동안 빤히 바라보며 나 자신을 깊게 만나는 느낌이 들던 작품들이다. 내 첫 번째 책『치유적이고 창조적인 순간』에 나오는 이야기인데, 미국 시카고 정신병원에서 일할 때 자신이 외계인이다, 예수의 사도다, 귀신이 보인다고 하는 사람들에게 초상화를 그려주는 것으로 최고의 인기를 누렸던 적도 있다.[8]

누군가의 초상화를 그린다는 것은 사랑에 빠지는 것과 비슷한 느낌이 있다. 익숙한 얼굴이라도 초상화를 그리기 위해 자세히 보고 또 보다 보면 그제야 대상을 제대로 본다는 느낌이 있기 때문이다. 언젠가 친구의 얼굴이 선명하게 보이던 순간을 기억한다. 우리는 수년간 친구였고 엄청난 수다를 떨면서 굉장히 많이 봐왔을 텐데, 깊은 대화를 하는 그 순간 찬찬히 바라보던 내 친구의 얼굴을 그제야 만난다는 느낌이 있었고, 그 얼굴이 참 아름다웠다.

누군가의 초상화를 그려본 적이 있다면, 또는 눈으로 그림을 그리듯 사랑하는 이의 얼굴을 찬찬히 바라본 적이 있다면, 영화 〈아바타〉에서 나비족의 "나는 당신을 봅니다 I see you"
가 무슨 말인지 알 것이다. 잘 본다는 것은 타인의 존재를 마
주한다는 뜻인데, 비대면이 많아지고 감정표현을 이모티콘
으로 대신 전달하면서 우리는 사실 타인을 잘 보지 않는다.
끊임없이 비교하는 마음으로 훑어볼 뿐이다. 우리의 눈과 시
각중추는 필요한 최소한의 정보만을 보며, 이 정보들을 가지
고 형상을 만드는 것은 눈이 아니라 뇌이다. 그래서 늘 대충
만 보다가 초상화를 그리거나 사랑하는 사람의 얼굴을 볼 때
그제야 진짜로 본다. 그것과 반대는 편견이다. 자세히 보지
않고 다 봤다고, 다 안다고 생각하며 대략적인 정보에 자신
의 신념이나 편견을 섞어서 형상을 만드는 행위이다.

　미국에 살던 어느 날 미용실에 머리를 하러 갔는데, 나
보고 한국 사람이냐고 물어서 그렇다고 했더니 미용사가 뭐
하나 물어봐도 되겠냐며 조심스럽게 말했다. 무엇을 물어보
려고 뜸을 들이는지 긴장한 채로 고개를 끄덕거렸다. 자기가
한국 드라마를 봤는데, 엄마가 김치로 딸의 남자친구의 얼굴
을 때리는 장면이 있었다는 거다. 즉 우리에게는 익숙한 '김
치 싸대기' 장면을 본 것인데, 미용사는 도대체 왜 김치로 때
리냐며 정말 정~말 궁금하다는 표정으로 물었다. 그때는 잘
설명하지 못했는데, 김치 싸대기는 한국인 고유의 혐오 표현

인 듯하다.

혐오는 단순히 말하면 상대를 더럽고 썩었다고 여겨 토하고 싶은 감정이다. 감정 연구자인 폴 에크먼Paul Eckman에 의하면 혐오는 인간의 가장 기본적인 여섯 감정(행복, 슬픔, 화, 놀람, 두려움, 혐오) 중 하나로 본래부터 가지고 태어난다고 보았다.[9] 한국에는 귀신이나 더러운 것, 오지 말아야 할 사람이 오면 소금을 뿌리는 풍습이 있는데, 소금을 가득 품고 있는 김치로 때리는 것도 혐오 반응이 아닐까.

혐오 반응은 소금 뿌리기 이전에 여러 가지가 있지만 제일 먼저 일어나는 반응은 쳐다도 보지 않는 것이다. 제대로 보지 않고 옆눈으로만 흘겨보며 몸을 옆으로 돌리는 특유의 혐오 보디랭귀지가 있다. 그렇다면 혐오와 편견을 넘어가기 위해서는 다가가고 들여다보게 하는 감정이 필요한데, 그것은 바로 호기심이다.

벌레를 위한
집짓기

숲에서 벌레를 위한 '벌레 건축'이란 활동을 자주 해왔다. 나뭇가지, 나뭇잎, 떨어진 열매 등으로 벌레를 위한 작은 집을 짓는 활동이다. 벌레를 위해서 벌레집을 만들어준다고 는 하지만, 사실 벌레의 생태계를 모르고 어떤 벌레에게 어떤 집이 필요한지 모르기 때문에 벌레들에게 쓸모 있지는 않을 것이다. 벌레들이 너른 숲을 놔두고 얼기설기 만든 인간의 벌레집을 선택할 것 같지도 않지만, 혐오를 관심으로 바꾸는 법을 익힐 수 있기 때문에 벌레 건축은 인간에게 이롭다.

벌레에게 집을 지어주려면 먼저 시선을 벌레의 높이로 확 내려야 한다. 낮은 눈높이로 숲을 보는 것은 직립보행으로 숲을 거니는 것과는 매우 다른 느낌이다. 땅과 흙을 살피고, 손으로 나뭇가지, 잎사귀, 이끼 등을 만져가며 낮은 시선으로 벌레의 삶을 상상해야 한다. 한 대학의 문화인류학과 대학생들을 대상으로 워크숍을 한 적이 있는데, 처음에는 벌레를 싫어한다고 했지만 나중에 자신이 만든 벌레집에 진짜 벌레가 입주했다며 기쁨의 환호성을 질렀다.

벌레를 위한 집을 만드는 활동이 벌레에 대한 혐오와 두려움을 낮춘다는 것이 의외일지도 모르겠다. 하지만 모든 공포와 두려움은 그 대상을 마주하는 것이 치료법의 시작이자 끝이다. 엘리베이터든 벌레든, 특정 대상에 대한 공포 치료법은 두려워하는 대상을 직시하고 통과하게 안내한다. 이 과정을 천천히 할지 한꺼번에 할지가 다를 뿐이다.

우리가 도망가면서 만나는 것과 '기꺼이' 다가가서 만나는 것 사이에는 엄청나게 다른 태도의 변화가 있다. 뒤로 물러서게 하는 것은 두려움이지만, '기꺼이' 다가가서 만날 때 우리를 이끄는 것은 호기심이다. 그렇기에 호기심은 혐오의 치료제라고도 할 수 있다. 또한 우리는 우리 손으로 만든 것들에 관심과 애정을 가지기 때문에 자신의 손으로 만든 집과 그 집에 들어올 입주 벌레에 관심을 가지게 된다. 재밌는 것은 어린이들은 진짜 벌레를 생각하며 만드는 편인데(예를 들어, 돛이 달려서 홍수에는 배로 변하는 개미집), 어른들은 자신이 살고 싶은 집(예를 들어, 마당이 넓은 단지형 빌라)을 만드는 차이가 있다.

나는 사람들이 벌레를 그렇게 싫어하고 두려워하면서도 마음을 바꿀 노력을 하지 않는 것이 좀 의아하다. 집 안에 들어온 바퀴벌레 한 마리가 무서워서 들어가지 못하고 있다면, 그것이 정말 바퀴벌레 문제일까? 한 번쯤은 자기를 바꿔 보아야겠다는 생각을 왜 하지 않을까? 제주에서 진행하는 마을 생태 프로그램 이야기를 들은 적이 있다. 이 프로그램에 참여하기 위해서 전국에서 온 사람들이 마을의 폐교를 리모델링한 숙소에 묵었다. 주변에는 흙과 나무, 숲이 많았으니 당연히 벌레들이 많았고, 열어놓은 문을 통해 건물 안으로 들어오기도 했다. 벌레가 들어와서 기겁했던 참여자가 방역업체를 불러주기를 요청했고, 방역업체가 도착하니 숙소 안을 방제하는 것뿐만 아니라 몇천 평의 운동장 전부를 방제해달라고 요청하는 해프닝이 있었다. 불가능한 일이고, 되지도 않으며, 해서도 안 되는 일이다. 왜 우리의 공포증을 치료하려고는 생각 안 하고 할 수만 있다면 벌레들을 다 죽이고 싶어 할까? 둘 중 가능한 것은 당연히 우리의 태도를 바꾸는 건데 왜 시도조차 안 할까?

혐오 감정은 인간의 본성이지만 혐오하는 대상은 사회적으로 정해지는 것 같다. 태어나면서부터 벌레를 무서워하거나 흙을 더러워하는 아이는 없다. 아이들이 "더러워", "무서워", "지지"를 배우는 것은 사회화를 통해서다. 특히 코로나19를 겪으며 주변을 멸균 상태로 만들려 하면서 우리는 벌레, 또는 벌레와 같은 것들을 더 혐오하게 된 것은 아닌지. 혐오를 다루는 방법은 하나뿐이다. 다가가야 한다. 숨이 막히고 죽을 것 같겠지만 끝내 죽지 않을 것이고, 결국 통과하면 괜찮아진다.

나라고 모든 벌레가 안 무서운 건 아니었다. 도시에 살 때는 바퀴벌레 등 큰 벌레가 무서웠다. 그런데 제주에 오니 친구들이 바퀴벌레, 풍뎅이, 거미 등등의 벌레들을 죽이는 대신 손으로 살짝 잡아서 놔주거나 통으로 몰아넣은 다음에 밖에 놔주는 걸 보았다. 그 모습을 보며 그때 처음 알았다. '아, 안 무서워해도 되는 거구나.' 그리고 진짜 그 후로는 놀라기는 해도 무섭지는 않았다.

하지만 지네는 계속 무서웠다. 처음 지네에 물렸을 때 한 번도 경험해본 적이 없는 통증이 뼛속에 퍼지는 느낌이 들어서 이러다 죽는 건 아닌가 싶었다. 기어가다시피 해서 동네 병원에 갔더니 대기실에서 물리치료 순서를 기다리고 계시던 어르신들이 자신들의 지네 무용담을 경쟁하듯 신나게 들려주셨다. 대부분 어렸을 때 지네를 잡아서 한약방에 팔고 그 돈으로 엿 바꿔 먹은 이야기이다. 사람이 몸에 독이 퍼져 죽겠다는데 별거 아니라는 어르신들의 이야기를 들어서 그런지, 엉덩이 주사를 맞아서 그런지 곧 통증이 가라앉았다. 그다음 지네에게 물렸을 때는 몇 시간 후면 괜찮아지는 것을 알아서인지 아프기는 아프지만 견딜 만했고 다시 병원에 가지는 않았다.

한번은 꿈속에서 등에 화살을 맞은 적이 있다. 나쁜 사람들이 우리 마을에 들어와 화살을 쏘고 있다는 것을 알리기 위해 화살이 등에 꽂힌 채로 비틀비틀 올레길을 뛰어나가는 꿈이었다. 나중에 깨고 보니 지네가 등을 물어서 아픈 거였지만, 바로 잠에서 안 깰 정도로 괜찮았다. 그렇게 점점 지네의 독에 내성이 생겼는지 아니면 별거 아니라 생각해서인지 물려도 덜 아프기는 했지만, 지네를 보면 호들갑을 떨고 소리를 지르는 일은 계속됐다.

벌레 사랑
프로젝트

사람들의 벌레에 대한 혐오를 낮추는 작업을 해야겠다는 결심을 하고 보니 나의 지네 혐오를 안 다룰 수가 없었다. 그래서 지네를 그려보기로 했다. 막상 그리려고 보니 마디가 많다는 것만 알 뿐 어떻게 생겼는지 잘 떠오르지 않았다. 그도 그럴 것이 소리 지르기 바빴지 제대로 쳐다본 적이 없었다. 그래서 심호흡하면서 인터넷에서 지네 사진을 검색했다. 충격받지 않도록 눈꺼풀을 조금씩 열어서 쳐다봤다. 사진을 쳐다보는 것만으로도 머리가 지끈거렸고, 호흡이 빨라졌고, 불쾌한 느낌이 온몸에 전달되었다. 하지만 꾹 참고 지네 사진을 띄워놓고 그림 그리기를 시작하니 점점 몸의 긴장이 풀어졌다. 그리다 보니 호기심이 생겼다. 어떻게 저렇게 마디가 있지? 저 두 개의 촉수가 좀 멋있네? 독은 어디서 나오는 거지? 이런 궁금증이 생겼다. 내 별자리가 전갈자리이고 전갈이 멋있다고 평소 생각했는데, 이제 보니 지네가 전갈과 비슷하게 생겼다! 그렇다고 지네가 예쁘다는 생각이 들지는 않았지만, 쳐다볼 수 있었고 더 알고 싶어졌다. 어떻게 저 쪼끄마한 것은 강력한 독을 가졌고 왜 집 안으로 들어오는 걸까? 그 후부터 지네가 나타나면 기겁하는 대신 궁금증을 가지고 쳐다보게 되었고, 아기 지네는 귀엽기도 한 것 같았다.

지네 그림이 계기가 되어 '벌레 사랑 프로젝트'를 구상하기 시작했다. '벌레를 퇴치하고 싶은 당신의 마음을 퇴치해줍니다'라는 캐치프레이즈를 내걸고 '벌레 클리닉'이라는 이름으로 사무실을 일시적으로 차리면 어떨까 싶었다. 두 손을 비비는 귀여운 파리 그림 로고로 간판도 만들고 굿즈 상품을 만드는 것도 상상하니 신이 났다. 이 프로젝트로 지원금을 따볼까, 문 닫은 상가를 한두 달 빌려볼까, 이런저런 궁리를 하며 친구들에게 의견을 구하니 입을 모아 이렇게 답했다. "아무도 안 오고 파리만 날릴 거야." 그래서 다른 프로젝트에 끼워 넣었다.

2022년과 2023년 2년간 진행한 프로젝트 '산호와 버섯의 연결'의 일환으로 여러 생태 워크숍과 〈보이지 않아도: 연결〉 전시를 했는데, 이 전시를 위한 작품을 만드는 워크숍도 여러 차례 했다. 그중 하나가 '벌레 인형 만들기'였다.

먼저 육지와 제주에서 온 참여자들과 내가 했던 경험을 나누었다. 그다음 자기가 가장 싫어하는 벌레의 사진을 찾아서 두 눈 똑바로 뜨고 보면서 초상화 그리기를 했다. 그 그림을 바탕으로 벌레 인형을 만들었다. 이 워크숍을 미취학 아동들, 초등학생 아이들, 어른들을 대상으로 여러 번 진행했는데 나이대에 따라 반응이 매우 다른 점이 흥미로웠다.

어른들은 머리를 움켜잡거나 속이 울렁거린다고 했고, 방 안에는 긴장감과 불안감의 에너지가 가득했다. 반면 초등학생들은 벌레 사진들을 보며 소리를 잠깐 질렀지만 그림을 그리면서는 금방 안정이 되었다. 자꾸 보니 귀엽게 생겼다고 말하기도 하고, 이것저것 궁금해했다. 미취학 아동들의 반응이 가장 특이했는데, 아무 반응이 없었다. 사진에서 지네의 다리 수를 세어가며 정성스럽게 그리는 아이에게서 불편함이란 전혀 보이지 않았다. 인간 아기들이 본능적으로 두려워하는 것은 딱 두 가지, 큰 소리와 높은 곳에서 떨어지는 것뿐이라고 하던데, 정말 그랬다. 벌레는 아이들이 본능적으로 두려워하는 것이 아니었다.

비인간화와
다정함

요즘 혐오와 더불어 비인간화가 우리 사회를 점점 아프게 하고 있다. 자기와 다른 입장의 사람들을 무슨무슨 충, 즉 벌레라고 비하하며 인간으로서 누구나 가지는 존엄을 깔아뭉갠다. 혐오를 당하고 자신의 존엄성이 깔아뭉개진 사람은 분노하고, 폭력을 행사하기도 하며, 혐오를 더 크게 퍼트리기도 한다. 이렇게 혐오가 증폭된 사회는 우리 모두에게 지옥이다.

독일 나치가 유대인들을 학살할 당시 자신의 목숨을 걸고 유대인을 구했던 많은 독일인이 있었다. 이들을 연구해 보니, 그들이 딱히 더 종교적이거나 더 용감하거나 더 이타적인 사람들은 아니었다고 한다. 공통점은 단 하나, 유대인 친구가 있었다. 독일 나치가 유대인을 인간이 아니라고 말할 때 이들에게는 '인간인' 유대인 친구가 이미 있었던 것이다. 그래서 평범한 독일인들이 자신의 목숨을 걸고 비인간화와 혐오에 맞서 유대인들을 숨겨주고, 빼돌리고, 살려냈다.[10]

브라이언 헤어Brian Hare와 버네사 우즈Vanessa Woods의 『다정한 것이 살아남는다』는 호모 사피엔스가 이렇게 성공한 종이 된 것은 우리의 다정함 때문이라는 주장이 나온다. '그럼 그렇지, 우리가 그렇지' 하며 기분 좋게 읽고 있었다. 그런데 책의 뒷부분에서 이러한 다정함 이면에 있는 잔인함을 이야기하자 읽기가 매우 불편했다. 누군가를 인간보다 못하다고 하며, 인간성을 인정하지 않기에 잔인하게 대할 수 있는 것이 '다정한 인류의 어두운 이면'이라고 한다. 다정함 이면에 있는 비인간화가 전쟁과 종족 말살과 같은 참혹한 역사를 반복시킨다는 것이다. 혐오를 해결하려면 먼저 머리가 지끈거리고, 심장이 두근거리고, 땀이 나더라도 상대방을 쳐다봐야 한다. 그 사람을 바라볼 수 있으면, 그리고 "당신을 봅니다"를 할 수 있다면 혐오의 지옥에서 벗어날 것이다.

나와 다른 정치적, 윤리적, 도덕적 가치를 가진 사람을 상담해야 할 때 쓰는 기법 하나가 있다. 바로 그 사람이 아기였을 때를 상상해보는 것이다. 아무리 내가 싫어하는 유형의 사람이라고 해도, 아기였을 때의 그 사람을 상상하면 적어도 상담하고 있는 동안에는 옳고 그름의 잣대를 내려놓고 연민의 마음을 가지게 된다. 그래도 잘 안되면 그 아기를 10개월 동안 배에서 품어준 엄마를 상상해본다. 아무리 내가 싫어하는 사람도 10개월 동안 그 생명을 품어준 엄마가 있다.

집 안과 밖을 나누는 문지방을 넘다가 문지방의 틈에서

꼬물거리는 작고 빨간 아기 지네를 보았다. 집게로 집어서 밖으로 내보내기 직전에 잠깐 바라본다. 우리는 집 안에서 같이 살 수는 없지만, 너 또한 너를 목숨 걸고 낳아준 엄마가 있지. 그리고 너와 내가 같이 살아가고 있는 이곳에는 우리 지구 엄마가 있지.

사진와 축복의 플라스틱 만다라

2018년부터 7년간 제주 함덕 바다의 모래사장에서 미세 플라스틱을 줍는 작업을 했다. 매일 갈 때도 있고, 일주일에 한 번 갈 때도 있고, 추운 겨울에는 몇 달씩 안 하기도 했지만, 내가 살면서 가장 오랫동안 꾸준하게 해온 일이다. 모래 알갱이들 사이에 섞여 있는 작은 플라스틱 알갱이들을 찾기 위해서 모래를 반복적으로 쓰다듬었다. 한참을 이러고 있으면 어느 순간 감각들이 섞이고, 이게 촉감인지 진동인지

소리인지 모르겠는 공감각적인 경험이 일어나고는 했다. 이는 미세 플라스틱을 주워서 우리가 뿌린 고통을 조금이라도 거두기 위한 작업이지만, 파도 소리를 들으며 잘 보이지 않는 알갱이들을 찾느라 모래를 쓰다듬고 또 쓰다듬고 있으면 마치 지구 어머니의 배를, 바다 생명들의 몸을, 나의 피부 속 어딘가를 만지고 있는 듯한 느낌이 들고는 했다. 물속에 있는 태아의 청각은 촉감에 가깝다고 한다. 청각과 촉감이 만나고, 파도 소리의 진동을 들으면서 우리가 초래한 아픔과 그 아픔을 경험하는 생명들 사이에 이어진 고통의 줄기를 쓰다듬는다.

이 작업은 요즘 유행하는 조깅과 줍기를 합친 '플로깅'과 매우 다른데, 자꾸 플로깅 의뢰 연락이 온다. 그러면 이렇게 답하고는 한다. 조깅은커녕 두 발로 서지도 못 한다고. 눈에 잘 보이지 않는 작은 플라스틱 알갱이들이 파도가 만든 꼬불꼬불한 선을 따라 늘어져 있어 그 선을 따라 네 발로 기어가며 줍기 때문이다. 해양쓰레기 줍는 활동을 '비치코밍'이라고 불렀다가 '플로깅'이라고 했다가 '줍깅'이라고 부르기도 하는데, 나는 이런 네이밍이 별로다. 뭔가 힙하고 새로운 유행을 만든 것 같은 이름과 달리, 바다의 플라스틱을 줍는 것은 힙하거나 새롭지 않다. 그리고 아주 오랫동안 새롭지 않

해양 플라스틱, 함덕 해변, 2021

제주 해변의 모래에는 눈에 잘 안 보이는 해양 미세 플라스틱과 작은 플라스틱 알갱이들이 섞여 있다. 2018년부터 본격적으로 해양 플라스틱을 모아 작품을 만들기 시작했다. 플라스틱을 주울 때는 제일 먼저 큰 해양 쓰레기들을 다 줍고 그다음에 모래사장을 기어다니며 한 알 한 알씩 찾는다. 한 번에 약 1시간 정도 줍는데, 한 줌 정도를 모은다.

을 것 같다.

미세 플라스틱 중에서 특히 플라스틱 너들(페트병의 원재료로 공장에서 만들어진 0.5센티미터 크기의 흰색 구슬)이 가장 많은 곳이 함덕 해변인데, 이곳이 유명한 피서지이다 보니 사람들 사이를 누비게 된다. 선탠을 하느라 누워 있는 사람들, 노을 배경으로 "나 잡아봐라~"를 하며 웨딩 촬영을 하는 사람들, 소풍을 즐기고 있는 사람들 사이를 기어다닌다. 이런 나를 대부분의 사람은 못 본 체하지만 "거기 뭐 좋은 거 있어요?" 라며 호기심 반, 기대감 반이 섞인 목소리로 묻는 사람들도 있다. 금은보화를 찾거나 먹을 것을 채취하고 있는지 궁금해한다. 그러다가 내 바구니에 담긴 것이 해양쓰레기라는 것을 알고 멈칫하고는 한다. 그러고 멋쩍어하며, "수고하십니다" 혹은 "좋은 일 하시네요" 하고는 재빠르게 사라진다. 한 번은 이렇게 말한 사람도 있었다. "여사님, 수고가 많으십니다. 우리가 깨끗한 바다를 누릴 수 있게 애써 주시고 계시네요." 이 때의 여사님은 청소 노동자를 부르는 완곡어법의 표현이다. 그러나 나는 피서객들의 깨끗한 환경을 위하여 청소하고 있는 것이 아니다.

수고한다는 말, 고맙다는 말은 정말 더 이상 듣고 싶지 않다. 그들을 위해서 하는 것이 아니기 때문에 인사받을 일이 아니다. 하지만 아주 가끔, 1년에 한두 분 정도는 내가 하는 일이 무엇인지를 보고는 같이 쓰레기를 주우셨다. 몇 안 되는 그분들을 기억한다. 고맙다고도 안 하고, 수고한다고도 안 하고, 내가 줍는 것이 쓰레기임을 알고는 말없이 한참을 같이 주워주셔서 큰 감동을 받았다. 한번은 울컥 울어버렸던 적도 있었다. 피서객들 앞을 네발로 기어다니는 것이 부끄러울 때도 있고 불편할 때도 있지만, 나는 그들이 아니라 바다 앞에서 고개를 숙이고 온몸을 낮추는 것이기에 지속할 수 있었던 것 같다.

이렇게 모은 작은 플라스틱 알갱이들로 〈플라스틱 만다라: 애도와 축복의 생태예술〉이란 제목의 전시를 해왔다. 이 작업은 바다에서 미세 플라스틱과 작은 플라스틱 알갱이들을 줍고, 이것들을 만다라 형태로 설치하여 전시하고, 전시 마지막 날에 비질로 쓸어 해체하는 반복적인 작업이다. 이 작업은 주목을 꽤 많이 받았고, 크고 작은 미술관에서 전시도 여러 번 했다. 올해는 오스트리아와 이탈리아의 한국문화원에서도 전시했다.

플라스틱 만다라는 티베트 모래 만다라에서 영감을 받았다. 티베트 만다라는 티베트 불교의 매우 중요한 의식으로 내가 감히 이해하거나 따라 할 수 있는 것이 아니어서 '만다라'라는 단어를 쓰는 것이 머뭇거려지기도 했다. 하지만 플라스틱 만다라는 티베트 모래 만다라의 마지막 단계에서 깊은 영감을 받은 것이 사실이다. 티베트 만다라는 작품이 완

〈플라스틱 만다라: 애도와 축복의 생태예술〉, 디테일
해양 플라스틱, 약 3×3m, 북촌 돌하르방미술관, 2021

〈플라스틱 만다라〉는 제주도 함덕 해수욕장 모래사장을 기어다
니며 주운 작은 플라스틱 알갱이들로 만든 설치 작품이다. 이 외
다른 재료는 쓰지 않으며, 알갱이들을 바닥에 하나하나씩 놓아
문양을 만든다. 이 작품은 5일간 30여 명의 참여자와 함께 만든
것으로, 전시 마지막 날에는 비로 쓸어 해체했다.

성되면 굳히거나 보존하는 대신 힘들게 만들었던 색모래를
쓸어 모아 문양을 없앤다.

그렇게 쓸어 모은 색모래를 이 의식을 보고 있던 사람들
에게 나눠주고, 나머지는 가까운 강이나 바다로 흘려보내는

의식을 한다. 이 과정에서 가장 흥미로운 사실은, 사람들이 만다라를 만들었던 색모래를 축복의 '상징'이 아니라 '축복' 그 자체라고 여긴다는 점이다. 그리고 만다라를 만들었던 색모래를 물로 흘려보내는 이유는, 지구의 모든 물은 하나로 연결되어 있기에 바다를 통해서 살아 있는 모든 생명에게 축복을 보내기 위함이다.

페르디 낭 소쉬르Ferdinand de Saussure와 같은 언어학자들은 우리의 언어가 기표와 기의로 나뉘어 있다는 점에 주목했다. 예를 들어, 한국어로 '나무', 영어로는 'tree', 불어로는 'arbre'라는 언어는 그 문화의 사람들이 약속한 표식이자 소리이지 진짜 나무는 아니다. 진짜 나무는 기의에 해당한다. "달을 가리키는 손가락을 보지 말고 달을 봐야 한다"라고 했을 때 손가락은 '기표', 달은 '기의'에 해당한다. 티베트 모래 만다라에서는 의식과 상징이 부여하는 의미 때문에 모래가 축복으로 변화한다. 기표와 기의가, 달과 달을 가르치는 손가락이 하나가 된다. 이야기는 물체가 되고, 물체를 움직이면 이야기가 퍼진다. 이야기는 "마치 물건처럼 우리에게 물질적으로 느껴진다. 그리고 바로 이것이 이야기의 힘이 그토록 강력할 수 있는 이유이다."[11]

플라스틱 만다라 작품명에 '축복'이라는 말을 넣으면서,

고작 한 줌의 플라스틱에 이렇게 거창한 이름을 지어주는 것이 합당할까 하는 생각을 했지만, 주은 양과 상관없이 이 작업이 축복의 행위라고 느껴졌다. 단, 축복하는 당사자가 고통을 준 이이기도 하다. 고통을 받는 이는 바다이고, 결국 우리 자신이기도 하다. 우리는 고통으로 이어져 있다.

이 작업을 하면서 왜 모든 종교에서 기도는 고개를 숙이고 무릎을 꿇는 것으로 시작하는지 알 것 같았다. 바다 앞에 무릎을 꿇고 머리를 조아리고 기어다니면, 사죄하고 용서를 비는 마음이 저절로 든다. 몸이 기도한다고나 할까. 티베트 만다라는 색모래를 바다에 보내는 것이 축복이지만, 플라스틱 만다라는 바다에서 플라스틱을 거두어들이는 것이 축복이다.

꼬불꼬불한 것들은 황홀하다

88서울올림픽 직후 열일곱의 나이에 캐나다로 이민 갔
다가 서른 살에 한국으로 돌아왔을 때 가장 힘들었던 것은
길을 찾는 일이었다. 스마트폰과 내비게이션이 없던 시절이
다. 토론토는 지형이 평평하고 길은 반듯반듯한 그리드 형태
로 되어 있어서 길을 찾거나 설명할 때 지도를 떠올리며 북
쪽으로 몇 블록, 동쪽으로 몇 블록… 이런 식으로 설명한다.

그런데 서울에 와서 지나가는 사람에게 "북쪽이 어딘지
아시나요?"라고 공손하게 물으면, 나를 힐끗 쳐다보고는 바
삐 도망가는 것이 아닌가. 나중에 보니 서울에서 길을 찾는

방식은 객관적인 지도를 보듯 설명하는 게 아니라, 움직이는 시선에 따라 변화하는 장면을 그린 조선시대 산수화처럼, 주관적인 입장에서 설명했다. 한국에 산 지 몇 년 후에는 "홍대 청기와 주유소를 왼쪽에 두고 린나이 건물 방향으로 가서 편의점을 끼고 돈 후에 오른쪽 첫 건물에서 왼쪽으로 돌아가…" 이런 식의 길 설명에 자신 있게 따라갈 수 있게 되었다. 그런데 제주에 오니 이건 또 무슨 소리인가?

제주에 강의가 있어서 처음 왔을 때의 일이다. 강의실을 못 찾고 헤매다가 담당자에게 전화를 걸자 이렇게 길을 안내했다. "바다 쪽 아니고 한라산 방향 주차장 쪽이에요. 아랫길 말고 윗길로 가셔야 해요." 다 아는 단어인데, 무슨 말인지 이해가 안 되었다. 당연한 말이지만, 제주는 바다로 둘러싸여 있는 동그란 섬이고 섬 중앙에 한라산이 우뚝 서 있다. 그렇기에 한라산을 향하고 있는지, 바다를 향하고 있는지에 따라 모든 방향 설명이 바뀐다. 제주시에서 남쪽인 한라산은 서귀포시에서는 북쪽이기에 동서남북은 의미가 없다. 가장 헷갈렸던 것은, 위와 아래의 구분이다. 지도상 북쪽이냐 남쪽이냐가 아니라 해발 높이가 더 높은지 낮은지를 말하는 것이다. 섬의 지형을 가지고 길을 찾다가도 마을로 들어오면 길 찾기 방식은 또 한 번 바뀐다.

동네에서 만나는 삼춘(친족 관계가 아니어도 동네 어르신이나 나이 많은 분을 친근하게 부르는 제주 방언)들이 굉장히 자주 하시는 질문들이 있다. 아는 삼춘들이 자주 묻는 질문은 딱 두 가지로 "밥 먹언?"(밥 먹었니?)과 "어디 가맨?"(어디 가니?)이다. 잘 모르는 삼춘이 자주 묻는 질문은 딱 한 가지 "어디 살맨?"(어디 사니?)이다. 이 질문을 받을 때마다 열심히 사는 곳을 설명하고는 했다. "두 번째 골목에서 큰 나무 안쪽 길로 들어가 오른쪽 끝 집에 살아요." 그런데 10년 내내 똑같은 분들에게 똑같은 질문을 받는 걸 보니 내가 어르신들의 질문을 못 이해하고 있거나 나의 산수화 방식의 설명을 어르신들이 못 알아듣는 것 같았다.

어느 날 옆집 삼춘과 골목을 걸어가고 있었는데, 다른 삼춘이 옆집 삼춘에게 이렇게 물으셨다.

"야이 어디 살맨?"(어디 사는 애야?)

"야이 경돈이네 살맨."(경돈이네 사는 애야.)

그랬더니, 아~ 하시며 고개를 끄덕이셨다. 그 이후부터 나를 '경돈이 삼춘네 사는 애'로 설명하기 시작했고, 그러자 동네 어르신들은 바로 알아들으셨다.

경돈이 삼춘으로 말할 것 같으면, 내가 살고 있는 집을 지으신 최초의 집주인이시다. 만나뵌 적이 없고 이미 돌아가셔서 만날 수도 없다. 하지만 '경돈이네 사는 애'로 나를 설명하자 동네 어르신들이 이 집에 살던 경돈이네 가족에 대하여, 어린 시절 말썽 피우고는 올라가 숨고는 했다는 뒷마당에 있는 큰 하귤나무(여름에 익는 귤나무)에 관하여 이야기해주셨다. 그렇게 제주에 산 지 10년이 넘어서야, 내가 어디에 있는지를 설명하기 위해서는 나와 이곳에 사는 사람들의 관계를 말해야 한다는 것을 깨달았다.

　이것은 오랫동안 어디에도 속하지 못한다는 느낌을 받은 나에게 획기적인 깨달음이었다. 내가 물었어야 하는 질문은 '어디에 어떻게 속할 것인가?'가 아니라, '어디를 바라볼 것인가?'와 '무엇과 연결될 것인가?'였다. 역시 가장 중요한 것은 답이 아니라 질문이다. 질문을 바꾸니, 내 안에 지도가 생기는 듯했다. 내가 어디에 있고, 어디로 향하고, 무엇과 연결되었는지를 찾아 나설 수 있는 지도 말이다.

　이런 깨달음 후에 아는 어르신들이 자주 물으시는 두 질문에 대하여서도 잘 답할 수 있게 되었다. "밥 먹언?"이라고 물으면, 국은 뭐를 먹고 반찬은 뭐를 먹었는지까지 말해야 할 것 같아서 대답이 길어지고는 했는데, 먹었든 안 먹었든 무조건 "밥 먹었습니다"라고 답하면 되는 것이었다. 이것은 일종의 "하우 아 유?", "아임 파인 땡큐"이다. 그리고 "어디 가

맨?"이라는 질문에 "카페에 일하러 가요"는 올바른 답변이 아니었다. 나는 늘 카페에 가서 글을 쓰지만, 이것은 소통을 방해하는 표현이다. 대신 "도서관에 공부하러 가요"라고 답하자 어르신들이 알아들으셨다. 착하다며 등을 토닥여주며 열심히 하라고 칭찬도 해주셨다.

'무엇을 바라보고 무엇과 연결할 것인가?' 하는 질문이 나의 삶의 방향을 점점 명료하게 만들었지만 캐나다, 한국, 미국, 한국, 그리고 지금 제주 이 모든 장소에서 살아온 나의 전체를 아는 사람이 단 한 명도 없다는 사실이 계속 외롭게 느껴졌다. 이곳에서 저곳을 이야기할 사람이 없고, 저곳에서 이곳을 이야기할 사람이 없다 보니, 이어지지 않는 나의 삶의 챕터들이 평행우주에 사는 다른 삶인 것처럼 서로 낯설었다.

이 책의 마지막 페이지를 쓰고 있는 지금, 나는 토론토에 와 있다. 토론토에서 아버지가 돌아가시고 10년 만에 온 것이다. 캐나다를 51번째 주로 만들겠다는 트럼프와 발언 때문에 캐나다는 전례 없는 나라 사랑으로 똘똘 뭉친 시기를 보내고 있고, 캐나다의 빨간 단풍잎 국기가 집, 차, 가방, 옷 여기저기에 걸려 있다. 예외적으로 열정 넘치는 풍경이지만, 캐나다는 역시 평화롭고 답답하다. 인터넷이 왜 이렇게 느린지, 사람들은 왜 이렇게 참을성 있게 줄을 잘 서는지, 왜 아무도 화를 안 내는지, 왜 옷깃만 스쳐도 아임 쏘리를 하는지!

이렇게 완전히 한국 사람이 된 내가 토론토 평행우주에 두고 온 것 같은 과거의 나를 데리고 가기 위해 20년, 30년 전 내 삶에서 중요했던 사람들을 어제도, 그제도, 오늘도 만나고 있다. 그들로부터 과거의 나에 대하여 듣고 그들에게 지금의 나를 열심히 설명한다. 나는 이제 내가 바다 방향으로 서 있으며, 이 방향은 내가 있는 곳과 하는 것들의 방향 설정을 바꾸었다고 설명한다. 또한 내가 누구와 어떤 작업을 하고 있는지를 산수화 방식으로 설명하기도 한다. 내가 이쪽으로 갔더니 이 친구가 내게 다가왔고 우리가 함께 저쪽으로 갔다는 식의 설명이다. 나의 삶이 하나의 선으로 연결된 서사가 아니라 꼬불꼬불한 조각들을 열심히 꿰매서 만드는 큰 산호뜨개의 일부처럼 느껴진다.

나는 세상의 모든 꼬불꼬불한 것들이 황홀하다고 생각한다. 꼬불꼬불한 해안선도, 휘어지며 뻗어가는 호박 줄기도, 부분인지 전체인지를 말할 수 없는 산호도, 바닷속에서 펄렁거리는 갯민숭달팽이도. 그리고 길을 찾으며, 헤매며, 이리저리 다닌 나의 꼬불꼬불한 날들이 내게 가장 좋은 날이었다.

주석 및 인용문 출처

프롤로그

1   Boyd Varty, *The Lion Tracker's Guide to Life*, HarperOne, 2019, p. 122.

1부＿＿＿ 삶의 문턱에 서서

1   Joseph Campbell & Bill Moyers, *The Power of Myth*, Anchor Books, 1991, p. 120.

2   Dr. James Hollis, "How to Find Your True Purpose & Create Your Best Life", Huberman Lab Podcast(https://youtu.be/SyWC8ZFVxGo?si=r-Zib8iPWnkedBkBh).

2부＿＿＿ 로망 이후의 제주살이

1   에스터 페렐(김하현 옮김), 『우리가 사랑할 때 이야기하지 않는 것들: 욕망과 결핍, 상처와 치유에 관한 불륜의 심리학』, 웅진지식하우스, 2019.

2   올리버 버크먼(이윤진 옮김), 『4000주: 영원히 살 수 없는 우리 모두를 위한 시간 관리법』, 21세기북스, 2022, pp. 144-145.

3   김현경, 『사람, 장소, 환대』, 문학과지성사, 2015, p. 87.

4   위의 책, p. 83.

5   캐서린 문(정은혜 옮김), 『스튜디오 미술치료』, 시그마프레스, 2010.

6   이 연구는 1938년 하버드 의대 성인발달 연구팀에 의해 시작되었으며, 당시 만 19세였던 하버드 대학교 학부 2학년생 268명을 모집했다. 이후 보스턴시 빈민가 지역의 10대 후반 456명을 추가해 모두 724명의 삶을 정기적으로 추적·관찰하고 있다. 지금까지 연구한 결론의 한 가지만 말하자면, 좋은 삶의 비결은 돈, 건강 등 그 무엇도 아니고 압도적으로 '좋은 관계'이다.

7   2019년 5월에 발표된 이 연구에서 'holiday feeling'이라고 말하는, 기쁘고 신나는 기분은 길지 않다고 한다. 집을 나선 지 43시간째에 최고조에 이르고, 여행을 시작하고 나서 3.7일째부터는 이 기분이 사라진다고 한다. 관련 기사(https://travelbulletin.co.uk/news-mainmenu/new-study-finds-what-triggers-the-holiday-feeling?utm_source=chatgpt.com) 참조.

8   Dr. Tali Sharot, "Feeling Lost? Neuroscience Explains Why! The Science Behind Happiness!", The Diary Of A CEO(https://www.youtube.com/watch?v=0DZK1nawEXQ&t=719s).

9   빠니보틀, "인도 기차 1등칸 vs 중간칸 vs 꼴등칸 타보기"(https://www.youtube.com/watch?v=uaBHe5P4JF8).

10 자미라 엘 우아실, 프리데만 카릭(김현정 옮김), 『세상은 이야기로 만들어졌다』, 원더박스, 2023, pp. 105-111.

3부____ 행복, 그게 뭔데?

1   수전 케인(정미나 옮김), 『비터스위트: 불안한 세상을 관통하는 가장 위대

한 힘』, 알에이치코리아, 2022, p. 90.

2   위의 책, p. 362.

3   2024 Wold Happy Report(https://happiness-report.s3.amazonaws.
com/2024/WHR+24.pdf).

4   "World Happiness Ranking: Japan Ranks 51st", *Japan RAR*, March 20,
2024(https://www.japanrar.com/en/5369/).

5   "Is Finland Really The Happiest Country In The World?", *VICE
News*(https://www.youtube.com/watch?v=9FPU4F-Ajh8).

6   Jukka Savolainen, "The Grim Secret of Nordic Happiness: It's not hyg-
ge, the welfare state, or drinking. It's reasonable expectations", *Slate*,
April 28, 2021.

7   긍긍, "핀란드인들의 성격"(https://m.blog.naver.com/jkw0728/2213-
01771067).

8   Arthur Brooks, "There is a formula for happiness - but it's highly mis-
understood", Big Think(https://bigthink.com/the-well/debunk-
ing-the-biggest-myths-about-happiness/).

9   똑같은 광고 영상은 찾을 수 없었지만, 이런 식이다. Classic Molson Ca-
nadian Ad-500 Miles(https://www.youtube.com/watch?v=IGNsk-
DoXSP0), Molson Canadian I AM-EVIL BEAVER(https://www.you-
tube.com/watch?v=Yyr1Y3_2YGA).

10   Koff-perkele, funny Finnish beer advert(https://www.youtube.com/
watch?v=vbVboiZuFHQ).

11   힌디어인 **अच्छा**는 '그렇다, 알아들었다, 그러냐, 좋다' 등의 여러 의미가
있다(https://www.collinsdictionary.com/dictionary/hindi-english/%
E0%A4%85%E0%A4%9A%E0%A5%8D%E0%A4%9B%E0%A4%BE).

12   Susan David, "The gift and power of emotional courage", TED Women
2017(https://www.ted.com/talks/susan_david_the_gift_and_power_

of_emotional_courage?utm_campaign=tedspread&utm_medium=referral&utm_source=tedcomshare).

13 Roy F. Baumeister, Kathleen D. Vohs, Jennifer L. Aaker & Emily N. Garbinsky, "Some Key Differences between a Happy Life and a Meaningful Life", *Journal of Positive Psychology*, Vol.8, 2013, pp. 505-516 참고.

14 스트레스에 대하여 8년 동안 미국인 3만 명을 추적 연구한 대규모 연구가 있다. 이 연구는 사람들에게 이렇게 물었다. "지난해에 당신은 스트레스를 얼마나 경험하셨습니까?" "당신은 스트레스가 건강에 해롭다고 믿으시나요?" 그리고 그 후 이들을 추적 조사해본 결과, 지난 한 해 동안 스트레스가 많았고 스트레스가 건강에 악영향을 미친다고 믿는 사람들은 이후 8년 이내 사망률이 43퍼센트나 더 높았다. 하지만 스트레스가 많았지만 스트레스가 건강에 영향을 미치지 않는다고 믿는 사람들의 사망률은 스트레스가 적었다고 답한 사람들과 비슷하게 낮았다. 즉 스트레스 자체가 건강에 해로운 것이 아니라 스트레스가 건강에 안 좋다는 '믿음'이 스트레스를 정말 해롭게 만든다는 것을 밝혀낸 획기적인 연구이다. Abiola Keller, Kristin Litzelman, Lauren E. Wisk, Torsheika Maddox, Erika Rose Cheng, Paul D. Creswell & Whitney P. Witt, "Does the perception that stress affects health matter? The association with health and mortality", *Health Psychology*, Vol.31, 2012, pp. 677-684 참고.

15 Ellen Langer, "Mind-Set Matters: Exercise and the Placebo Effect", *Psychological science*, Vol. 18, 2007, pp. 165-171.

16 엘렌 랭어(변용란 옮김), 『늙는다는 착각』, 유노북스, 2022.

17 Ellen Langer, "Your Body Follows What Your Mind Believes: Mindfulness As Medicine", Rich Roll podcast(https://www.youtube.com/watch?v=upTm2kTYxNQ).

18 Kelly McGonigal, "How to make stress your friend", TED Global

2013(https://www.ted.com/talks/kelly_mcgonigal_how_to_make_
stress_your_friend?utm_campaign=tedspread&utm_medium=refer-
ral&utm_source=tedcomshare).

19 한국전기연구원에서 2013년에 발간한 『낙뢰안전 가이드북』(https://
www.keri.re.kr/images/kr/sub03/guide02.pdf)에서도 입욕 중이라면 욕
조에서 나올 것을 권하고 있다.

20 M. R. Lepper, D. Greene & R. E. Nisbett, "Undermining children's in-
trinsic interest with extrinsic reward: A test of the 'overjustification'
hypothesis", *Journal of Personality and Social Psychology*, 28(1), 1973,
pp. 129-137.

21 Patrick R. Krill, Hannah M. Thomas, Meaghyn R. Kramer, Nikki De-
geneffe & Justin J. Anker, "Stressed Lonely, and Overcommitted: Pre-
dictors of Lawyer Suicide Risk", *Healthcare*, 11(4), 2023, p. 536.

22 Shirley Krieger & Kennon Sheldon, "What Makes Lawyers Happy?: A
Data-Driven Prescription to Redefine Professional Success", *George
Washington Law Review*, Vol. 83, 2015, pp. 554-627.

23 한국의 변호사들은 수임료를 시간으로 산정하기도 하고 건당으로 받기도
한다. 미국의 변호사들은 주로 시간으로 수임료를 산정하는데, 이때 청구
가능 최소 시간은 6분이다(손주니, 「미국 로스쿨 도전과 비전」, 『법률저
널』, 2009년 2월 13일).

24 Shirley Krieger & Kennon Sheldon, 앞의 글, p. 615.

25 대니얼 길버트(서은국, 최인철, 김미정 옮김), 『행복에 걸려 비틀거리다』,
김영사. 2006, pp. 251-252.

26 위의 책, p. 259.

27 위의 책, pp. 263-264.

28 Steven D. Levitt, "Heads or Tails: The Impact of a Coin Toss on Major
Life Decisions and Subsequent Happiness", *NBER Working Paper*, No.

22487, 2016.

29   아서 브룩스, 오프라 윈프리(박다솜 옮김), 『우리가 결정한 행복: 하버드 행복학 교수가 찾아낸 인생의 메커니즘』, 알에이치코리아, 2024.

4부____ 미술치료사의 셀프 치료

1   자미라 엘 우아실, 프리데만 카릭(김현정 옮김), 앞의 책, p. 255.

2   조나 힐 감독, 〈스터츠 Stutz: 마음을 다스리는 마스터〉(넷플릭스 다큐멘터리), 2022.

3   한병철(김태환 옮김), 『피로사회』, 문학과지성사, 2012, pp. 11-17.

4   Martha Beck, "The Amazing and Brutal Results of Zero Lies for 365 Days", The Tim Ferriss Show(https://www.youtube.com/watch?v=Ieu68Cf-TR4g).

5   Karen Faith, "How to talk to the worst parts of yourself", TED(https://www.youtube.com/watch?v=gUV5DJb6KGs).

6   라이디 클로츠(이경식 옮김), 『빼기의 기술: 본질에 집중하는 힘』, 청림출판, 2023.

5부____ 아무리 헤매도 지구

1   내가 살던 토론토 온타리오주에서는 고교과정 12학년 이수 후 13학년에 해당하는 OAC과정을 거쳐야 대학에 진학할 수 있었다. 이 제도는 2003년경에 폐지되었고, 현재는 퀘벡주를 제외하고는 12학년제로 운영된다.

2   자세한 내용은 정은혜, 『변화를 위한 그림 일기』(샨티, 2017, pp. 294-295) 참조.

3   코넬리아 M. 엘브레히트(최호정, 양지윤, 김수연 옮김), 『트라우마 치유를 위한 가이드 드로잉: 양손 바디매핑을 통한 감각운동적 미술치료 접근』, 하나의학사, 2024.

4   Marc G. Berman, John Jonides & Stephen Kaplan, "The Cognitive Benefits of Interacting with Nature", *Psychological Science*, 19(12), 28 May, 2008.

5   유명한 패션잡지 『엘르』의 편집장이었던 장 도미니크 보비는 뇌졸중으로 쓰러졌다가 깨어났지만, 전신마비 상태가 되었다. 그는 의식은 또렷하나 왼쪽 눈만 떴다 감을 수 있고, 몸은 전혀 움직일 수 없는 상태에서 책을 썼다. 보조자가 알파벳을 한 글자 한 글자 짚어 내려가면 보비가 원하는 알파벳에서 눈을 깜빡이는 방식으로 책 『잠수종과 나비』(양영란 옮김, 동문선, 2015)를 쓴 것이다. 그리고 이 책이 프랑스에서 출판된 직후인 1997년 3월 9일, 44세의 일기로 나비처럼 자유롭게 몸을 떠났다. 이 이야기는 같은 제목으로 2007년에 영화로 만들어졌다. 화가 겸 감독인 줄리안 슈나벨의 명작이다.

6   제주는 신화의 땅이다. 1만 8천 신이 있고, 동네마다 아직 신당이 있다. '동티'는 함부로 신의 영역을 훼손했을 때 신으로부터 받게 되는 처벌을 뜻한다. 나무를 자르거나 땅을 팠을 때 병이 나거나 하면 '동티가 났다'라고 한다.

6부____ 거대한 연결 속으로

1   "Great Barrier Reef has lost half of its corals since 1995", BBC, October 14, 2020(https://www.bbc.com/news/world-australia-54533971).

2   박의래, "알록달록 호주 대산호초 색깔이… 온난화에 최악의 백화현상", 연합뉴스, 2024년 4월 17일(https://www.yna.co.kr/view/

AKR202404170 75800104).

3 녹색연합,『ㅈㅈㅅㅎ : 조금 사소하고 쓸 데 많은 제주 산호에 관한 거의 모든 것』, 텍스트CUBE, 2021.

4 Amanda Ripley, *High Conflict: Why We Get Trapped and How We Get Out*, Simon & Schuster, 2021.

5 "'산호가 알을 낳는다고?' 호주에서 20년 만에 벌어진 환상적인 산호 산란", 중앙일보 유튜브(https://www.youtube.com/watch?v=mheALGz-2s&t=1s).

6 2007년 Chicago Humanities Festival에서 Crochet Coral Reef 전시가 열렸다(https://crochetcoralreef.org/exhibitions/chicago-cultural-center/).

7 녹색연합, 앞의 책, p. 46.

8 시카고 정신병원에서의 초상화 그리기 에피소드는 내 책『치유적이고 창조적인 순간』(샨티, 2019, pp. 42-52)에 자세히 소개되어 있다.

9 원래는 여섯 가지 감정(행복, 슬픔, 화, 놀람, 두려움, 혐오)을 인간의 기본 감정이라고 했으나, 나중에 경멸을 추가했다(https://www.paulekman.com/). 폴 에크먼은 이 감정들이 전 세계적으로 보편적이라고 주장하나, 감정들은 문화와 언어적으로 다르게 경험되며 표정을 읽는 것과 표정을 짓는 것이 다르다는 리사 펠드먼 베럿Lisa Fiedlman Barrett과 같은 비교문화 감정 연구자들의 말도 매우 설득적이다. 예를 들어, 미간을 찌푸리고 있는 미국인의 표정을 보여주면 다른 문화권의 사람들도 이를 화난 표정으로 인식하기는 하지만 정작 그들이 화를 낼 때는 같은 표정을 짓지는 않는다는 말이다. 리사 펠드먼 베럿,『감정은 어떻게 만들어지는가』(최호영 옮김, 생각연구소, 2017) 참조.

10 브라이언 헤어, 버네사 우즈(이민아 옮김),『다정한 것이 살아남는다: 친화력으로 세상을 바꾸는 인류의 진화에 관하여』, 디플롯, 2021, p. 258.

11 자미라 엘 우아실, 프리데만 카릭(김현정 옮김), 앞의 책, p. 535.

너의 좋은 날을 살아봐

초판 1쇄 펴냄 2026년 1월 15일

글·그림 정은혜

펴낸이 고하영
펴낸 곳 아라의 정원
등록번호 제2023-000083호 **주소** 서울시 서대문구 응암로 95, 202호
전화 02-3142-1851 **이메일** book@aragarden.co.kr
인스타그램 @aragardenbooks

© 정은혜, 2026

ISBN 979-11-995738-0-2 03810